진마전설

眞魔傳説

Dark

목형 판타지 장편소설

FANTASY FRONTIER SPIRIT

마존전설 2부

진마전설 6

목형 퓨전 판타지 소설

초판 1쇄 찍은 날 § 2008년 6월 20일
초판 1쇄 펴낸 날 § 2008년 6월 30일

지은이 § 목형
펴낸이 § 서경석

편집장 § 문혜영
편집책임 § 서지현
편집 § 문정흠

펴낸곳 § 도서출판 청어람
등록번호 § 제1081-1-89호
등록일자 § 1999. 5. 31
어람번호 § 제1-0972호

주소 § 경기도 부천시 원미구 심곡1동 350-1 남성B/D 3F (우) 420-011
전화 § 032-656-4452 팩스 § 032-656-4453
http://www.chungeoram.com
E-mail § eoram99@chollian.net

ⓒ 목형, 2006

ISBN 978-89-251-1366-1 04810
ISBN 89-251-0216-1 (세트)

眞魔傳説

Dark

목형판타지장편소설

FANTASY FRONTIER SPIRIT

진마전설

마존전설 2부

[완결]

6 Of

강림(The Advent)

도서출판
책
영
람

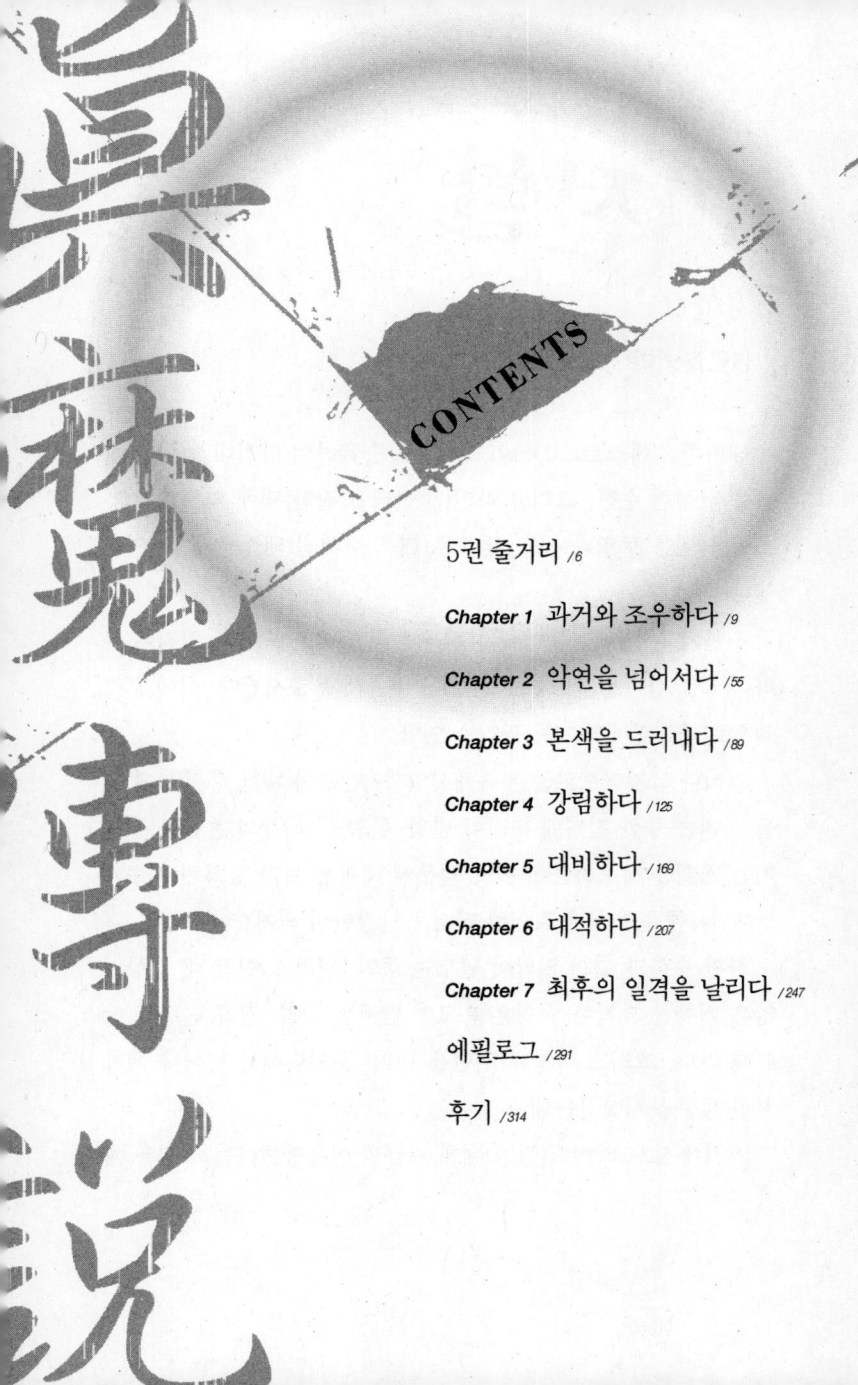

CONTENTS

진마전설

대마왕, '데스로드(Death Lord)'로 승급하여 마침내 먼치킨 상급을 달성한 수한. 그리고 라인(?) 선택을 잘한 덕에 역시 먼치킨 초급을 이룬 토일과 시드, 덤으로 더욱 강해진 데스윙과 100기의 헬나이트.

수한의 각성과 더불어 결성된 죽음의 군세는 수한의 의지에 따라 지금껏 참아온 분노와 물욕(?)을 마음껏 분출시킨다. 이에 본격적으로 대혼란에 빠지는 팔라스 연합.

그러나 그것만으로는 부족해서일까? 단순히 재산 축적(?)에 열을 올리는 수한 진영에 수진이 난입, 한층 더 대륙의 혼란을 부추기는 계획을 강요하는데……. 덕분에 대륙은 보다 강화된(쪽수가 늘어난), 죽음의 군세로 인해 더더욱 난장판이 되어간다.

한편 수한과 그의 일당이 날뛰는 동안, 팔라스 연합 내 심상치 않은 기류를 파악한 수영은 음모의 단서를 포착, 점차 진실에 접근해 간다. 그리고 마침내 결단을 내려, 운영팀에서 벗어나 독자적인 행동을 시작하는데…….

거기에 로드 타이거(길범)에게 지금껏 이용당했다는 사실을 깨달은 수진이 가세함에 따라 막판 역전을 위해 재차 손을 잡는 수영과 수진.

수진의 협박으로 시작했으되, 어느새 분위기에 도취되어 아주 막장으로 일을 저지르는 수한. 자신의 막강한(사기틱한) 능력과 죽음의 군세를 이용해 NPC와 유저 연합군을 뭉개고, 한 남자(란슬롯)의 순정조차 짓밟은 채 전진, 마침내 모든 암류의 종착지인 홀리 그라운드를 코앞에 두게 된다.

그러나 그런 수한의 막강한 군세를 가로막아 선, 겁대가리를 상실한 존재들이 있었으니…….

3만 기에 달하는 '아이언 골렘'과 8서클을 달성한 홍염의 마도사 '길란드', 나인스타에 버금가는 무력을 자랑하는 다크 엘프의 수장, '디엘리아', 그리고… 마침내 정체를 드러낸 수한의 호적수, 다스 어벤저 '천무'였다.

Chapter 1

과거와 조우하다

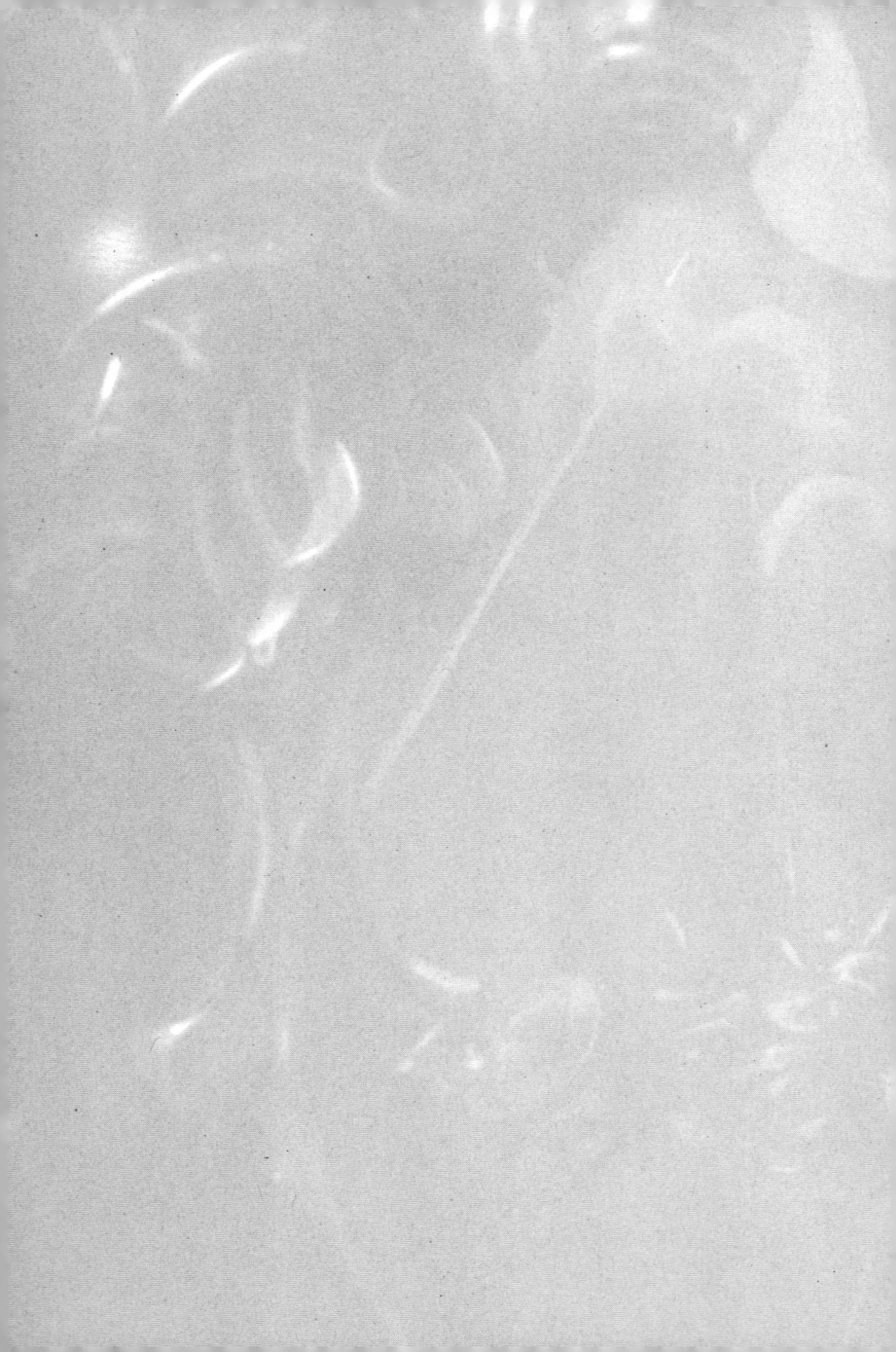

"으아아아아아~"

한 남자가 굳게 닫힌 현관문을 부여잡은 채 울부짖고 있었다. 사랑하는 연인을 갑작스럽게 떠나보냈거나 혹은 평생 모든 전 재산을 사기꾼에 몽땅 날려 버린 듯, 너무나 처절하게. 그러나 그 울음의 실체는 마감 날짜를 훌쩍 넘긴 채, 종적을 감춰 버린 모 작가에 대한 담당 기자의 원망과 비통에 찬 그것이었으니……

"수진 선생님~ 제발 원고를~ 벌써 마감을 넘긴 지 한 달째란 말입니다!!"

현존하는 가상 현실 게임 중 부동의 1위를 고수하는 'NEW

WORLD'! 그리고 그 NEW WORLD 내 공식 랭킹 1위의 유저 이자 마왕(수한)을 사랑한 죄로 교단의 무한 척살 1순위로서, 무수한 여성 유저로부터 동정표를 받는 질풍의 성검, 란슬롯!

하지만 가상 현실상에서 최고의 인기 스타―…덕분에 며칠 째 접속도 못하고 있다―로 군림하는 그라 할지라도, 현실에선 원고 독촉에 몸과 영혼을 불사르는 힘없는 담당 기자, '강하 영'이었으니…….

쾅쾅~!

"수진 선생님~ 제발 문 좀 열어주세요~"

가상 현실에서뿐만 아니라 현실에서도 그의 일상생활은 고달프기만 하다.

         *   *   *

반경 15km의 거대한 원의 형태를 띤 백색의 도시, 자이드 제국의 신(新) 황도인 '홀리 그라운드(Holy Ground)'. 현재 황 궁을 비롯한 도시 내부 구조물들이 거의 완성된 그곳은 대륙 최강국의 황도다운 웅장함과 계획도시다운 세련된 풍모를 드 러내고 있었다. 실로 대륙의 문화, 정치, 종교적 중심부 역할 을 하기에 충분한 모습.

그러나 지금 이 순간, 홀리 그라운드는 제국의 황도다운 활 기 대신 유령도시의 그것과도 같은 을씨년스러움만이 배경으로 깔리고 있었으니…….

천도 기념 대축제에 대한 재상의 결재가 미처 이루어지지
않아 시민들의 이주가 본격적으로 이루어지지 않은 탓이다.
그야말로 관료주의의 고질적인 병폐.

하지만! 그것은 어디까지 일반인들에 대한 배려 차원에서
이루어진 핑계일 뿐! 제국의 황도가 이렇게까지 텅 빈 이유는
정작 따로 있었다.

그리고 황도 입주 예정자들조차 모르는, 황도 유령도시화
의 진짜 이유를 탐문하고자 두 명의 인영이 홀리 그라운드의
금지 구역에 침투하고 있었으니… 그들은 바로 수영과 수진
이었다.

"이햐~ 무슨 놈의 경비병이 이렇게 많아? 이거 견적(?)이
제법 나오겠는데?"

"…이제 슬슬 가지? 그런 건 나중에 해도 되잖아."

"하하하~ 이것도 나름대로 직업병이라서…….''

수영을 등에 업은 채, 황궁 내 사방에 깔린 경비병을 요리
조리 피하는 수진의 모습은 견적 어쩌고 하는 그녀의 말과는
달리 극히 여유 만만. 심지어 몇몇 미남 경비병의 모습을 스
케치하는 여유까지 선보인다(…수영의 핀잔까지 들어가면서 끝
끝내 목탄을 놓지 않는 수진의 모습은 진정 프로의 그것이었다).

하긴 현재 수진의 직업은 'NEW WORLD' 삼대사기직업
중 하나인 '닌자'. 암살과 잠행이야말로 그녀의 주특기가 아

니던가? 덕분에 대륙 최강국의 황궁조차 무인지경으로 침입하는 그녀들이었다.

하지만 그렇게 활약하는 수진의 모습에서 아까부터 뭔가가 계속 거슬린 탓일까? 수영은 결국 견디다 못해 재차 불만을 토로한다.

"…그런데 아까부터 왜 자꾸 그렇게 귀를 후비는 거야? 괜히 나까지 근질거리잖아!"

"아~ 그게… 아까부터 자꾸 간질간질거리는 게… 누가 또 나에 대한 찬양을 늘어놓는 모양이야."

…스스로 한 말에 티끌만 한 거짓도 없다는 듯, 너무나 태연히 자화자찬을 늘어놓는 수진. 그런 그녀의 모습에 내심 한숨을 내쉬며, 수영은 진실을 말해줘야 한다는 의무감을 느꼈다.

"그럴 리가 있겠냐?! 보나마나 또 담당 기자가 현관문을 두들기며, 원고 독촉하고 있겠지!"

현실에서 강하영이 화들짝 놀랄 정도의 대단한 통찰력! 수진도 나름대로 양심이 있는지, 수영의 말을 인정할 수밖에 없다.

"뭐, 그럴 수도 있겠군."

"뭐가 그럴 수도 있다는 거야? 그리고 대체 왜 그렇게 담당 기자를 못살게 구는 거지? 내가 알기론 원고는 이미 예전에 끝냈잖아!"

오오~ 불쌍한 담당 기자의 대변인, 수영! 간만에 한 건 찾았다는 듯, 친구에게 잔소리를 퍼붓는다. 하지만 지존(혹은 더블 에스) 급 마이 페이스인 수진에겐 그런 수영의 지적도 마이동풍일 따름.

"쯧쯧~ 뭘 모르는군. 본래 작가란 담당 기사의 고혈을 짜아침 영양식으로 먹어야 글이 제대로 써지는 존재야. 그러니 이런 나의 행동도 알고 보면, 보다 수준 높은 필력 향상을 위한 자구책으로써……."

"하아~ 그래, 내가 졌다, 졌어."

…뭔가 말이 통해야 설득이 가능한 법. 이 정도까지 안하무인에 사고방식이 별나라 사람 수준이니, 수영도 두 손 두 발다 들 수밖에 없다. 게다가 지금은 마냥 잔소리를 늘어놓기에 그리 썩 좋은 상황이 아니었으니…….

"어라, 이것 봐라?"

역시 황궁은 황궁! 경비병이 피해 황궁의 최고 중심부에 도달하자, 경비병을 여러 가지 의미에서 희롱하던 수진의 발걸음이 멈칫한다.

"이거 조금 곤란한데……."

"응? 무슨 문제라도?"

지금까지와는 달리 왠지 머뭇거리는 수진의 모습에 의문을 발하는 수영. 그러자 수진 역시 스스로도 미심쩍은지 마지못해 입을 연다.

"조금 전부터 온몸이 찌릿찌릿한 게… 아무래도 트랩과 알람 마법이 잔뜩 깔린 것 같아. 이래서야 아무리 내가 용빼는 재주가 있어도 조금 무리인데……."

수진이 팔라스 연합에서 도둑 계열의 직업을 단계별로 차근차근, 즉 정상적인 코스를 밟아 전직 퀘스트를 달성했다면 별문제가 없겠지만… 알다시피 그녀는 운영팀과 '루나'에게서 각종 지원과 혜택을 받아 편법으로 전직한 케이스. 즉 상급 어쌔신의 '위기 감지(패시브)' 능력은 있으되, 하급 로그의 '함정 탐지'나 '함정 해제'를 습득조차 못한 상태다. 결국 수백수천의 경비병보다 몇 개의 트랩이 더 위협적인 게 당연지사.

이에 수진은 위험을 무릅쓰고 강행 돌파를 할지, 시간을 지체하더라도 일일이 돌아다니며 길을 찾을지 고민할 수밖에 없었다. 하지만 강행 돌파하기엔 지난바 무력이 부족하고—아무리 닌자가 삼대사기직업 중 하나라 할지라도 황궁 한복판에서 난장을 부리기엔 역부족이다. 수한이라면 모를까—그렇다고 드넓은 황궁을 전부다 돌아다니기엔…….

"아아, 그런 문제였어? 그런 거라면 내가 해결할 수 있지."

"에?"

수진이 간만에 머릴 부여잡으며 고민한 것이 무색하게 즉답하는 수영. 이어 뭔가 심상치 않은 광경을 연출한다.

"오라(Aura) 온(On). 천사의 성광(聖光)으로 전환."

파아앗!

수영의 스킬 발동어와 함께 그녀 주위를 감싸는 은은한 금빛 오라. 척 보기에도 성스러움이 넘치는 그 모습은 그야말로 고수(?)의 풍모가 느껴진다. 거기다 수영이 만들려낸 오라의 향연이 짙어질수록 수진을 압박하던, 뭔가 꺼림칙한 그 무언가가 급속토록 사라지는데… 이에 절로 입이 쩍 벌어지는 수진.

그녀가 알기로 수영은 현재 벌어지고 있는 일련의 '사태' 수습을 위해, 바로 얼마 전부터 게임에 접속하기 시작했다. 즉, 본격적으로 캐릭을 육성한 지 길어봤자 고작 십여 일밖에 되지 않았다는 뜻!! 그런데 이제 겨우 게임 초짜에 지나지 않을 녀석이 제국의 황궁 내부에 설치된 침입자 방지용, 최소한 상급 이상일 함정과 알람 마법 전부를 일순간에 해제시켜 버렸으니…….

이 대체 무슨 사기 행각(?)이란 말인가?!

"이… 이게 뭐야?! 너… 너, 대체 레벨이, 아니, 직업이 뭐야? 뭐길래 이런 말도 안 되는 일이 가능한 거야?"

"아아, 성녀(聖女)."

"성… 녀? 뭐?! 성녀!!"

F.C. 사의 이대마녀(二大魔女) 중 한 명이자 악의 여왕, 그리고 비밀결사(?)의 최종 보스인 수영이 게임 속에선 성녀?! 아니, 아니… 그보다 어떻게 고작 며칠 만에 4차 직업으로 전

직할 수 있는 거지? 그것도 준(準) 히든 피스 캐릭이라 알려진 성녀로 말이다!

성녀(聖女), 성자와 함께 교단을 대표하는 신의 대리인. 막말로 교황조차 슬슬 눈치를 보는 존재다. 단적인 예로 수한을 잠시 곤욕스럽게 만들었던 란슬롯조차 일개 성기사 중 한 명으로서 성녀가 지닌 영향력에 비하면 티끌 같은 존재인 것이다.

성녀라는 이름이 지닌 그 엄청난 무게감과 특히 그 극악 난이도의 전직 과정을 떠올리며, 수진은 도저히 수영이 성녀라는 사실을 믿을 수 없었다.

"너, 너 대체 무슨 수를 쓴 거야?! 지금까지 성녀가 된 유저는 단 한 명도 없었단 말이야!! 그런데 네가 어떻게?! 설마 버그? 아니면 운영팀 내의 비책이냐?"

"쯧~ 운영팀도 게임 내에선 그리 큰 힘을 쓰지 못하는 걸 알면서… 뭐, 나름대로 수완을 좀 부렸다는 것만 알고 있도록 해."

"끙~ 말을 말자."

방금 전 일의 보복인 걸까? 날카로운 추궁에도 불구하고 두루뭉술 넘어가는 수영. 그런 그녀의 태도에 이번엔 수진의 속이 뒤집어진다. 결국 수진은 머릿속으로 자신이 알고 있는 성녀에 대한 정보를 정리함으로써 수영의 사기 수법을 유추할 수밖에 없는데…….

'뭐, 레벨 문제야 내가 했던 것처럼 '사과 고수 몰이사냥' —···이라고 쓰고 '미남 노예 사냥'이라 읽자— 을 했다고 치고. 문제는 역시 전직인데··· 아, 대체 무슨 수를 쓴 거지?'

사제 계열의 직업을 지닌, 레벨 300 이상의 유저라면 누구나 성녀, 성자가 될 수 있다. 물론 어디까지 이론상 말이다.

사제 계열을 선택한 유저들 대부분이 레벨 300 이상 올리기가 힘들지 전직 자체는 매우 쉽다. 1차 전직부터 3차 전직인 정식 사제까지 별 퀘스트도 없이 술술 진행, 그저 레벨 300이 넘고 나서 4차 전직인 '대사제'가 될 때쯤 조금 골치 아픈 퀘스트(신에 대한 믿음을 증명하기 위한, 정신적 육체적 고행을 빙자한 노가다)를 하는 정도? 그나마 대사제란 직위는 같은 레벨의 '사제'와 별 차이도 없었다.

4차 전직을 통한 보너스 스탯은 일단 전직 퀘스트를 시작하면 자동으로 주어지고—극악의 고행에 앞서, 당근부터 쥐어주는 신전이었다—심지어 전직 퀘스트 실패 여부와 별개로 그대로 유지된다.

즉, 온전히 전직에 성공하더라도 능력치의 상승 없이 신전에 대한 영향력이 늘어나는 게 전부. 결국 권력에 대한 욕망이 없는, 신전 밖에서 싸돌아다니며 사냥에 열 올리는 열혈 사제들에겐 그리 큰 메리트가 없는 것이다. 때문에 대다수의 사제 유저들은 전직 퀘스트를 받은 뒤, 대충 시간만 때우다가 지겨우면 스스로 포기하는 것이 정석.

하지만!! 이렇게 유저들이 대충 넘기는 4차 전직 퀘스트엔 공공연한 비밀이 하나 있었으니… 퀘스트를 완전히 달성한 자에 한해 '랜덤'으로—…한마디로 더럽게 운 좋은 놈이—대사제가 아닌 성녀, 성자가 될 수 있다는 것!!

교황이 신을 모시는 인간들의 '대표자'라면, 성녀와 성자는 신의 은총을 통해 신의 사랑(혹은 영향력)을 세상에 가장 크게 표출시키는 '대리인'. 자연 성녀와 성자는 사제 계열 중 최강(?)의 직업이라 할 수 있다.

하긴 성기사 이상의 능력치와 마나 소모가 거의 없는 오라 계열의 사기 스킬로 무장한 이상, 그 직업이 삼대사기직업(무황, 대마도사, 닌자)에 버금간다고 말해도 누구나 수긍할 터. 거기에 그 공략(?) 방법까지 공공연하게 퍼진 이상 도전하는 사람도 많아야 정상이리라.

하지만… 문제는 역시 그 극악의 전직 퀘스트와 마지막 랜덤 방식! 성기사 전직 퀘스트—참고로 퀘스트를 달성해 성기사가 된 유저는 란슬롯을 포함해 고작 4명뿐이었다—를 능가하는 극악의 노가다(난이도가 아닌, 말 그대로 노가다닷!), 사제 전용 4차 전직 퀘스트만 해도 진이 확 빠지는데…….

거기에 간신히 퀘스트를 통과한다고 해도 7%—럭키 세븐의 의미냐?!—의 확률로 성녀 혹은 성자가 된다고 하니… 어느 누가 감히 성녀, 성자에 도전하랴?

그런데!! 수영이 게임 접속한 지 단 며칠 만에 그 어렵다는 성녀가 되어 나타났다!! 대체 무슨 수로?! 어떤 사기를 쳐서 이런 말도 안 되는 위업을 달성했단 말인가?

'혹시 게임이 상용화되기 전부터 남몰래 틈틈이 게임을 해온 걸까? 아니야, 그건 정말 말도 안 돼! 매일 야근을 밥 먹듯이 하는 녀석이 어떻게 게임을 그렇게 장시간 접속해?'

베스트 프렌드의 권능(?)으로 수영의 생활 패턴을 뻔히 아는 수진이다. 때문에 그녀는 단언할 수 있었다. 수영은 결코 게임에 많은 시간을 투자할 수 없다!!

그나마 최대한 양보한다면… 하루에 최대 한 시간 정도? 하지만 그 정도론 상용화 이전부터 게임을 했다고 해도, 레벨 50 정도 달성하는 게 고작이다('NEW WORLD'에서 고수 소릴 들으려면, 최소한 중급(?) 폐인은 되어야 가능한 일인 것이다).

'아니, 운영팀의 각종 지원을 받는다면, 레벨 100대도 가능하겠군. 하지만 전직 퀘스트는 어쩌고?'

일명 노가다 퀘스트로 유명한 사제 전용 전직 퀘스트. 거기엔 어떤 요령이나 편법도 통하지 않는다. 그저 노가다만이 있을 뿐. 그러니 레벨은 둘째 치고, 전직 자체가 말이 안 된다는 건데… 게임 설정을 변경한다거나 버그 같은 건 애초에 논외로 친다면, 결국…….

"아쌍~ 젠장, 진짜 모르겠다. 대체 무슨 꼼수를 쓴 거야?!"

아무리 머릴 굴려도 나오지 않는 수수께끼의 정답에 결국 두 손 두 발 들어버린 수진. 결국 머릴 부여잡으며 끙끙거리다 완전히 포기하고 만다.

한편 수진이 그렇게 편두통(?)에 시달리는 사이, 수영은 성녀 전용 스킬, '천사의 성광(聖光:범위 내, 6서클 이하의 적대 마법(비공격, 탐지 마법 포함)과 스킬(함정 포함)의 완전 무효화)'을 통해 보무도 당당히 트랩 밭을 돌파하고 있었다(스킬 자체가 오라 계열인 탓에 그저 트랩 밭 한가운데를 천천히 걸으면 알아서 모든 게 해결된다).

푸스스스스~

"어이구~ 거참, 많이도 깔아놨네."

한 걸음 한 걸음, 수영이 걸을 때마다 모습을 드러내며 회색으로 물드는 각종 트랩과 마법진들. 그리고 홍해를 가르는 모세의 모양새로 수영이 점점 멀어지자 그제야 수진은 '엇뜨거' 하며 후닥닥 수영의 뒤를 따른다.

"어어~ 야야, 같이 가~"

경비병이 진을 쳤을 때와는 달리, 수영의 인도 아래 천천히 안으로 진입하는 수영들. 그렇게 대략 10분 정도를 걷자 그제야 수진을 자극하던 위화감이 점차 사라져 갔다.

"자, 이제 됐다. 더 이상 함정 같은 거 없어!"

"흐음~ 그래? 그럼, 오라 오프(Off)."

파스스스~

수진의 말에 오라 효과를 거두는 수영. 그러자 지금껏 그녀의 몸을 감싸던 황금빛 오라가 아름다운 오색 물결의 여운을 연출하며 서서히 사그라진다.

그런데… 그 멋들어진 배경 효과(?)가 마음에 들어서일까? 그 광경을 잠시 멍하니 바라보던 수진의 눈에서 순간 탐욕이 찌든 안광(眼光)이 번뜩거리는데…….

"수~ 영~ 아~"

'윽~ 역시…….'

수진과 단짝 친구로서 지낸 지 벌써 십여 년. 눈빛만 봐도 그 뜻을 아는 경지에 오른 수영이다. 그런 그녀가 어찌 지금 이 순간 노골적으로 드러내는 수진의 꿍꿍이속을 모르랴?

하지만!! 최후의 히든카드를 이대로 순순히 공개할 순 없는 노릇. 하물며 온갖 '금제'와 그에 따른 '대가'를 덕지덕지 바른―…역시 세상엔 공짜가 없는 법이다―지금 상황을 설명하기엔 그녀의 자존심이 용납하지 못한다. 그리고 무엇보다도,

'본래 최종 보스(?)는 하나둘 뭔가 비밀이 있어야 폼이 나거든.'

…뭔가 수한틱한 사고방식을 은근슬쩍 드러내며, 피는 물보다 진하다는 사실을 증명하는 수영. 그러나 그런 깊은(?) 속내를 모르는 수진은 성녀가 지닌 화려함에 반한 나머지, 계속 수영을 압박할 따름이다.

"아잉~ 수영아~ 그러지 말고 전직 방법 좀 알려줘~ 하다못해 그 스킬만이라도……."

웬일로 있는 대로 아양까지 부리며 수영을 유혹(?)하는 수

진. 그러나 수영이 남자이거나 백합 계열이라면 모를까, 수진의 그런 노력은 아무런 소용이 없는 게 당연지사. 이에 수영은 지금과 같은 상황에서 거의 97% 확률로 그 위력을 발휘하는 '말 돌리기 신공'을 펼쳤다.

"가만! 조용히 좀 해봐. 뭔가가 이상하지 않아?"

"에? 뭐가?"

뭔가 큰일이라도 난 듯, 심각한 어조로 수진의 관심을 돌리는 수영. 역시나 단순하기가 수한과 맞먹는 수진은 한 큐에 넘어가 수영의 심각한 분위기에 동조했다. 뭐, 그다음은 그야말로 일사천리, 상황 종료다.

"한번 생각해 봐. 황궁의 가장 중심부인 이곳엔 트랩과 알람 마법만 있을 뿐, 아무런 경비가 없잖아."

"에? 정말이네?"

"즉, 이곳 내부 사람들에게조차 숨기는, 아주 비밀스런 뭔가를 이곳에서 진행하고 있다는 의미야."

"어? 응, 그렇지."

"솔직히 외곽의 경비병들 역시⋯ 아무리 수한 녀석을 미끼로 주전력을 이탈시켰다지만, 그 숫자가 너무 적었어. 명색이 황궁인데, 너무 지나칠 정도로! 아무리 네가 닌자라지만 거의 무인지경으로 이곳까지 왔잖아."

"하긴⋯⋯."

말빨로 수진의 혼을 쏙 빼놓는 틈틈이, 아주 노골적으로 수한을 이용했음을 드러내는 수영.

…주인공에 대한 티끌만 한 배려조차 느껴지지 않는 언사다. 하긴 애초에 그런 캐릭(?)이니, 어쩔 수 없을 터.

그런데! 수영이 자신의 무시무시한 성향을 노골적으로 드러내며 수진의 관심사를 재차 딴 곳으로 유인하려는 찰나!

―이제 슬슬 오는 게 어떨까? 기다리기 조금 지루한데…….

"헉?!"

"이건?!"

별안간 수영과 수진의 머릿속에 울리는 그 누군가의 음성. 너무나 갑작스러웠기에, 그리고 그 말이 뜻하는 의미에 절로 가슴이 서늘해진다.

'이미 우리가 올 것을 알고 있었던가? 설마 그 때문에 경비가 적었던 건…….'

상대의 능력이 예상 범위에서 벗어나자 수영의 머릿속은 복잡해졌다. 기껏 수한을 미끼로 리버스의 졸개(?)들을 이곳에서 배제시켰건만… 그러나 이미 상황은 기호지세.

"좋아, 가자."

"응? 아, 그래."

얼굴을 굳힌 채 천천히 무거운 발걸음을 옮기는 수영과 잔뜩 당황한 기색으로 그 뒤를 따르는 수진. 그녀들은 머릿속에 울리는 안내자의 설명에 따라 황궁의 복도를 걸었고, 잠시 뒤 황궁 내 거대한 홀에 도착할 수 있었다. 그리고 그곳에 있는 건……

"생각보다 너무 늦군. 기껏 점심 식사를 준비했는데… 벌써 다 식어버렸어."

거대한 홀 중앙, 장소에 비해선 너무나 작지만 세 명이 앉기엔 터무니없이 큰 식탁에서 그가 기다리고 있었다. 바로……

"리버스……."

"후후~ 그래, 내가 바로 리버스다."

수영의 말에 순순히 시인하며, 리버스는 면사 아래 입꼬리를 슬며시 추켜올린다. 즉, 뭔가 기분 나쁜, 비웃음과 같은 이상야릇한 미소를 지었다.

그러자 왠지 급격히 기분이 나빠지면서, 자신도 모르게 채찍을 움켜쥔 수진. 이어 수영이 뭐라 말릴 새도 없이 리버스의 정면을 향해 몸을 날린다.

"너, 일단 몇 대 맞고 시작하자!"

지금까지 자신을 고생시킨, 모든 일의 단초를 제공한 놈. 거기에 저런 재수없는 미소까지 짓다니… 무엇보다 용서할 수 없는 건, 미남임이 분명한데도 면사로 얼굴을 가렸다는 사실! 이건 마땅히 징계(?)가 필요한 상황이 아니겠는가!!

그런데……

"후우~ 여.전.히. 천방지축이군. 포박(捕縛)! 감전(感電)!"

면사를 노린 수진의 채찍이 바로 코앞까지 다가왔음에도 여전히 여유 만만인 리버스. 그저 느긋이 스킬 시동어를 말했고, 그것으로 충분했다.

파파팍! 파지지지직~

"으캬캬캬캬캬~"

일순간 수진의 몸이 정지하더니, 짜릿한 전기 안마(?) 세례가 내려진다. 일반적인 스킬 딜레이나 발동 시간 따윈 애초에 무시한, 뭔가 비정상적인 운용. 그 모습에 수영은 입술을 질끈 깨물며 '제압' 대신 '협상'을 생각해야만 했다.

'역시 무리인가? 일단… 뭘 원하는지부터 알자. 침착해, 그리고 냉정하게 생각해. 늘 하듯이 말이야…….'

잠시 호흡과 마음을 가다듬은 뒤, 천천히 앞으로 나서는 수영. 옆에서 심한 파마머리를 한 채 해롱거리는 단짝 친구의 존재는 이미 그녀의 뇌리에서 사라졌다. 이제 그녀의 시야엔 오직 리버스만이 존재할 뿐.

하지만 그런 그녀의 냉정함도 리버스의 말 한마디에 무너져 내려야 했다.

"후후~ 이제야 제대로 대화를 할 상대가 나선 것 같군. 어서 오시게. 4운영팀의 팀장 나으리."

'…나를 알고 있다?! 어떻게?! 그러고 보니 방금 전, 수진 역시 아는 듯했어.'

머릿속에 울리는 경종과 함께 애써 준비했던 모든 협상 제의와 대처 방안이 엉망진창이 되었다. 하지만 냉정함으로 이름 높은 얼음여왕 수영답게 자신의 당황을 내색하지 않고, 상대에 대한 정보를 재정리, 분석하기 시작했다.

매트릭스 프로젝트를 위한 첫 번째 '실험체'였으나 실험 실패로 인해 사망 처리된 인물. 몇 년이 지나 리버스란 인물로 '세상'에 재등장, 변방의 소국을 지금의 자이드 제국을 만듦. 이어 몇몇 강자들을 굴복시켜, 함께 오대신기 중 네 개를 모아 모종의 일을 획책 중. 그리고 현재 필멸자로 추정되는……

'정보가 너무 부족해. 시간이 좀 더 있었더라면 좋았을 텐데. 하지만 소득이 아주 없는 건 아니지.'

현 상황을 설명할 수 있는 두 가지 가정이 있다. 상대가 외부, 현실 세상과 접할 수 있는 매개체가 있다는 게 첫 번째 가정, 그리고 자신을 '예전'부터 알고 있었다는 게 두 번째 가정. 찰나의 순간, 모든 가정과 전황 분석을 통해 수영은 점차 진실에 접근해 들어갔다.

그리고 마침내 내린 결론은…….

"그렇군. 결국 둘 다였어."

"호오~ 벌써 눈치 챈 건가?"

'독심술'이란 스킬이 없음에도 어느새 수영의 생각을 눈치 챈 듯한 리버스. 하지만 이미 상대의 카드를 어느 정도 짐작한 수영은 더 이상 동요하지 않았다. 적어도 그녀는 지금

이 시점에서 가장 중요한 게 무엇인지 깨달은 것이다.

"아아~ 정말 큰 실수를 했어. 설마 이 내가 가장 기본적인 것을 잊고 있었다니… 나도 이제 슬슬 은퇴할 때가 된 건가?"

"……"

차분한 음성으로 자기 한탄하는 수영. 그녀의 그런 여유로운 태도에서 드디어 자기 페이스를 되찾았음을 알 수 있다. 그리고 리버스 역시 그 사실을 느꼈는지 조용히 입을 다무는데…….

그로 인해 순식간에 달라진, 보다 진지해진 분위기 속에서 수영이 마침내 반격을 시작했다.

"당신… 대체 누구지?!"

그렇다. 상대의 의도를 알기보다 가장 먼저 선행되었어야 했던 질문. 상대는 결코 단순한 실험의 '희생양'이 아니었던 것이다.

그리고 그런 수영의 질문이야말로 리버스가 기다렸던 것.

"크크큭~ 크하하하하~"

수영의 말이 끝나기도 무섭게 홀 전체에 울려 퍼지는 리버스의 광소. 대체 무엇이 그렇게 유쾌한지 그의 웃음은 잠시 동안 끝날 줄 몰랐다. 그리고 기쁨과 기대, 그리고 일말의 분노가 담긴 광소가 끝낸 뒤, 리버스는 입을 열었다.

"크크큭~ 드디어 그 질문을 하는군. 하지만! 늦어도 너무 늦었지. 때문에 나도 약간의 심술을 부려야겠어."

"뭐? 그게 무슨?"

다시 예상을 뛰어넘는 리버스의 대답에 수영은 재차 흔들릴 뻔했다. 그리고 이어 리버스의 손짓에 의해 생성된 '그것'을 보는 순간, 내심 더욱 당황해야 했다. 대체 왜 저것을?

크기 5m에 달하는 거대한 거울과 그 안에서 선명하게 내비치는 전장의 모습. 그리고 그 중심에서 대치 중인 수한과 검은 전신 갑옷의 남자.

"원경 마법을 통해 형상화한 모습이지. 거의 실시간에 가까운……."

"이게 무슨 뜻이지?"

"아아~ 간단해! 그저 내기를 하자는 거야."

"내기?"

수영은 대화를 진행할수록 미간의 주름이 짙어졌다. 기껏 페이스를 되찾았다고 여겼건만, 어느새 다시 리버스의 페이스로 넘어간 것이다. 저 녀석… 진짜 강적이다.

"저기 보이는 네 동생과 내 대전사가 싸워 이기는 쪽이 승리한다는 거지. 아주 간단해. 그리고 승리한 쪽은 패배한 사람에게 한 가지 '부탁'을 할 수 있지."

'수한까지 안다는 건가? 대체 어느 선까지 운영팀 내부와 연결된 거지?'

상대가 수한의 존재를 안다는 사실에 재차 경악하는 수영. 그러나 지금은 단순히 놀라고 있을 때가 아니다.

"부탁?"

"그래, 부탁. 예를 들어… 방금 전, 너의 질문에 대한 대답 같은 걸 말이야."

현재 수영이 처한 입장에서 리버스의 제안은 마지막 역전의 기회와도 같은 것. 대체 무슨 의도로 이런 제안을 하는지는 모르겠지만… 수영으로썬 거부할 수도, 거부할 생각도 없었다.

"알았다. 그 제안을 받아들이지."

"큭~ 좋아, 이로써 내기 성립이다. 아, 그리고 이거 사족인데… 알고 보니 내 대전사인 '다스'는 네 동생에게 상당한 원한이 있더군. 아마… 좋은 승부가 될 거야."

기회를 놓칠세라 수영이 재빨리 응하자 재차 의미심장한 미소를 지으며 화답하는 리버스. 그러나 그런 리버스의 자신만만한 태도에도 불구하고 수영은 내심 승리를 자신했다.

그렇다. 그녀의 동생이 누구던가? 바로 사기 지존 캐릭의 선두 주자, 대마왕 데스로드가 아니던가.

'단순한 초월자 수준을 넘어 신의 반열에 오른 수한이다. 이 승부… 결코 질 리 없다.'

동생을 미끼로 사용한 주제에 지금은 이렇게까지 믿고 의지하다니… 뻔뻔하긴 하지만, 누나로서의 특권(?)을 마음껏 행사하는 수영이다.

그러나… 그런 수영의 예상과는 달리, 정작 거울 속 상황은 결국 수한에게 낙관적이질 않았다.

'전설'이라고까지 칭해지는, 한 명의 프로 게이머가 있었다. 자연 최고의 인기 가상 현실 게임, 'NEW WORLD' 내에서도 '최초의, 최강의'라는 온갖 수식어와 함께 부동의 제왕 자리를 차지한 것이 당연지사.

게임 전반의 모든 요소들을 적절히 활용하는 천재적 감각과 사람들을 단숨에 휘어잡는 카리스마, 그리고 게임 내 막강한 인맥. 그 모든 요소들을 지닌 그는 무수한 화젯거리를 만들며, 유저로서 처음으로 정파무림맹의 맹주 직에 오르는 데 성공한다.

…그러나 그의 욕심은 거기서 끝나지 않았다.

단순히 정파무림에만 만족할 수 없던 그는 제국 전체를 원했고, 은밀히 유저들의 힘을 결집시켜 제국 황제의 자리까지 넘보았다. 그리고 그의 빈틈없는 계획과 실행력으로 그 목표를 거의 달성하는 듯 보였으니… 한마디로 일세를 풍미할 대효웅이 아니고 무엇이랴?

그러나 그가 막 역천(逆天)을 위한, 마지막 한 걸음을 내딛으려는 순간! 묵천마신교(墨天魔神敎), 즉 마교의 교주인 수한이 꾸민 '청제국 무림 말살계' ―…거창한 이름과는 달리 그 목적은 오직 득템이었다―에 의해 모든 계획이 허물어지는 좌절을 맛보아야만 했다. 결국 자신의 야망을 달성하기는커녕 역모의 주동자로서 쫓기는 신세가 된 그.

하지만 그는 자신이 처한 절망적인 상황에서도, 모든 걸 포기하는 대신, 자신에게 처음으로 패배를 안겨준 수한에게 복수를 다짐한다. 때문에 누구도 넘지 못했던 장백산맥(드래곤 산맥)을 넘어, 팔라스 연합에서 재기를 꿈꾸었으니……

청제국 시절 당시 '천무검황(天武劍皇)'라 불렸던 그는 지금 이 순간, '다스 어벤저'라는 새로운 이름으로 수한과 마주하고 있었다.

─그래, 이제야 날 알아보는군.

투구를 벗었음에도 여전히 괴이하게 울리는 다스의 음성. 그리고 과거 영웅적 풍모완 너무나 달리진, 피폐하고 창백해진 얼굴. 과거 그와 직접 대면한 적이 있는 수한이 아니었다면, 그가 천무임을 알아차리지도 못했으리라. 대체 지금까지 무슨 고생(?)을 했기에……

그러나 그런 천무의 변화된 모습보다 수한은 다른 것이 더 신경 쓰인다.

"이럴 수가… 어떻게 장백산맥을 넘어서……?"

자타가 공인하는 좀비 몸빵 캐릭에 무한 마나 탱크인 자신조차 생고생을 하며 간신히 넘은 장백산맥이다. 그런데 당시 패배로 레벨 다운까지 크게 당한 주제에 어떻게 그 험한 곳을… 물론 장백산맥의 지도인 '영물군락도'의 도움이 있었겠지만, 그것만으론 어림도 없는 일. 카오틱 드래곤은 둘째 치고, 얼마나 많은 고렘의 몹들이 산맥 전체를 가득 메웠던가?

한마디로 말해…….

'독한 놈.'

천무검황, 아니, '다스'의 끈질김에 절로 오한이 드는 수한. 주인공인 주제에 '근성과 재능'보다 오직 '운빨'로 이 자리까지 온 만큼 전통파 근성 캐릭인 천무에게 자신도 모르게 주눅들 수밖에 없다.

한편 그런 수한의 속내를 아는지 모르는지, 마침내 숙적에게 자신의 정체를 드러냈다는 사실에 완전히 도취된 다스. 지금까지 쌓아온 울분을 해소하고자 자신도 모르게 말이 많아졌다.

―크큭, 그때 '탑'에서 널 보고 얼마나 놀랐던지… 설마 너까지 이곳에 올 줄은 정말 몰랐다.

'그래, 네 말이 맞다. 정말 지긋지긋한 악연이군. 돈을 벌기 위해 이곳까지 와서 다시 널 만나게 되다니…….'

―그 이상한 탑의 경우도 그렇고… 역시 특수 이벤트용 NPC답군. 이렇게 일을 크게 벌이다니… 청제국에서의 일은 정말 별게 아니었어.

'어라? 이 자식, 아직도 내가 NPC라고 생각하는 건가? 하긴 결정적인(?) 순간 때마다 NPC흉내를 냈으니…….'

지금까지 수한이 벌인 엄청난 일들을 생각해서인지 뭔가

이상한 오해를 하는 다스. 하긴 '일반적'으로 생각할 때, 일개 유저가 어찌 그런 협겁(血劫)들을 자행할 수 있겠는가(그런 측면에서 볼 때 수한은 진정 악마다!).

거기다 스스로의 성 정체성(?)을 위해, 그리고 지금까지 행한 악행들을 고려해, 자신이 유저임을 드러내지 않았던 수한(…정체를 드러내는 순간 100% 현피 확정이니, 어쩔 수 없는 조치였다). 자연 그런 요소들이 복합적으로 어우러져 다스를 비롯한 대다수의 사람들—대표적인 예가 란슬롯이다—이 수한을 NPC로 인식하는 게 현재 상황인 것이다.

그리고 그런 사실을 재차 인식하는 순간, 수한의 마음도 조.금. 편해졌다.

'크크크~ 날 NPC로 안단 말이지? 그럼 한번 제대로 놀아볼까?'

현피에 대한 부담을 벗는 순간, 재차 '그분'이 강림한 수한. 유저가 아닌, 진짜 '대마왕'으로서 다스를 상대하기로 마음먹는다. 이에 다스의 말에 슬슬 장단(?)을 맞춰주는데…….

"크크크~ 버러지같이 끈질지게 아직도 그 천한 삶을 이어가고 있군. 역시 '불멸자(유저를 지칭하는 용어)'는 달라. 하지만… 이번엔 그 불멸성을 원망하게 만들어주마. 영원히 나의 장.난.감. 인.형.으로서……."

어둠의 오라를 풍기며, 최종 보스 모드로 접어든 수한. 그를 중심으로 퍼지는 강력한 마력과 그로 인해 물결치듯 흔들리는 대기는 일순간 다스를 압박한다. 그리고 그 강렬한 압박감에 자신도 모르게 마른침을 삼키는 다스.

'…역시 대마왕이란 건가?'

격전 와중에 벗겨진 후드로 인해 어느 틈엔가 드러난 데스로드의 얼굴. 지금 당장이라도 빈혈로 쓰러질 것 같은 병약미와 대마왕 이후 생긴 지독한 색기(?)로 인해 '죽은 자들의 군주'이자 '마계의 첫 번째 대마왕'이라곤 도저히 믿을 수 없는 모습이다.

하지만! 과거 그가 행한 일들을 생각한다면, 아니, 지금 이 순간 내뿜고 있는 기세만 고려한다고 해도 방심은 절대 금물.

우웅~

다스는 수한의 기세에 대항하며 검에 재차 검강과 뇌전, 그리고 신성력을 혼합한 그만의 '스킬'을 구현하기 시작했다. 오직 수한을 상대하기 위해 만든, 그의 피땀 어린 집념의 산물. 그러나… 그것만으론 수한을 상대하기엔 역부족인 것 같았다.

정체를 드러내기 전까지 거의 박빙의 승부를 보였다곤 하나 상대는 아직 전력을 다하지 않은 상태. 무엇보다 이전 청제국 시절 자신을 패배시켰던, 그리고 탑에서 자신을 곤죽으로 만들었던 그 무지막지한 스킬을 아직 보여주지도 않은 것이다. 이래서야…….

'아직 날 얕잡아 본다는 뜻이겠지.'

생각하는 것만으로도 두 눈에 핏발이 서는 다스. 장백산맥을 넘기 위해 갖은 고생을 하고, 심지어 수한을 이기기 위해 '악마'와 계약까지 했건만… 아직도 부족하다는 건가?

'아니야. 나 역시 준.비.한 것을 다 보여주지 못했어. 그리고 무엇보다 난…….'

다스는 지금껏 참아온 분노를 더욱 고조시키며 재차 전의를 다졌다. 그렇다. 상대가 전력을 다하지 않았다곤 하지만, 자신 역시 전력을 다하지 않았다. 승부는… 이제부터 시작인 것이다.

파악!

한껏 폼(?)을 잡은 채 기세를 통해 다스를 도발하는 수한. 다스는 그런 수한을 향해 전력으로 쇄도했다. 그러자 그의 형상을 띤 십여 개의 분신 역시 실체와 같은 무게감으로 수한을 향해 검을 내지른다. '미러 이미지'와 '이형환위'를 함께 운용한, 말 그대로 사기적인 결과.

…먼치킨을 상대하기 위해선 자신 역시 먼치킨이 될 수밖에 없다는 건가? 하지만 다스의 사기(?) 공격에 대한 수한의 대응은 그 이상이었다.

"크카카카~ 십방장환 트리플!"

우우우웅~

상대가 누구인지 알게 되었으니 더 이상 봐줄 필요가 없다는 걸까? 시작부터 궁극기를 발동하는 수한. 그와 동시에 수한의 몸을 중심으로 30m 범위 내, 30만에 육박하는 '데미지 필드(Damage Field)'가 형성되었다. 그 결과 다스와 그의 분신들은 태풍 만난 조각배 신세가 되는 게 당연지사. 하지만!

―치잇! 역시 이거냐?!

파악! 파악! 파악!

이미 두 번 이상 접해본 스킬에 또다시 당한다면 어찌 프로게이머라 할 수 있으랴? 다스는 이형환위를 세 차례 연속으로 전개한 뒤, 재차 '배리어'를 펼쳤다. 그리고 그 순간, 배리어에 몰아치는 십방장환의 충격파.

콰콰콰쾅!!

―크윽~

나름대로 방비를 했음에도 절로 터져 나오는 신음성. 간신히 치명적인 부상은 면했지만, 수한의 가공할 공격력에 절로 소름이 돋는다. 이거, 뭐… 피하는 것만이 유일한 방책이라고 해야 하나? 그러나 그런 상대의 강함에 더욱 전의를 치솟는 다스.

―좋아, 바로 이거야. 이 정도는 돼야 지금까지의 고생이 가치가 있지.

한편 싱싱하다 못해 파릇파릇(?)한 다스의 모습에 수한은 고개를 갸웃거린다.

"어라? 아직 살아 있어? 거기다 거의 멀쩡하잖아?"

워낙 의외의 존재가 난데없이 등장했기에 조금 놀라긴 했지만 수한은 결코 겁먹은 건 아니었다. 하긴 이미 청제국 시절, 상대를 이미 한차례 무릎 꿇리지 않았던가? 단지…….

괜히 질질 끌었다가 또 무슨 귀찮은 일을 당할지 모르는 탓에 상대가 '천무검황'임을 알자 바로 전력을 다했던 것뿐. 하긴 천무검황쯤 된다면 단순히 스트레스 해소용으로 인식했던 리버스의 졸개(?)완 대우가 달라야 하지 않겠는가? 그런데 역시나…….

"과연 이름값은 한다, 이거지. 그럼, 나도 진.짜.로 상대해주지."

'장환' 같은 원거리 공격 스킬도 있지만, 수한의 주무공은 어디까지 권법이다. 거기에 그 특유의 방어력과 HP량으로 고려할 때, 맷집 하나만큼은 타의 추종을 불허한다. 즉, 가까이 붙어 난타전으로 나서는 게 수한에겐 가장 최적화된 공격 방법.

그러나 상대 역시 수한처럼 이형환위를 쓰는 신법의 달인으로서 괜히 도주가 걱정된다면? 그리고 마나 소모량을 무시하고, 단시간 내 승부를 내고 싶다면?

파앗! 우우우우우웅~

스스로의 말이 채 끝나기 전에 급속 이형환위를 전개, 다스의 코앞까지 접근한 뒤 십방장환을 펼치는 수한. 괜히 질질 끌 생각이 없는 탓인지 그의 공격은 그야말로 인정사정없이 무지막지했다.

콰콰콰쾅!! 콰콰쾅!! 콰콰쾅!!

—큭~

아주 확실히 끝을 낼 생각인지, 십방장환을 쉴 새 없이 십여 번이나 전개한 수한. 그로 인해 장내엔 재차 대기를 뒤흔드는 연속된 폭발음들과 사방으로 튕겨져 나가는 고철 더미(?)들이 생겨났다. 그리고 그 틈새에서 얼핏 들리는 다스의 신음성. 이 번엔 제법 피해가 있는 듯 보였다. 그러나…….

수한은 여전히 뭔가 불만족스럽다.

"또 피해?! 큭, 그동안 수련이라도 한 모양이지?"

—크크크~ 아직 놀라기엔 이르다.

팔 하나가 작살나 덜렁거리는 주제에 수한에게 잘난 척 대 답하는 다스. 하긴 수한이 나름대로 자신했던, 이번에야 확실 히 끝장낼 생각으로 펼친 공격을 상대가 또다시 피했으니… 거기다 다스가 지닌 스킬은 공격용만 있는 게 아니었다.

—힐링.

파아앗!

"…즉사가 아닌 한, 다시 원점이란 말이지? 큭~ 좋아, 누 가 더 오래 버티나 보자!"

회복 마법을 통해 곤죽이 된 팔을 순식간에 회복시킨 다스. 그런 그의 모습에 수한의 미간이 절로 찌푸려진다. 하지만… 몸으로 때우는 것이야말로 수한의 장기가 아니던가?

파앗!

파앗! 파앗!

재차 이형환위를 펼치는 수한, 그리고 그에 대응해 역시 이형환위로 대응하는 다스. 공격의 주도권을 잡기 위해, 혹은 공격을 회피하기 위해 수많은 잔상들이 한곳에서 이리저리 춤을 춘다.

서로 간의 스피드는 대등, 파워는 수한이 압도적. 그러나 스킬 운용과 활용 면에선 다스가 우위인 상황. 결국 접전은 팽팽한 양상을 유지하며 지구전이 되었다.

하지만…….

HP와 마나량이 드래곤을 능가하는 수한에게 지구전으로 과연 승산이 있을까?

"크카카카카카~ 좋아, 간만에 재미있었다. 하지만 이제 슬슬 끝내는 게 어떨까?"

장내에 잔상(殘像)의 군무가 펼쳐진 지 한 시간. 시간이 지날수록 서서히 느려지는 다스의 신형을 보며 수한은 광소를 터뜨렸다. 역시 아무리 전설이라 불리던 남자라도 대마왕인 자신을 상대하기엔 역부족이 아닌가?

그러나 수한의 회유(?)에도 불구하고 끝까지 이형환위를 전개하는 다스. 이형환위를 멈추지 않는 한, 제아무리 수한이라도 다스를 잡아낼 재간이 없기에 수한 역시 계속 이형환위를 전개할 수밖에 없다. 자연 승산이 없는 싸움을 지루하게 끄는 다스에게 수한이 짜증을 내는데…….

"젠장! 지금 뭐 하는 거야? 공격하는 것도 아니고, 그저 피하기만 하고… 차라리 그냥 포기하는 게 어때?!"

—…….

한참 전부터 변변한 대응 없이 다스는 수한을 피하기만 했다. 그저 한다는 짓이 수한을 향해 약을 올리듯 왼손을 살랑살랑 흔드는 게 전부. 슬슬 수한의 인내심에 한계가 도달할 수밖에 없었다.

"크아아아아~ 좋아. 이렇게 되면…….."

설마 이 상황에서 진명 스킬, '커스 필드'를 쓰게 될 줄이야. 마나 대 효율비가 극악 중에 극악이다.

아무리 수한이 대마왕으로 승급하여 스킬 전개 시 마나 소모율이 줄었다곤 하지만, 진명 스킬을 한 번 전개하기 위해선 전체 마나량의 30%가 그냥 사라진다. 그런데 그런 막대한 마나 소모를 단 한 명을 상대하기 위해 감수해야 되다니.

"큭~ 적자(?) 중에 적자지만 효과만은 확실하니……."

일단 전개했다 하면 그 엄청난 범위나 위력 면에서 절대적인 게 '진명 스킬'. 펼치는 순간, 다스는 거미줄 걸린 파리 신세가 되리라. 아니, 적어도 지금처럼 팔팔하게 움직이진 못하리라. 때문에 수한은 회심의 미소를 지으며 커스 필드를 전개하.려.고 했다. 그런데?!

"어억?! 갑자기 이게 뭐야?!"

커스 필드를 전개하기 위해 양팔을 벌리는 순간, 움직이질 않는 수한의 몸. 대체 무슨 영문인지 손가락 하나 까닥일 수 없다. 그리고 그런 수한의 모습에 그제야 신형을 멈춘 다스. 이어 그의 입에서 터져 나오는 광소.

─크크크크, 크하하하하하~ 드디어 걸렸군!

"설마!!"

'이상 상태'에 빠진 자신의 몸과 다스의 행동에서 그제야 뭔가를 느낀 수한. 다스는 그런 수한에게 친절히(?) 현재 상황에 대해 설명해 준다.

─너만을 위해 만든 스킬이다. 청제국에서 가져온 무형단혼장(無形斷魂掌)을 기본으로 각종 '스턴 효과'가 극대화된 스킬을 조합했지. 물론 신.성.력을 섞어서.

"스턴… 효과?!"

─그렇다. 데미지가 거의 전무한, 오직 '스턴 효과'만을 목적으로 한 공격 스킬이지. 거기다 네가 눈치 채지 못하도록 무형무음(無形無音)의 특징까지 가미했고.

"그런!!"

다스의 설명에 수한은 조금 전까지 자신을 향해 손을 살랑이던 다스의 행동을 떠올릴 수 있었다. 그렇다면 그것이 바로?!

─큭큭~ 그나저나 정말 대단해! 드레이크조차 단 한 방에 스턴 상태에 빠졌는데… 무려 수백 번이나 써야 간신히 효과를 보다니.

"이익~"

다스의 조롱기 어린 설명에 분기를 억누를 수 없는 수한. 한마디로 넌 둔할 대로 둔해 수백 번 공격을 당했어도 알아차리지 못했다는 말이 아닌가? 이에 수한은 분노 파워(?)를 통해 억지로 몸에 힘을 주어 스턴 상태에서 빠져나오려 했다. 그러나… 그러기엔 이미 때가 늦었다.

―널 상대하기 위해 준비한 또 다른 스킬이다. 이건… 오직 널 죽.이.기. 위한 거지.

우우우우우웅~

다스의 선언과 함께 검에 형성되는 심상치 않은 기운. 조금 전의 신성력, 뇌전, 검강 조합 이상의 파괴력이 느껴진다.

불사신을 연상케 하는 엄청난 HP와 그에 버금가는 힘, 그리고 그 힘을 100% 제대로 활용할 수 있는 사기 스킬. 이 정도면 가히 무적이라 할 수 있으리라. 그렇다면 그런 괴물 같은 존재를 쓰러뜨리면 어떻게 해야 할까?

근접해서 난타전을 벌일 경우, 백전 백패. 지구전 역시 마찬가지. 방법은 오직 단시간 내, 그것도 단 일 격에 승부를 내야 한다. 괜히 시간을 끈다거나 상대에게 일 격이라도 허용한다면, 그것은 바로 패배를 의미했으니.

때문에 다스가 준비한 것은 자신의 모든 것을 단 한 번의 공격에 집중시킨 필살기! 그것도 수한 같은 괴물에게까지 통용되는 궁극필살기(窮極必殺技)였다!

―자! 널 위해, 오랜 시간 공들인 나의 선물이다!!

"아… 니… 굳이 그럴 필요는……."

우우우우우우우웅~

스킬을 마스터한 경우, 스킬명을 일일이 외칠 필요 없이 단지 의지만으로 구현 가능하다. 거기에 덧붙여 스킬 운용 시 보다 많은 마나량을 투자할 경우, 스킬 위력이 증대되는 효과도 볼 수 있다. 하지만 세상만사가 다 그렇듯, 그런 편법(?)이 제대로 된 것일 리 만무.

위력을 증대시킨다곤 하지만 투자한 마나량에 비해 그 차이는 극히 미비. 한마디로 효율이 떨어진다. 그렇게 마나를 낭비할 바에는 차라리 스킬을 두 번 시전하는 게 상대방에서 더 큰 데미지를 준다고 할까?

그러나!! 지금 이 순간, 다스가 시전하는 스킬은 그런 일반적인 경우에서 벗어난, 아주 특별한 것이었다.

대(對)수한용 공격 스킬 2탄! 오직 데미지 극대화만을 목적으로 한, 마나를 주입할수록 데미지가 누적 증폭되는 특수 옵션이 붙은 사기 스킬! 거기다 다스가 항마천황격(降魔天皇擊)이라 이름 붙인 이 스킬은 '신성력'을 기반으로 하여 수한과 같은 마(魔)속성을 지닌 존재에겐 '본신 방어력 완전 무시'라는 옵션까지 붙어 있었다. 즉, 제아무리 수한이라도 매.우.위험한 스킬이라는 건데…….

물론 세상엔 공짜가 없다는 절대진리(?)를 상기시키듯, 이

사기 스킬에도 한 가지 약점이 있었으니… 바로 수한의 절대 강환포와 같이 마나 주입과 스킬 운용에 제법 긴 시간이 걸린 다는 것.

그러나 다스는 이미 그 약점을 보완하기 위해 스턴 효과가 극대화된 스킬로 수한을 묶은 뒤, 괜히 설명한답시고 주의를 끌어 재차 스킬 구현을 위한 시간을 벌었다. 그 결과…….

우우우우우우우우우우우웅~

'어비스의 미궁'에서 얻은 '웰빙(?) 반지'로 인해 당초 예상보다 한층 더 강화된 스킬. 이번에야말로… 이번에야말로 끝이라 생각을 하며, 다스는 힘차게 검을 내질렀다. 그에 따라 느린 듯하면서 빠른, 그리고 너무나 무거운 듯하면서 한없이 가벼운 광휘에 싸인 그 무언가가 수한을 향해 쇄도했다.

그리고 바로 그제야 풀려 버린 수한의 스턴 상태.

"크아아아아아!!"

콰콰콰콰콰콰콰콰콰콰쾅!!

수한의 절규에 가까운 기합성이 어렴풋이 들리는 가운데 대지를 종잇장마냥 갈가리 찢어버리는 대폭발. 그 폭발의 여진으로 인해 그 스킬을 시전한 다스조차 뒤로 튕겨져 나갔다. 그리고 응축된 마나가 수한의 육체와 접촉하는 순간, 뒤이은 2차 폭발.

콰콰콰콰콰콰콰콰쾅!!

두 번에 걸친 대폭발과 그로 인한 후폭풍은 그 주위 사방

100m를 영향권으로 두어 괜히 주위에 얼쩡거리던 아이언 골렘들을 반파 상태로 만들었다. 그리고도 모자라 전장에 널리 퍼져 있던 3만 기에 달하는 아이언 골렘과 수한의 수하들 역시 잠시 휘청거리게 만들었으니… 그 위력은 가히 경세적(… 물론 절대강환포와 비교하기엔 한참 부족하다).

―크윽~ 이거… 내가 만든 거지만, 정말 대단하군.

처음 폭발의 여진보다 덜하지만 여전히 위협적인 충격파를 맞이하며 다스는 자신도 모르게 말을 더듬었다. 반지를 낀 뒤 처음 사용한 탓에, 아니, 자신이 지닌 모든 마나를 주입한 것이 처음이기에 이 정도 위력일 줄은 몰랐다. 이 정도라면 능히 드래곤 브레스조차 능가하지 않겠는가?

'그래, 이 정도라면… 거기다 분명 직격이었어. 그럼, 내가 이긴 건가? 드디어 그 악마를 쓰러뜨린 거야?

박살이 난 아이언 골렘의 잔해들 사이에서 희열에 잠긴 다스. 그는 자신의 숙적을 패배시킴으로써 비참했던 과거의 기억에서 벗어나게 된 것이다.

―크크크… 크하하하하하~

지금까지의 나름대로 진중했던 모습과는 달리, 주체할 수 없이 터져 나오는 광소. 다스는 자신의 승리를 자축하며 감격의 눈물까지 찔끔 흘렸다. 심지어 이대로 가다간 주저앉아 엉엉 울 정도로 그는 심하게 흥분하였다.

…만약 그의 감격을 방해하는 그 음성이 없었더라면 말

이다.

"이거… 정말 아픈데?"

천국의 향연을 맛보려던 찰나, 순식간에 절대영도의 빙굴에 빠진 느낌이 이러할까? 가슴이 서늘해지다 못해 급속 냉각된 다스는 목이 부러져라 황급히 고개를 뒤로 돌렸다. 그리고 본 것은…….

두 눈에 핏발까지 선 채 분노 파워에 의지해 폭발의 중심부에서 기.어.나.오.고.─…역시나 궁상의 극치─있는 수한이었다.

정신을 차린 직후, 확인한 잔존 HP량은 고작 10% 남짓. 최후의 순간, 정말 죽기 살기로 이형환위와 호신강기, 그리고 십방장환을 비롯한 자신이 할 수 있는 모든 것을 다 시전했음에도 그 정도 피해를 입었다. 그야말로 간발의 차이. 만약…

마지막의 마지막에 스턴 상태가 풀리지 않았더라면?

"정말… 정말 죽을 뻔했어……."

정말 생뚱맞게 아무런 긴장감 없이 상대한 만만한(?) 녀석에게 이렇게 당할 줄이야. 지금까지 워낙 대단한 적수들을 맞이해 마지막을 생각한 적은 많았지만 이런 경우는 또 처음이다. 때문에…….

더더욱 화가 치밀어 오르는 수한이었다.

"크크크~ 각오는… 됐겠지."

다스를 말 그대로 갈.아. 마.실. 생각을 하며 두 주먹에 불끈 힘을 주는 수한. 그런 수한을 바라보며 다스는 자신에게 닥칠 온갖 '고문'과 '굴욕'이 머릿속에 형상화되는 듯했다.

이미 방금 전 궁극 필살기, 항마천황격을 위해 자신의 모든 마나를 소모한 다스다. 이제 그에겐 도주를 위한 한 푼의 마나조차 존재하지 않는 상태.

결국 다스에게 남겨진, 유일한 선택은 자신의 숙적에게 자비를 구하는 것뿐? 그리고 이로써 다스와 수한 간의 지나긴 악연은 마침내 수한의 승리로 끝을 맺는 걸까?

―크크크, 크하하하하하~

이제 막 본격적으로 수한이 타작(?)을 시작하려는 찰나, 난데없이 광소를 터뜨리는 다스. 마치 자신의 패배에 실성한 듯, 웃음을 그칠 줄 몰랐다. 덕분에 괜히 뻘쭘해진 수한은 주먹을 쥐었다 폈다 하며 곧 있을 행사(?)를 위한 준비운동에 들어가는데… 아마 제 딴엔 좌절 모드로 접어든 상대에게 마음의 준비를 위한 시간을 주려는 배려인 모양이다.

하지만! 수한의 예상과는 달리 다스는 결코 절망하거나 좌절한 것이 아니었다.

―크하하하하! 좋아, 아주 좋아! 나를 한번 패배시킨 자라면 이 정도는 돼야지!

패배로 인한 절망 대신 뭔가 후련한 기색이 역력한 대소(大笑). 다스는 일세를 풍미한 영웅답게 멋진 모습을 선보인다. 자연―주인공답지 않게―밴댕이 소갈딱지인 수한의 심기가 영~ 불편해졌다.

"이게 막판에 폼 재기는… 그런다고 내가 대우해 줄 것 같냐?!"

다스에게 워낙 크게 당한 탓일까? 평소 폼 잡기에 골몰하던 수한은 다스와 장단을 맞추는 대신, 원독에 차서 그저 으르렁거릴 뿐이다. 하지만 수한의 그런 반응에 아랑곳 않고 여전히 자신만의 감상에 빠져 있는 다스. 그런데 왠지 그의 이어지는 말이 심상치가 않다.

─덕분에… 아무 망설임 없이 '나'를 버릴 수 있게 되었다.

"뭐? 그게 무슨?!"

그제야 뭔가 이상한 낌새를 눈치 챈 수한. 하지만 언제나 늘 그렇듯 그의 대처는 한발 늦고 말았다.

파삭~

현재 다스가 착용한 전신 갑옷의 상반부 중앙에 있던, 피같이 붉은 보석이 그 주인의 손에 의해 깨져 나갔다. 그와 함께 급격히 커지는 다스의 몸.

우드드득~

우직~ 땡강~

콩 볶는 듯한 소리가 요란하게 울려 퍼지며, 전신 갑옷을 입었음에도 날렵해 보였던 다스의 몸이 이젠 3m 크기로 거대해졌다. 그리고 내부 육신의 급격한 팽창을 감당 못한 갑옷이 그대로 부서져 내렸으니… 유니크 급 갑옷의 내구도를 생각할 때, 도저히 믿을 수 없는 결과.

"너… 너… 그게 무슨?!"

─ '구속구' 제어 장치를 부순 것뿐이다. 다시 말해, 지금 모습이 진.짜. 나의 본신(本身)이란 거지.

그 비싼 유니크 갑옷이 눈앞에서 박살났다는─아이고~ 저 아까운 걸!!─충격에 말조차 제대로 잇지 못하는 수한. 그러나 그런 수한의 모습에 뭔가를 오해한 다스는 친절히 현재 자신의 상태를 설명해 준다. 그리고 여전히 정신을 못 차리는 수한에게 재차 자신의 위험성(?)을 일깨워 주는데…….

우우우우웅~

이젠 더 이상 검(劍)도 필요없다는 듯, 다스의 양손에 1m 크기로 형성되는, 강기를 넘어선 그 무언가. 거기에 지금까지완 정반대로 수한을 압박하는 가공할 기세. 그 살기 넘치는 흉포한 기운을 맨몸으로 만끽하게 된 수한은 자신도 모르게 중얼거렸다.

"…저게 뭐야? 이젠 진짜 막장인 거냐?"

"뭐야?! 저건?!"

원경 마법을 통한 거울 안 풍경 속에 난데없이 등장한 헐크(?). 다스의 그런 변화된 모습에 수영은 절로 고함이 터져 나왔다.

일반 유저가 저런 일을 할 수 있을 리 없다. 게임 상에서 유저의 육체는 초반 계정 시 생성된 이후 고정불변의 것. 마법이나 스킬을 통한 변신(變身)이라면 모를까, 저런 식의 육체 변형(變形)은 절대 '일반적' 인 경우가 아닌 것이다.

즉, 그녀가 알고 있는 천무, 아니, 다스라 불린 '일반 유저' 의 능력으론 절대 불가능한 일. 그렇다면?!

"…필멸자?"

"그래, 맞아. 길란드와 나의 합작품이지. 드래곤 산맥을 넘는 과정에서 레벨 다운을 너무 심하게 당한 탓에 어느 정도 조정이 필요했어. 거기다 다스 역시 단기간에 한계를 뛰어넘길 원하더군. 그래서 육체를 조.금. 개조해 줬지. 그리고 그 과정에서 필멸자란 메시지가 떴다고 자기 입으로 말하더군."

놀라는 수영에게 자상히 설명해 주는 리버스. 그러나 지금껏 리버스가 수한에 뒤이은 '18번째 필멸자' 라 여겼던 수영은 그런 설명에 더욱 혼란스러워졌다.

'육체 개조? 그런 방식으로도 자체 생성 필멸자가 된다고? 아니, 지금 그게 중요한 게 아니지. 그럼, 저 리버스는 대체 뭐야?!'

지금껏 등급과 속성을 무시한 채, 스킬과 마법을 자유자재로 썼던 리버스. 수한조차 가지고 놀았던, 전능(全能)에 가까운 그 능력의 근원은 어디까지 필멸자로 인한 것이라 여겼다. 그런데 정작 18번째 필멸자는 리버스가 아니라 다스라고?

"그럼, 너 대체 뭐야? 필멸자도 아닌 주제에 어떻게 그런 능력을?!"

리버스와 만난 이후, 자꾸 냉정을 잃는 수영. 어떻게든 자기 페이스를 찾으려고 하지만 계속되는 예상 밖의 상황 전개에 도저히 정신을 차릴 수가 없다. 그리고 그런 수영의 모습을 은근히 즐기는 리버스.

"아아~ 그 질문의 대답은 어디까지 내.기.에서 이긴다면 얘기해 주지. 참고로… 내 대전사가 방금 전 부순 건 육체를 '유지'하던 제어 장치였어. 그걸 부순 이상 그의 육신은 대략 두 시간 뒤 죽음을 맞지. 즉, 필멸자인 그는 그대로 캐릭 자체가 소멸되는 거야. 대신……."

"대신?"

다스가 미치지 않은 이상 지금 상황에서 일부러 자살할 리 만무. 거기다 지금의 변화된 모습을 보건대, '캐릭 삭제'에 상응하는 뭔가가 있는 게 분명하다. 그리고 그런 수영의 예상대로 리버스의 이어지는 설명은 그녀와 수한의 입장에선 절망적인 것이었다.

"죽기 전까지 '무적 상태'가 되지. 굳이 설명하자면, 현존하는 모.든. 버프 마법에 걸린 뒤, 무.한. HP와 MP를 지닌 괴물이 된다고 할까?"

"그런……."

이미 조금 전 교전으로 인해 큰 부상을 입은 수한이다. 그런데 근력과 몸빵에서 거의 비등, 혹은 압도하는 같은 필멸자를 상대해야 한다고?

"후후~ 그렇다고 너무 걱정하지 마. 그저 두 시간만 견딘다면 내 대전사는 알아서 자멸할 테니. 결국 네 동생이 고.작. 두 시간 남짓만 버티면 네 승리란 뜻이지."

 "크윽~ 젠장."

 거의 만신창이가 된 수한이 두 시간 '씩' 이나 버틸 수 있을까? 아무리 낙관적으로 생각하려고 해도 도저히 불가능한 일. 수영은 거칠게 이를 갈며 빙글거리는 리버스를 노려봤다. 그리고 둘 사이의 험악한 분위기 속에서 지금껏 잊혀졌던 수진의 혼잣말이 장내에 공허하게 울려 퍼진다.

 "…이젠 개나 소나 다 먼치킨이냐?"

Chapter 2

악연을 넘어서다

콰아아앙~ 콰아아앙~!

연달아 터지는 폭음과 함께 아이언 골렘들이 허공에 비산한다. 그 무거운 몸체가 공깃돌마냥 부유하는 모습을 볼 때, 격전의 '치열함'은 능히 짐작이 가는 바. 하지만 그 격전의 당사자인 수한은 결코 그 말에 동의할 수 없었다.

"크윽, 젠장~ 이런 방식은 원래 내 특기였는데……."

근력과 몸빵만을 믿고 그 험한 게임 인생을 버텨온 자신이다. 그런데 지금에 와서 카오틱 드래곤도 아니고 발록도 아닌, 방금 전까지 만만히 여겼던, 그것도 과거 한 번 패배시키기까지 한 녀석에게 이렇게 밀릴 줄이야.

─크크~ 방금 전까지의 자신감은 어디 가셨나? 대.마.왕!
자, 어서 내게 와! 내겐 시간이 별로 없어!

"크윽~ 저 자식이……."

다스의 '사정'을 모르는 수한으로선 시간이 별로 없다는
말이 마치 자신을 약 올리는 것처럼 들렸다. 방금 전까지 자
신만만해하던 모습이 대체 어디 갔냐는 듯 비꼬는 느낌이라
할까? 하지만 그런 오해를 하는 상황에서도 발끈하기엔 영~
상황이 여의치 않았으니…….

콰콰쾅!

"윽~!"

수한의 어깨를 스쳐 지나간 광휘의 물결. 이어 대지를 갈가
리 찢고, 대기를 뒤흔드는 충격파. 이미 수한을 한번 거의 회
색으로 물들일 뻔한 대(對)수한용 공격 스킬 2탄의 위력이다.
그리고 자세를 추스를 새도 없이 재차 수한의 정면을 날아드
는 광휘의 창(槍).

"크아아아~!"

거의 비명에 가까운 기합성과 함께 다섯 번 연속 이형환위
를 펼쳐 간신히 공격을 회피한 수한. 그리고 간발의 차이로
그의 몸을 스쳐 지나가는 신성력, 마법, 그리고 강기를 극도
로 압축시킨 빛의 기둥.

콰콰콰쾅~!

"크윽~ 젠장! 쏠 때마다 제법 시간 걸린다고 자기 입으로

말한 주제에……."

마나의 강제적인 주입과 응축을 통해 그 위력을 증대시킨다. 그것이 다스의 황마천황격이 지닌 가공할 위력의 비밀. 때문에 스킬 시전까지 제법 시간이 걸린다는 약점이 있었는데… 그런 유일한 제약이 구속구를 벗어 자신의 본신을 드러낸 다스에겐 하등 상관없는 이야기가 되고 말았다.

우우우웅~

"칫~ 또?!'

잠시 숨 고를 틈도 없이, 재차 수한을 노린 광휘의 물결. 수한은 튀어나오는 욕설을 억지로 집어삼키며 몸을 날렸다. 그나마 이형환위가 아니었더라면… 하다못해 다스의 공격 패턴에 익숙해지지 않았더라면 진작 회색으로 물들었으리라.

그런데… 알고 보니 그조차도 다스가 의도한 것.

―크크크~ 이거 재미있군. 대마왕씩이나 되는 분이 내 손짓에 따라 이리저리 춤을 추다니 말이야.

"이익~ 이 자식이!'

이번엔 오해가 아니라 진짜 조롱이다. 그리고 동시에 사실이기도 했다. 다스가 가만히 서서 손을 움직일 때마다 수한은 화들짝 놀라 몸을 날리는 게 현재 상황. 때문에 더더욱 화가 치밀어 오르는 수한이지만…….

'빌어먹을! 이건 정말 사기야! 딜레이 없이 필살기(?)를 이렇게 난사할 수 있다니……!'

아무리 항마천황격이 대단한 스킬이라 해도 수한의 절대
강환포에 비하면 별거 아닌 아류(?). 그러나 절대강환포를 쓰
기 위해선 적어도 10초 이상은 가만히 서서 에너지 충전을 해
야만 한다. 그에 반해 지금의 항마천황격은……

"이크~"

'우우우웅~ 콰콰콰쾅!

뭔가 번쩍하는 순간, 수한을 스쳐 지나가는 빛의 물결. 그
저 파리를 쫓듯 가벼운 손짓만으로도 항마천황격이 시전되
니… 수한으로서는 다스를 공격하기는커녕 가까이 접근하기
도 힘들다. 그렇다고 마냥 뒤로 물러서려 하니 상대 역시 이
형환위를 쓸 줄 아는 최상급의 고수. 반격도, 도주도 용납되
질 않았다.

자연 수한으로선 미치고 팔짝 뛸 노릇.

'어떡하지? 어떡하면 저놈을 때려잡을 수 있는 거지?

지금까지 몸빵 하나만을 믿고 상대의 공격을 무시한 채 저
돌적으로 달려들었던 수한이지만 지금은 사정이 다르다. 단
일격만 허용해도 그대로 회색 물들 가능성이, 아니, 100% 캐
릭 소멸이다.

지금까지 무수한 강적들을 상대하면서 기교의 발전은 있
었으되, 그 이상의 뭔가가 부족했던 수한. 그로 인해 지금과
같은 상황에선 어떻게 대응해야 할지 감도 안 잡힌다. 그런데
지금의 상황조차 '주인공의 위기'로썬 뭔가 부족하다는 걸

까? 대응책 부재로 인해 수한이 가뜩이나 골치 아파하는 마당에 다스가 재차 부담(?)을 가중시킨다.

─시간이 없군. 슬슬 끝내볼까?

자신에게 남겨진 제한시간을 고려한 탓인지, 드디어 최후의 한 방을 선언하는 다스. 그러자 얼떨결에 체면이고 뭐고, 수한은 저자세를 보인다.

"헉?! 아니, 굳이 그렇게 서두를 필요까진……."

─…….

…이렇게 긴장감 넘치는 순간에서도 궁상의 극치를 보이는 수한. 이렇게 일관성(?)을 유지하는 주인공도 흔치 않으리라.

─하하하! 이것 참, 뭐라고 해야 하나? 마지막 순간인데 대마왕으로서 체통(?)을 지키는 편이 낫지 않나?

전혀 예상 밖의, 아니, 이미 몇 차례 접해봤으되 적응이 되지 않는 수한의 반응에 다스는 절로 헛웃음이 터져 나왔다. 물론 그렇다고 언제까지고 시간을 지체할 수는 없는 노릇. 그에게 허락된 시간은 그리 많지 않았다.

그리고 무엇보다 그의 '최종 목표'는 결코 수한이 아니었다.

─후후~ 마지막까지 나를 재.미.있게 해주는군. 그러나 아쉽게도 여흥은 여기까지다. 내겐 정말 시간이 없거든. 그러니 이제… 진짜 마무리닷!!

파앗!!

최종 오의(?) 발동을 선언함과 동시에 드디어 뭔가를 시작하는 다스. 하나였던 그의 신형이 급격히 늘어나더니 수한을 완전히 둘러싸 버린다. 거기다 제각기 점하는 방위나 위치가 결코 단순하지가 않았으니……

"설마, 이건……?"

과거 어디선가 본 듯한 배치. 그렇다. 이것은 바로 청제국 시절…….

─너를 위한 나의 마지막 비책이다! 최소 상급 이상의 '검진(劍陣)' 이지. 지금 '상태' 가 아니면 절대 쓸 수 없을 '이론' 상의 스킬이었는데… 결국 네 덕분에 이렇게 쓰게 되는군.

"이런 말도 안 되는……."

난데없이 등장한 '검진' 에 그저 기가 막힌 수한. 원래 그런 건 다수가 펼쳐야 정상이 아닌가? 거기다 더 황당한 건, 현재 그를 둘러싸고 있는 다스의 분신들. 실체를 포함한 64명의 다스 전부가 실제와 같은 기세를 내뿜고 있다는 것이다.

단순히 이형환위와 미러 이미지를 통한 잔상과 허상이 아닌, 그 이상의 뭔가라는 건데…… 결국 검진이 본격적으로 '발동' 되면 64명의 다스와 싸워야 할 판.

그런데 그것만으로도 부족하다는 걸까? 갈수록 태산이

라…….

우우우웅~

수한을 둘러싼 채 검진의 묘리에 따라 빠르게 움직이고 있는 64명의 다스. 그들 모두의 양손에 일제히 생성되는 광휘, 바로 '항마천황격'의 그것이다.

"스킬 다중 운용? 거기다 분신들까지 스킬을 운용한다고?!"

중급 이상의 두 개의 스킬을 동시 운용(더블 스펠)하는 것만으로도 고수 취급을 받는 '세상'이다. 수한조차 호신강기(상급)를 운용하면서 이형환위(상급), 혹은 장환(상급)을 시전하는 게 한계(…가끔 죽을 위기에 처하면 주인공의 권한(?)으로 이형환위와 호신강기, 십방장환을 '거의' 동시에 시전하긴 하지만 그건 어디까지 방어를 위한 것이다). 즉, '장환' 이상의 상급 '공격' 스킬은 이형환위와 동시 운용이 불가능했다.

그런데 다스란 녀석은 죄다 상급 이상의 스킬인 신법, 분신술(?), 검진 구현에 재차 궁극필살기까지?

"애초에 스킬 조합이나 운용에 천재적인 건 알았지만… 이건 정말 사기야!"

역시 한때 주인공 자리(?)를 넘보던 강적답다고 해야 하나? 만약 저놈이 진짜 무협 세상에 환생 같은 걸 한다고 해도 능히 천하제일이 될 수도 있으리라.

아니, 지금 그게 중요한 게 아니지!!

"크악! 역시 또 이 패턴(?)이냐?!"

64명의 다스가 움직이기 시작하자 검진으로 인한 엄청난 압력이 수한에게 집중되었다. 역시 겉보기에만 그럴듯한 검진이 아닌, 실제 상급 이상의 검진인 것이다. 심지어 위력 면에선 '오리지널'을 능가할지도…….

그 놀라운 위력에 다스는 절로 흐뭇(?)해진다.

ー후후~ 이것 역시 예상 이상의 위력이군. 역시 사람은 준비성이 있어야…….

대수한용 공격 스킬 파이널, 성뇌환검무(聖雷幻劍舞). 무림맹주 시절, 몰래 빼돌린 각 문파의 비전들 중 무당의 대천강검진(大天罡劍陣)과 이형환위를 통한 영분신(影分身), 그리고 팔라스 연합에서 익힌 미러 이미지(Mirror Image)를 조합해 만든 마지막 비장의 무기. 정작 만들고 나서 극악의 마나 소모량과 페널티로 인해 사용을 포기했는데, 결국 마지막 순간에 와서 쓰게 되다니…….

다스는 자신의 선견지명에 본인 스스로가 감탄할 수밖에 없었다. 혹시나 하는 마음에 만들어둔 이론상의 스킬이 이렇게 대박(?)을 칠 줄이야. 그 위력도 실로 놀라워 대마왕조차 검진 안에서 제대로 신형을 가누기 힘들어하지 않은가? 자연 다스의 기분은 더욱 업되어 다시 한 번 각오를 다진다.

그래, 이게 진짜 마지막이다. 이번엔 정말 확실히 이 지긋지긋한 오랜 악연을 끝내 버리자.

―자, 이번에도 과연 피할 수 있을까?

한편 64명의 다스가 검진을 통해 수한을 겁박하고 재차 궁극 필살기를 발동하기 직전! 수한 역시 '살기 위해' 안간힘을 쓰고 있었다.

'십방장환? 아니야, 그거론 출력이 부족해. 그렇다고 절대 강환포를 날리기엔… 어디까지 공격용 스킬이지, 방어용이 아니니. 그렇다고 이형환위로 피해봤자 저놈이 뒤쫓아올 테고…….'

HP라도 꽉 찬 상태라면 어찌어찌 모험이라고 하겠는데… 현재 전체 HP의 십분지 일만 남은데다가 상대의 사기 스킬의 위력이 너무나 엄청나다. 그나마 다행인 건, 일부러 검진에 휘말린 '척' 방심을 유도하고는 있다는 것.

결국 현재 수한에게 주어진 유일한 이점은 다스가 완전무결한 마무리를 위해 시간을 끈다는 사실, 그 하나뿐이었다. 그리고 그 잠시 잠깐의 시간을 이용해 역전의 발판을 마련해야 하는 게 수한의 입장인데…….

하지만 아무리 머릴 굴려봤자 도저히 답이 안 나온다. 하긴 지금까지의 패턴을 보건대, 수한에게 뭔가 기대한 것 자체가 잘못된 것일 수도.

'어떡하지? 이대로 모험을… 하지만 결과가 뻔한 짓을 해봤자 무슨 수가 나는 것도 아니고… 아씨~ 왜 난 꼭 잘나가다가 이런 상황에 빠지는 거지?!'

마지막을 향한 카운트다운은 시작되고 있는데 뭔가 좋은 수는 떠오르지 않고… 결국 현 상황에 대한 지나친 압박감으로 점차 패닉 상태에 접어든 수한. 그러나 시간은 무정하게 그를 외면한 채 64명의 다스가 구현하는 군무는 마침내 절정에 도달했으니…….

우우우우웅~

"으그그그극~"

점차 커지는 검진의 공명음과 함께 지금까지완 차원이 다른 엄청난 압력이 수한을 내리눌렀다. 이젠 더 이상 위태로운 '척' 하는 게 아닌, 정말 신음성이 터져 나온다. 거기다 설상가상이라…….

수한의 먼치킨 근력에도 불구하고 이젠 몸이 미동조차 하지 않는다. 그야말로 스턴보다 더 최악의 상황.

스턴의 경우 시간이 지나거나 강한 힘을 주면 풀리기라도 하지, 지금은 그런 안이한(?) 방법이 통하질 않는다. 방법이 있다면 오직 64개체의 다스를 능가하는 힘으로 검진 자체를 깨부수는 것뿐.

그러나 애초에 그럴 힘이 있었다면 진작 그렇게 했을 것이다. 아니, 어쩌면 초반엔 그럴 수 있었을 텐데, 괜히 머릴 굴린답시고 시간을 끌어 그 기회를 놓쳐 버린 게 분명하다.

차라리 그냥 미친 척(?) 날뛰는 편이 좋았을 텐데 괜히 시간을 끌어서…….

'아~ 차라리 진작 결단을 내렸으면, 억울하지나 않을 텐데.'

자신의 우유부단함을 저주하며, 서서히 절망 모드로 접어드는 수한. 그리고 이에 타이밍(?) 좋게 필살 궁극기를 발동하는 다스. 그러자 수한을 향해 128개의 눈부신 광휘가 천천히 다가가기 시작한다.

'젠장, 이젠 정말 끝인가?'

피하는 건 애초에 글렀으니 결국 방어 스킬로 승부를 해야 하는데, 십방장환이나 호신강기를 극성으로 전개해 봤자 위력 차이가 너무 극심하다. 단 한 방에 거의 죽음 직전까지 갔는데 그런 무시무시한 게 무려 100여 개나 직통으로 다가오고 있으니. 단순 계산으로 따져도 이번 공격으로 인해 수한의 죽음이 확실시되는 상황.

그나마 수한에게 다행이라면 주인공의 특권(?)이 발동한 탓인지, 그를 향해 다가오는 광휘가 매우 느리게 느껴진다는 것이다.

자, 수한! 주인공으로서 지금의 위기를 어떻게 벗어날 셈이냐? 원래 주인공은 이런 상황에서 각성을 한다거나 혹은 무슨 반전 같은 걸로 역전하지 않았던가?

그러나 이번만큼은 수한에게 그런 운이 따라주질 않는 모양이다.

'아씨~ 이럴 줄 알았으면 펀드에 돈을 더 투자하는 건데… 이제 수입이 없으니 뭘로 먹고살지? 아니, 그보다 빚은? 그리고 보니 그때 아이템을 좀 더 챙겨두었으면 이런 걱정하지 않아도 되는데… 왜 하필 그때 수진 누나가 나타나서…….'

이 긴박한 상황에 온갖 잡생각으로 머리가 포화 상태가 된 수한. 이렇게 궁상맞은 것도 나름대론 그의 캐릭이 유니크임을 드러내는 증표일지도 모르겠다. 아니, 어쩌면 그런 생각 자체가 죽기 직전에 생전의 일이 주마등처럼 스쳐 지나간다는 그 전설의 현상?

어쨌든 다스의 공격이 바로 코앞까지 직면한 그 찰나의 순간에 이런저런 수많은 생각들을 할 수 있다니, 역시 주인공이라고 해야 하나?

그런데!! 주마등같이 스쳐 지나가는 수많은 잡생각 혹은 기억들 중 매우 '특별한' 그 어떤 것이 수한의 뇌리에 섬광같이 번쩍였다. 그것은 바로 수한의 '주인' 이자 모든 마(魔)의 어머니인 '이블린' 과의 대화 내용.

―크흠~ 이거 참… 원래 이런 건 가르쳐 주면 안 되는 건데… 하지만 워낙 …한 걸 권능이랍시고 받았으니 대신 쓸 만한 거 하나 일러주마.

"헉~ 깜싸합니다!!"

―한 번만 말할 테니, 잘 들어라.

"옛!!'

─후우~ 네가 얻은 진명 스킬을 단순한 스킬이라 생각하지 마라. 그러니까… 영역 구축의 한 방.식.이라 생각하고 운용해 봐.

"…설마 그게 다입니까?"

─그래, 이게 전부다. 여기서 뭔가를 얻고 안 얻고는 네 운이지, 뭐.

"……."

─자자, 이제 시간이 다된 것 같군. 그럼, 이제 진명 스킬만 부여하고 난 가볼까?

"예?"

왜 하필 지금 이 순간 그녀의 말이 떠올랐는지는 중요하지 않다. 문제는 그녀의 말에서 수한이 발상의 '전환'을 했다는 것. 그리고 그에게 자신의 '생각'을 실천을 옮길 '만큼'의 시간이 아직 남아 있다는 점이 중요했다.

"크크크크, 그렇군. 그랬던 거야. 크하하하하하하~!"

─응?!

발록, 데미 리치, 데스 나이트들이 선보였던 마력장(魔力場). 그 운용 방식은 다르다 하나 아군을 이롭게 하고 적에게 불리한 공간을 인위적으로 형성, 유지한다는 본질은 똑같다. 그런 측면에서 볼 때, 신성제국의 군대와 20만에 달하는 유저, NPC 군대를 순식간에 녹여 버린 수한의 진명 스킬, '커스 필드' 야말로 여타의 마력장 중에서도 최고봉이라 칭해도 전혀 부족함이 없으리라. 다만……

그 엄청나게 넓은 유효 범위에 비해 그 효과가 그저 저주에 국한된다는 게 아쉬운 점. 즉, 커스 필드는 대규모 접전에서만 진정한 효과를 발휘할 뿐, 강자와의 일대일 접전에선 낭비가 지나치게 심하거나 아예 효과가 없다는 게 '방금 전까지' 수한의 생각이었다. 하지만,

'커스 필드에 쏟은 권능을 고도로 압축한다면?'

지금 이 순간, 자신을 이렇게 곤경에 빠뜨린 다스의 스킬이 무엇이던가? 바로 다수의 스킬을 조합해서 만든 것이다. 저 놈이 하는데 나라고 못할쏘냐?! 하물며 이미 자신은 스킬 조합을 통해 절대강환포라는 희대의 사기 스킬을 만들어낸 경험이 있지 않은가? 거기다 지금 자신이 원하는 건……

스킬을 '조합' 하는 게 아닌, 어디까지 '운용 방식' 을 조금 다르게 하는 것뿐. 그 정도야 대마왕이 된 자신에겐 누워서 떡 먹기다.

우우우우우웅~

수한이 자신의 생각을 구체화되는 순간, 그를 급속토록 둘러싸는 어둠의 기운. 그것은 지금껏 보여줬던 순수한 힘의 폭발, 십방장환이나 호신강기 등으로 인한 찬란한 강기의 향연이 아니었다. 너무나 검고 탁해 어둠조차 거부하는 그 무언가. 비록 그 범위가 수한을 중심으로 30m 남짓에 지나지 않

았으나 그 안의 공간은 오직 수한의 '의지'만이 발현되는 곳이었으니…….

이것이야말로 수한 고유의 능력인—상태창에 명시된—'권능 영역'보다 한 단계 위인 '절대 권능 영역(Absolute Power Field)'!!

그 위력은 실로 놀라워 강맹하기 그지없던 항마천황격들의 기운조차 순식간에 사라졌다. 아니, 수한의 절대 권능 영역 내부에 들어오는 순간, 그 존재 자체를 '거부' 당했다. 심지어 그 영역 범위 내에 있던 다스의 분신조차 어둠 속으로 일순간에 녹아들어 가는 모습.

—이… 건?!

"크크크크~ 크하하하~ 천무! 아니, 지금은 다스 어벤저라 불리던가? 어쨌든… 확실히 너는 감각적인 면에서 나보다 앞선다. 스킬 자체에 대한 폭넓은 이해와 운용 능력, 거기다 천재라 칭해질 정도의 스킬 조합 센스까지. 하지만… 아쉽게도 너와 난 급수가 달라. 난 바로 대마왕[The Lord of Devil], 마계의 첫 번째 군주 데스로드(Death Lord)닷!!"

우우우우우웅~

경악하는 다스를 비웃으며 자신의 어둠 속 영역에서 스스로의 존재를 더욱 강렬하게 부각하는 수한. 한순간에 기가 살아난 그의 기분에 따라 어둠의 영역 역시 한층 더 강한 공명음을 일으킨다. 그리고 재차 급속토록 확산되는 절대 권능 영역, 그것은 일순간 다스를 집어삼키려고 하는데… 이에 절로 하얗게 질려 버린 다스.

역시나 수한은 주인공답게 절체절명의 위기 순간, 깨달음(?)을 얻고 한층 업그레이드되었다. 그리고 이로써 대결 국면은 수한의 압도적인 우위로 막을 내리는 '듯' 보였다.

"이… 이… 이겼다!!"

"어? 정말 이겼네?"

수한의 거의 기적 같은 역전승에 수영은 환호성을, 수진은 왠지 뚱한 표정으로(더 이상 게임상에서 수한을 가지고 놀 수 없다는 생각에) 찬동했다. 왠지 둘이 바뀐 느낌이긴 하지만… 적어도 거울 속 대결은 수한의 승리로 굳혀지는 것으로 보였다. 대체 무슨 수를 썼기에 그 무지막지한 상대의 스킬을 수한이 파해했는지는 모르겠지만.

어쨌든 중요한 사실은 수영이 내기에서 이겼다는 것!

"후우~ 조금 아슬아슬하긴 했지만 내가 이긴……."

"아아~ 잠깐."

이제야 간신히 여유를 되찾은 뒤 수영이 막 승리 선언(?)을 하려는 찰나, 그것을 막는 리버스. 그러자 옆에서 있던 수진이 수영을 대신해 짜증을 내준다.

"응? 설마 자신이 한 말을 번복하겠다는 거냐?"

"설마? 난 한 입으로 두말하는 사람이 아니야. 다만……."

"다만?"

이미 승부가 났음에도 여전히 입가에 미소를 지우지 않는 리버스. 그런 그의 여유에 수영과 수진은 다시금 불안해졌다. 그리고 그녀들의 불안은 곧 현실화되었으니…….

"승부 결과를 논하기엔 조금 이른 것 같아서 말이야. 자, 다시 저쪽을 보실까?"

"뭐, 그게 무슨……?"

"으, 수한 녀석, 어쩐지 잘한다 했더니…….'

빙글거리는 리버스의 손가락을 따라 수영과 수진이 다시 거울을 봤을 땐 장내의 상황이 재차 일변해 있었다.

피시시식~

"어라? 이거 왜 이래?"

─응?

수한이 이제 막 다스를 자신의 '영역'으로 덮치려는 찰나, 일순간 사그라지는 검은 공간. 이 난데없는 반전에 가해자나 피해자나 어리둥절해지긴 마찬가지다. 그리고 지금의 기현상은 수한이 자신의 상태창을 보는 순간에야 이해가 되었으니…….

"MP가……."

고수 급 정도 되면 가장 기본적인 게 마나 관리이건만… 현재 수한의 남아 있는 MP량은 0. 말 그대로 깨끗이 바닥난 것이다.

"이건 말도 안 돼. 어째서?"

청제국 시절, 가지고 있던 힘을 주체 못해 마구잡이로 스킬을 난사할 때라면 모를까, 지금은 나름대로 마나 관리에 주의하는 수한이다. 그런데 나름 신경 쓴 것치곤 도저히 믿을 수 없는 결과가 나와 버렸다.

대마왕으로 승급한 뒤, 마나량이 거의 20만에 달하게 되고 마나 소모량도 크게 줄어들지 않았던가? 그런데 고작 몇 초 정도 스킬을 시전했다고 절반 이상 남았던 마나가 동이 나?

그러나 여기서 수한이 간과한 사실이 있었으니… 가뜩이나 마나 소모량이 막대한 커스 필드를 극도로 압축시킨 절대 권능 영역이 어찌 마나 소모가 적겠는가? 단적인 예로, 장환을 가공(?)해서 만든 절대강환포의 경우가 있지 않은가? 거기다 절대 권능 영역은 커스 필드완 달리 운용하는 내내 마나를 '지속적으로' 소모하는 스킬이었던 것. 난생처음 써보는 스킬을 아무 생각 없이 '확장'까지 했던 수한의 명백한 실수였다.

…그리고 그 실수는 지금 상황에서 너무나 치명적이었다.

─하하하~ 이거 참… 뭐라고 해야 하나? 이로써 나의 부.전.승.인가?

"에, 그게… 하하하하~"

수한의 허둥거리는 모양새를 보고 금세 수한의 상황을 눈치 챈 다스. 하얗게 질렸던 얼굴엔 다시 여유가 피어오른다.
그리고 재차 그의 양손에 형성되는 광휘.

─후후~ 정말 간만에 식은땀을 여러 번 흘리는군. 이렇게
긴장감 넘치는 대결은 내 평생 처음일 거야.

"하하하… 젠장."

이제 수한에게 반항할 여력이 '완전히' 사라졌음을 아는
탓인지 다스의 발걸음은 느긋하기 그지없었다. 그리고 실제
로 그의 생각이 옳았다. 아무리 먼치킨 근력을 가지고 있다고
해도 스킬을 쓸 수 없는 이상 지금의 '무적 상태'인 다스를
당해낼 수 없는 게 당연지사.

결국 수한은 외부의 도움을 받고자 자신의 권속들을 찾아
애타게 주위를 둘러보지만…….

'…도움받긴 텄군.'

1만에 달하던 구울 군단은 이미 아이언 골렘들에게 짓밟혀
완전히 가루가 된 지 오래. 헬나이트들 역시 워낙 압도적인
물량 차이이기에 그 모습조차 골렘에 가려 보이지도 않는다.
그나마 기대할 수 있는 시드와 토일은…….

─크윽~ 언제까지 이런 비겁한… 크윽?!

파악! 차차차창~

─으아아아~ 제발 정정당당히 싸우자! 정말 부탁이다~!

시드의 오러 공격 난사에 반격 대신 오직 순간 이동으로만
대처하는 디엘. 공격을 했다 하면 피하고, 뒤로 물러나려 하

면 공격하고. 결국 시드는 디엘과 술래잡기(?)를 하는 탓에 도저히 수한을 도와줄 상황이 아니었다. 한편 토일은 시드보다 한층 더 비참한 상황이었으니…….

퍼퍼퍼펑~!

―크아아아아~!

"우와~ 이 녀석, 진짜 신종 몬스터인가? 왜 아직 안 죽는 거야? 아참, 이놈은 언데드였지? 그럼, 이번엔 노바 스톰(Nova Storm)!"

파지지지지직~

―크아아아아~!

마법사 주제에 마법은 쓸 줄 모르고, 그저 몸으로 때우는(?) 토일. 길란드의 마법사적 호기심과 맞물려 온갖 인체 실험 대상이 되고 있다. 한마디로 도움받기는커녕 도움을 줘야 할 상황. 이래서야 기대를 한 것 자체가 왠지 미안할 지경이다.

결국 이런저런 사정들을 고려해 수하들에게 도움받길 깨끗이 단념한 수한.

'크윽~ 어차피 혼자 사는 세상, 험난한 세파의 물결에 나 홀로 맞서리.'

지나친 긴장으로 인해 정신착란 증세까지 보인다. 그나마 푸른 하늘을 올려다보며 세계 평화와 마음의 안정에 대해 생각하는 것보다야 낫지만 지금의 긴박한 상황과는 동떨어진 행동. 그리고 그렇게 멍하니 있는 수한을 다스가 잠자코 내버려 둘 리 없다.

─자, 이걸로 끝이닷!!

우우우우우우우우웅~

"에? 앗차!!"

눈앞에서 뭔가 번쩍하자 그제야 제정신을 차린 수한. 그러나 그땐 이미 그의 면전까지 광휘가 접근한 뒤다. 잠시 딴생각하는 사이 이렇게 허망한 최후를 맞이하게 되다니… 뭔가 참 수한스럽다고(?) 해야 하나?

어쨌든 이로써 주인공, 수한에게 재차 닥친 절체절명의 위기 상황!! 수한은 자신도 모르게 눈을 감았고, 다스의 악당답게 켈켈거리며 자신의 승리를 자축했다.

그러나!! 스토리 진행상 주인공이 이렇게 허망하게 당할 리 없지 않은가?!

부웅~ 콰콰콰콰콰콰콰쾅!

─아니, 이건?!

"어라?"

수한이 막 광휘에 휩싸여 곤죽, 가루, 혹은 잿더미가 되기 직전! 성스러운 광휘를 막아선 암흑의 장막. 광휘는 거대한 폭발음과 함께 자신의 존재를 세상에 환원시켰고, 수한은 작은 생채기 하나 생기지 않았다.

그리고 하늘에서 울려 퍼지는 그 누군가의 음성. 그것은 수한에게 구원의, 그리고 다스에겐 절망의 시작이었다.

—더 이상 나의 친우를 괴롭히지 말라.

—드래곤? 아니야, 이건 설마…….

"묵성!!"

팔라스 연합의 드래곤과 비슷하면서도 상이한 형상, 그러나 그와 비등한 위용과 능력을 자랑하는 존재. 바로 청제국의 '용(龍)'이었다. 그것도 묵천마신교에서 마신, '아수라' 다음으로 숭상받고 있는 흑룡(黑龍)!!

그렇다. 하늘 위에서 수한과 다스를 내려다보는 그 웅장한 흑색의 거체는 묵천마신교의 호법이자 수한의 절친한 친구, 바로 암천룡(暗天龍) '묵성'이었던 것이다.

—칫, 마교의 마룡(魔龍)인가?

상대에게 강대한 방수가 등장했음을 깨달은 다스는 황급히 항마천황격을 운용했다. 좀 더 수한을 가지고 놀 수 없는 게 아쉽긴 하지만, 더 이상 여유를 부릴 수 없는 상황. 괜히 여기서 어설프게 굴다간 다 잡은 물고기를 놓치게 된다. 그러니 어서 끝장을…….

—단 일격만 적중시킨다면…….

우우우우우우웅~

전력을 다한 게 아닌, 어디까지 약식으로 발현된 항마천왕격. 그러나 그 정도로도 지금의 수한을 끝장내기에 충분하다. 단, 수한이 그 일격에 적중된다는 가정하에.

—감히!!

콰콰콰콰쾅!

―크아악!

다스가 수한을 향해 양손을 내뻗는 순간, 그를 후려갈기는 벼락 다발. 이에 지금까지 보지 못했던 처절한 다스의 비명성이 울려 퍼졌다. 무적 상태인 그조차도 감당하기 힘든 강렬한 일격! 그것은 단순히 데미지 문제가 아니었다. 마치 다스의 항마천왕격처럼 뭔가 특수 옵션이 있는지, 다스를 거의 전투 불능 직전에까지 몰아넣은 묵성의 벼락!

역시 수한과 같이 어설픈 '초월자' 완 차원이 다른 묵성이다. 하긴 수백 년간 도를 닦으며 차근차근 성장한 묵성과 단기 속성(?)으로 모든 걸 이룬 수한이 어찌 같겠는가? 무력의 단순 비교만 따진다면 수한이 앞서겠지만, 묵성에겐 수한에게 없는 연륜과 그에 상응하는 특수 능력 및 다양한 스킬들이 있었던 것. 즉, 지금 이 순간만큼은 다스의 천적이 묵성임에 분명했다. 그러나…….

'복수가 바로 코앞이건만…….'

잠시 잠깐 유체 이탈(?) 경험까지 했으면서도 끝끝내 미련을 못 버리는 다스. 이제 단 한 걸음만 내딛으면 오랜 악연에 종지부를 찍을 수 있는 마당에 어찌 순순히 포기할 수 있겠는가? 때문에 연신 비틀거리는 주제에 다시 항마천왕격을 준비한다.

…물론 위에서 내려다보는 묵성이 그것을 방관할 리 없

었다.

　—이놈이 아직도!!

　콰콰콰쾅~

　—큭!

　다시 한 번 다스를 내리갈기는 벼락 다발과 그 충격에 무릎 꿇는 다스. 그러나 다스는 불굴의 의지를 뿜내며 재차 일어섰다. 역시 복수 하나만을 위해 장백산맥을 넘어온 집념의 화신!! 그리고 재차 벼락을 준비하는 묵성을 무시한 채 수한을 향해 항마천왕격을 조준하려고 하는데…….

　—젠장, 어느 틈에 거기까지…….

　"내가 미쳤냐? 계속 그 자리에 있게?"

　다스와 묵성이 실랑이를 벌이는 틈을 타 어느새 멀찍이 떨어진 곳에서 의기양양해하는 수한. 다스의 끈질김을 누구보다 잘 아는 그는 후닥닥 뜀박질을 해 위험 지역에서 벗어난 것이다. 하긴 생존 본능만큼은 거의 바퀴벌레 급인 수한이니…….

　결국 묵성을 뿌리치고 수한에게 가까이 접근할 방법이 없는 다스로썬 방법을 달리할 수밖에 없었다.

　—아쉽군. 복수는 내 손으로 직접 하고 싶었는데… 컨트롤 파워(Control Power), 킬 잇(Kill It)!

　"어라?"

　다스가 시동어를 외치며 수한을 가리키자 수한의 주위에

서 괜히 어슬렁어슬렁(?)거리고 있던 아이언 골렘들의 움직임이 급변했다. 지금까진 느릿느릿 하품하던 배부른 트롤이었다면, 지금은 영역에 침입자를 맞이해 반쯤 맛이 간 오우거 정도?

쿵쿵쿵~!

"으억? 이것들이?!"

큰 덩치와 압도적인 무게를 무기로 일제히 수한을 덮치는 아이언 골렘들. 이 난데없는 덩치들의 실력 행사에 수한은 당황할 수밖에 없었다.

아무리 수한의 근력이 드래곤 급 이상이라곤 하지만… 웬만한 건물 크기의 강철 거인들이 한두 기도 아니고, 무려 수백 기가 일제히 달려들자 어떻게 할 방법이 없는 것이다. 하물며 현재 그는 마나가 완전히 바닥난 상태.

결국 수한은 스킬의 도움 없이 오직 능력치만으로 거대 강철 거인들에게 대항해야 했다.

한편 그런 수한의 위기에 묵성 역시 당황했지만 그도 지금은 수한을 도와주기가 여의치 않았다.

—이런!! 조금만 기다리게. 내가 곧… 웅?! 놈!! 못 간다!!

콰콰콰쾅!

—크아아악~!

묵성이 잠시 한눈을 파는 사이 어느 틈엔가 수한을 향해 몸을 날리는 다스. 집념을 넘어 집착(?) 수준에 도달한 이 근성의 화신은 아직도 수한을 포기하지 않은 것이다. 아이언 골렘들이 수한을 잡아놓는 사이 어떻게든 수한에게 접근하려는 게 그의 속셈. 이에 묵성은 다스의 발을 묶기 위해 재차 벼락 생산에 총력을 기울여야 했다.

결국 근성 모드로 접어든 다스로 인해 더 이상 묵성의 도움을 기대할 수 없게 된 수한. 그는 자신이 박살 낸 아이언 골렘의 잔해 틈새에서 그야말로 악전고투를 벌이는데… 끊임없이 몰려드는 아이언 골렘들의 물결에 수한도 점차 침몰해 가는 분위기였다.

…그야말로 다굴이 최강의 전술, 전략임을 입증하는 광경. 이대로 계속 가다간 수한에게 졸지에 강철로 된 무덤이 생길 판이다. 거기다 설상가상이라, 묵성의 벼락 세례에도 불구하고 조금씩 수한을 향해 다가가는, 근성을 넘어 열혈 모드로 접어든 다스. 수한의 위기는 아직 끝난 것이 아니었다.

그런데 바로 그때!!

"우와와와~!"

—아니, 저건?!

—휴우~ 다행히 제시간에…….

평원 너머 서쪽 저 끝에서 들려오는 함성 소리, 그리고 그 함성 소리가 채 끝나기도 전에 아이언 골렘을 공격하는 일단의 무리. 그 기세는 한정판 초 레어 동인지에 달려드는 오타쿠의 그것이리라(한마디로 꿈에 볼까 무서울 정도로 무시무시했다).

비록 그 숫자가 아이언 골렘에 비해 터무니없이 적은 1,000
여 명 남짓이었으나, 그들의 무위는 가히 일당백! 그들 전원
이 오러 블레이드나 오러 피스트를 구현하며 순식간에 아이
언 골렘들을 고철더미를 만들기 시작했다. 그들은 바로……

"묵천삼대(墨天三隊)?!"

─하하하~ 그래, 자네 말이 맞네. 호교원을 제외한 혈천군
마대(血天群魔隊)과 수라만마대(修羅萬魔隊)지. 여기까지 데려
오느라 얼마나 고생했는데. 덕분에 팔자에도 없던 축지술(縮
地術) 숙련도가 제법 올랐지.

전혀 예상치 못한 마교의 최정예 고수들의 등장에 경악하
는 수한, 그리고 이제 여유를 되찾은 묵성. 상황이 이렇게 급
반전되자 다스는 이제 더 이상 고집(?)을 부릴 수 없게 되었
다. 복수의 끝이 바로 코앞에 있었지만 지금은 미련을 버려야
할 때.

무엇보다 그의 진.정.한. 목표는 수한이 아니지 않은가?

─크윽~ 분하다.

파악!

─다시 보자, 데스로드!!

도주하는 악당의 전형적인 대사를 남긴 채, 황급히 몸을 날
린 다스. 역시 최상급 고수답게 이형환위와 신법을 통해 순식
간에 멀어져 간다. 그리고 다스가 완전히 사라지자 내심 안도

의 한숨을 내쉬는 묵성. MP가 거의 바닥을 드러냈던 그로선 다스의 도주가 내심 다행스러운 일이었다.

"후우~ 하마터면 큰일 날 뻔했군. 그나저나, 자네도 참 다사다난하군. 만약 '성녀(聖女)'가 알려주지 않았으면 어쩔 뻔했나?"

"에? 성녀?"

어느 틈엔가 둔갑술을 통해 수한에 버금가는 절세 '미남자'로 변한 묵성(그와 수한을 모델로 한 동인지가 수진의 지휘하에 절찬 판매 중!!). 수한의 옆에 사뿐히 안착하며 은근히 수한을 타박한다. 하지만 수한에겐 그런 묵성의 꾸지람보다 '성녀'라는 낯선 단어가 더 신경 쓰이는데…….

'성녀? 묵천마신교에 그런 게 있었나?'

하지만 수한이 자신의 의문을 해소하기도 전에 묵성이 그의 신경을 딴 곳으로 돌려 버린다.

쓰윽~

"이건?"

"뭐긴 뭐겠어? 자네 물건이지."

묵성이 수한에게 건네준 것은 마패(?) 비스무리한 둥근 철패. 바로 마교의 교주를 상징하는 신물, 묵룡천마패(墨龍天魔牌)였다. 아마 묵성은 제 딴에 '묵천의 주인(교주)'임을 상징하는 신물을 돌려줌으로써 마음의 부담을 덜려는 듯한데…….

수한이 누구던가? 묵룡천마패를 받자마자 성녀의 존재는

깨끗이 잊고―…그것은 너무나 크나큰 실수였다―그다운 엉뚱한 생각을 한다.

그렇다. 지금이야말로 주인공으로서의 퍼포먼스(?)를 보여줘야 할 때!! 이에 묵룡천마패를 머리 위로 들어 올리며 자신의 존재를 어필하는 수한.

"마중지존(魔中至尊) 군마앙복(群魔仰伏)!"

수한의 말, 아니, 시동어와 함께 묵룡천마패에서 뻗어 나오는 가공할 마기(魔氣). 그것은 거대한 묵룡의 형상으로 화해 하늘로 치솟았고, 이내 거대한 마신상(魔神像)으로 변해 그 웅장한 모습을 드러냈다. 그러자,

"마신강림(魔神降臨)!! 멸천파지(滅天破地)!!"

수한의 말에 맞춰 천지를 뒤흔드는 마웅(魔雄)들의 응답. 그렇다. 이것이야말로 진정한 '악의 최종 보스'로서의 특권. 수한의 입에선 절로 기쁨에 찬 광소가 터져 나왔다.

"크카카카카~ 내가 바로 주인공이닷!!"

서서히 무너지는 강철 거인들 사이에서 그렇게 자신의 존재를 증명한 수한. 그리고 이로써 그는 좀비 군단 이상의 전력을 갖춘 채 수진이 부탁한 일을 완수할 수 있게 되었으니……

이제 죽음의 군세는 최종 방어 라인을 돌파하여 '홀리 그라운드'를 공략할 수 있게 되었다.

"아하하하하하~ 이거… 이거… 내가 당했군. 설마 이런 수를 쓸 줄이야. 저 마교의 고수들은 네가 불러들인 거겠지?"

거울 속 대격전의 결과에 리버스는 자신의 패배에도 불구하고 웃음을 그치질 못했다. 내기 결과와는 별개로, 마치 간만에 본 명승부(?)에 그저 순수하게 감탄하는 모습. 그에 반해 수영은 자신이 내기에서 이겼음에도 도저히 기뻐할 수가 없었다.

'어떻게 내가 한 일인 줄 아는 거지? 설마… 그것까지 아는 건 아니겠지?'

그렇다. 방금 전 묵천마신교의 개입은 바로 수영의 작품. 얼마 전 수진과 잠시 헤어졌던(수진이 수한 일당들을 소몰이(?)하던) 그 짧은 시간 동안 그녀가 아수라, 즉 이블린의 대리인(성녀)으로서 묵천마신교를 움직여 지금의 결과를 낳은 것이다.

어디까지 그녀가 지닌 '마지막' 비장의 무기를 쓴 끝에 이룬 기적과도 같은 반전. 평상시라면 자신의 안배가 제대로 맞아떨어졌음에 크게 기뻐해야 정상이겠지만…….

'뭔가… 불안해.'

마주한 지 얼마 되지도 않았건만 리버스가 어떤 존재인지 어느 정도 감이 잡힌 수영. 적어도 이 정도 '변수'는 리버스의 예측 범위 안에 있는 게 분명하다. 그렇지 않고서야 저런 여유를 설명할 길이 없었다.

그리고 무엇보다 상황은 아직까진 리버스의 페이스. 한참 웃은 뒤 리버스의 입에서 흘러나온 말은 그녀를 경악시키기에 충분했다.

"이번에 보여준 수는 정말 대단했어. 필.멸.자. 코드를 사용한 변칙 승급까진 예상했지만… 하나의 신도 아니고 다수의 신에게 신탁(神託)을 받은 성녀라니. 그 수완에 진심으로 감탄했다. 그렇다면 네 성격에 어설프게 할 리 없으니… 이슈타르를 제외한 나머지 네 신과 모두 계약했겠군."

"…그걸 어떻게?!"

수진에게조차 비밀로 한 성녀 '승급'의 비밀. 그것은 바로 '필멸자'의 능력을 통한 변칙 승급이었던 것이다.

과거 필멸자 프로젝트를 시작했을 당시 몰래 만들어졌던 비인가된 필멸자 캐릭. 어디까지나 만약에 경우를 대비해 만든 뒤 지금까지 잊혀졌던 그 캐릭은 최근 부활하여 수영의 수완(?)에 의해 신에게 '직접' 신탁을 받아 성녀가 된 것이다.

하지만 단시간 만에 변칙적으로 이루어진 성과엔 그만한 대가가 필요한 법. 별도의 레벨업이나 퀘스트 달성도 없이 이루어진 승급이기에 그 부작용 역시 결코 만만치 않았다. 그것은 바로……

"물론 그 대가로… 그 캐릭의 '수명'은 이제 얼마 남지 않았겠지?"

"…넌, 대체 누구지?"

수영의 지금까지 행적이나 비밀을 너무나 훤히 아는 리버스. 수영은 같은 질문을 다시 한 번 더 반복할 수밖에 없었다.

넌 누구지? 대체 누구기에 그 모든 걸 아는 거지?

"하하하~ 그게 너의 요구 사항인가? 좋아, 내기에 졌으니 대답해 주지."

"억? 잠깐! 고작 그런 요구로… 응, 수영아?"

"…그냥 내버려 둬."

불식간에 흘러나온 수영의 물음에 은근슬쩍 묻어가려는(?) 리버스. 괜히 옆에 있던 수진이 펄쩍 뛰며 그를 제지하려고 하지만 정작 수영은 그런 수진을 말렸다. 그녀의 육감엔 지금이야말로 리버스의 페이스에서 벗어날 마지막 기회였던 것이다.

그리고 더 이상 방해자가 없자 천천히 자신의 면사를 벗기 시작하는 리버스. 이어 마침내 드러난 리버스의 얼굴은…….

"넌?!"

"이럴 수가…….""

마주하는 순간 느꼈던 위화감의 실체, 그리고 동시에 전혀 예상치 못했던 얼굴. 수영과 수진은 진심으로 경악했다.

Chapter 3

본색을 드러내다

우지끈, 쿵쾅~!

"응? 뭐지?"

한참 토일을 가지고 실험(?) 중이던 길란드는 외곽에서부터 점차 커지는 소란에 의아해졌다. 틈틈이 전황을 체크했던 바에 의하면, 죽음의 군세 대부분 전력이 이미 붕괴된 상태. 즉, 더 이상 저런 소란을 만들 만한 건덕지가 없었던 것이다.

결국 진정되기는커녕 더욱 커져만 가는 굉음에 길란드는 토일을 내버려 둔 채 플라이 마법을 시전했다. 그리고 하늘 위에서 바라본 전장의 모습은······.

"뭐냐, 이놈들은?! 대체 어디서 이런 전력이······."

아이언 골렘을 무슨 장난감 인형인 것마냥 취급하는 흑의 무복의 인영들. 그들 한 명, 한 명이 제국의 로얄 나이트 급 무력을 선보이며 혼자서, 혹은 여러 명이 달라붙어 아이언 골렘들을 무릎 꿇리고 있었다. 그들의 빠른 움직임에 비해 턱없이 느린 아이언 골렘은 제대로 반항조차 못한 채 하나하나 대지에 쓰러지는 게 현재의 전황.

거기다 그런 대단한 고수들이 수십도 아닌, 무려 천여 명이나 되었으니. 외곽에서부터 시작된 진형의 붕괴로 인한 여파는 전장 전체로 급속도로 파급되고 있었다. 그런데 엎친 데 덮친 격이라.

파앗!

"상황이 불리하다. 나는 이만 물러나겠다."

어느 틈엔가 공간 이동을 통해 길란드 옆에 불쑥 나타난 디엘. 그녀는 자기 할 말만 하고 재차 사라진다. 뭐라 대답할 틈도 없이 벌어진 일이라 잠시 멍하니 있던 길란드. 그러나 이내 상대의 무책임한 행동에 길길이 날뛰기 시작했다.

"큭~ 감히 마스터의 은혜를 뭐로 보고… 고작 이 정도에 뒤로 빠지다니!"

―호오~ 선각자라 자타가 공인하는 마법사가 그런 고루한 기사적 생각을 가지고 있다니, 의원데?

"다스?!"

디엘처럼 또 어디선가 뜬금없이(?) 등장한 다스. 길란드는 그의 변한 모습에 화들짝(?) 정도가 아닌, 말 그대로 경악했다. 이 자식이 기어이 일을 냈구나!

"너… 너… 제어 장치를……."

—아아~ 상대가 예상 범위를 넘어섰어. 나로선… 이게 최선이었지.

"쯧~ 바보 같은 짓을……."

평상시 늘 티격태격했지만 미운 정이란 게 있는 법. 복수를 위해 결국 자신의 생명을 포기한 다스를 응시하며, 길란드는 약간의 안타까움과 연민을 느꼈다. 그런데 그런 감정들을 채 음미하기도 전에 가슴에 느껴지는 격통.

'어라? 마음의 아픔이 이렇게 실제로 통증을 유발했던가?'

도저히 이해할 수 없는 현상에 길란드가 의아해하는 가운데 그의 신형은 그대로 땅바닥에 곤두박질쳤다. 그리고…….

쿠웅~!

아무런 대처도 없이 그대로 대지와 충돌한 길란드. 이어 서서히 회색으로 물드는 길란드의 육신. 나인스타 중 일인이자 8서클 마스터로선 도저히 믿을 수 없는, 너무나 허망한 최후였다.

—…미안하다.

길란드의 시신을 내려다보는 다스의 두 눈엔 약간의 죄책감이 서려 있었다. 자신을 굳게 믿고 있던 동료를 암습해 그 생명을 취했으니. 양심이 아예 없다면 모를까, 어찌 미안하지 않겠는가?

하지만…….

자신의 '계획'을 위해선 어쩔 수가 없다.

─큭, 드래곤 하트라…….

방금 전까지 길란드의 목에 걸려 있던 드래곤 하트. 길란드의 심장을 가루로 만든 직후, 다스가 낚아챈 목걸이 형태의 그것. 다스는 그 막대한 마나의 집약체를 조심스럽게 제어 장치에 있던 가슴 정중앙 부분에 찔러 넣었다. 그리고 그로 인해 재차 충만해지는 '생명력'.

─좋아, 이로써 대충 세 시간 정도는 벌었군. 그럼… 이제 슬슬 시작해 볼까?

저 멀리 홀리 그라운드를 바라보며 의미심장한 미소를 짓는 다스. 이어 그는 전장의 중심에서 광소를 터뜨리는 수한을 노려보며 재차 다짐했다.

─대마왕이라 급수가 다르단 말이지? 좋아, 그렇다면 난 '신'이 되어주마.

무욕(無慾)의 방랑자, 프레이르(Freyr).

만마(萬魔)의 어머니, 이블린(Evelyn).

전사들의 수호자, 이슈타르(Ishtar).

만물의 대표자, 발드르(Baldr).

희망의 여신, 나나(Nanna).

이들 다섯 신(神)은 '세상'에 직접적인 영향력을 행사하는 '실질적인' 신적 존재임과 동시에 'NEW WORLD' 설정의 가장 기본 토대를 구성하는 존재들이다. 때문에 그들의 모델에 대해 충분히 심사숙고한 뒤 정해야 정상이지만… '세상'을 '게임'화하는 과정에서 누군가(?)의 독단으로 인해 채 논의가 이루어지기도 전에 확정지어졌다.

그로 인해 그들 다섯 신의 형상은 'Four Children'이자 F.C. 사의 창립 멤버 네 명, 그리고 얼떨결에 끼어든 수진, 이렇게 다섯 남녀의 외모를 기초로 하여 만들어졌으니… 비록 그것이 64%의 귀차니즘과 33%의 장난기, 그리고 3%의 기념 삼아 한 행동이었으되, 구성원들이 워낙 미남 미녀들인 탓에 원만히(?) 강행되어졌다.

그리고… 지금 이 순간, 수영과 수진의 눈앞엔 '이슈타르'와 거의 흡사한 외모의, 아니, 보다 정확히 말하면, 이슈타르의 원 모델이 되었던 인물이 서 있었다. 그는 바로…….

"재… 훈?"

"억?! 너… 너……."

"아아~ 오랜만이지, 수영? 그리고 수진 양 역시……."

리버스의 정체를 아는 순간 두 눈이 찢어질 듯 커지는 수영, 그리고 리버스를 그저 손가락질하며 말조차 제대로 잇지 못하는 수진. 대체 무엇이 그렇게 놀라운지, 경악하다 못해 정신을 못 차리는 모습들이다.

그녀들이 이토록 놀라는 이유는 바로 리버스, 즉 재훈이······.

"넌··· 죽었잖아?!"

지금으로부터 약 5년 전, 천재답게(?) 희귀병으로 인해 요절했기 때문이다. 그런데 그 죽었던 인물이 이렇게 난데없이, 심지어 지금까지의 모든 음모의 주재자일 줄이야.

하지만 마냥 경악하기 바쁜 수진과는 달리, 수영은 금세 냉정을 되찾았다. 재훈의 얼굴을 본 직후, '진실'의 일부를 깨달은 탓이다.

"··· '어떻게'라는 건 묻지 않겠어. 그렇게 '힌트'를 주었음에도 미처 생각지 못한 내가 바보니까."

"수영아, 그게 무슨······."

"호오~?"

수영의 입에서 난데없이 튀어나온 생뚱맞기까지 한 결론에 어리둥절해진 수진, 그리고 희미하게 감탄성을 발하는 리버스. 하지만 주위에 그런 반응들을 이끌어냈음에도 정작 수영은 평소의 냉정한 모습으로 말없이 리버스를 응시할 뿐이다. 이제야 깨달은 놀라운 진실 앞에서 그녀는 역설적이게도 자신의 페이스를 완전히 되찾은 탓이다.

그 음흉한 원준이 왜 자신에게 '모든 걸' 다 말해줄 것이라 믿었을까? 그리고 원준으로부터 '매트릭스 프로젝트'의 내용을 들었을 때, 왜 진작 깨닫지 못했을까?

질병과 노화, 사고 등으로부터 완전히 해방된 가상 현실에서의 '또 다른' 삶. 당시 병으로 인해 서서히 삶의 마지막 불꽃을 태우던 재훈, 그에게 그것만큼 유혹적인 게 어디 있겠는가? 아니, 애초에 매트릭스 프로젝트 자체가 재훈의 그런 열망을 감안해서 시작한 것일지도 모른다.

결국 재훈이 가상 현실로의 '영혼 이전'에 처음이자 마지막 실험체가 된 것은 지극히 당연한 수순.

그리고 무엇보다⋯ 관리자인 '루나'가 갑자기 소멸하고, '카오틱 드래곤'이 지금껏 아무런 행동을 취하지 않는 것에 왜 위화감을 느끼지 못했을까? 그들을 그렇게 통제할 수 있는 존재는 오직 단 한 명, 바로 그들의 창조주뿐이건만.

이제야⋯ 이제야 어느 정도 의문이 풀린다. 지금까지 복잡하게 엉켜 있던 것이 단숨에 해결되는 느낌. 심지어 필멸자가 아님에도 어떻게 그런 전능(全能)에 가까운 모습을 보였는지조차 이해가 된다. 이 '세상'의 근본 토대를 만드는 데 가장 큰 일익을 담당했던 존재로서 그 정도의 '반칙'은 그야말로 식은 죽 먹기일 터.

그나저나⋯ 지금껏 죽은 줄 알았던 사람을 5년 만에, 그것도 이런 방식으로 재회할 줄은 꿈에도 생각지 못했는데⋯⋯.

"너⋯ 정말 죽.은. 거야?"

"아, 그래. 죽.었.지."

"⋯그럼, 그 '매트릭스 프로젝트'란 건 결국 성공인 거군."

"글쎄, 100% 성공이라고 말하기엔 좀……."

"응? 그게 무슨 의미지?"

"훗~ 처음부터 그렇게 한꺼번에 모든 걸 알려고 하는 건 좋은 습관이 아니야. 어디까지 차근차근……."

지금까지의 여유로운 모습에서 벗어난, 처음으로 보이는 리버스의 씁쓸한 미소. 순간, 수영의 눈이 번뜩였다. 어쩌면 상대의 약점을 알아낼 수 있다는 기대 때문일까? 절친한 친구의 부활에 기뻐하기보다 약점을 잡기 위해 골몰하는 자신에게 일말의 혐오감이 들지만… 지금은 리버스 공략(?)이 최우선 사항.

"…그럼, 신기를 모아서 대체 뭘 꾸미는 거지?"

"아, 이런… 또 핵심 질문을… 뭐, 할 수 없지. 신기를 모아서 뭘 할 생각이냐고? 훗~ 바로 신을 '강림[The Advent]' 시킬 생각이야."

"…뭐?"

어느 정도 짐작은 했지만 워낙 터무니없는 말이기에 잠시 말을 잇지 못하는 수영. 지금 저 녀석이 '강림'이라고 한 거 맞지?

신기를 동원해 '강림'을 언급할 정도의 신이라면 분명 오대신(五大神), 즉 'NEW WORLD'의 가장 토대가 되는 다섯 존재를 말하는 게 분명하다. 문제는 그들이 어디까지 '설정' 상 존재할 뿐, 세상 내부엔 구현되지 않았다는 것. 아니, 그 권능과 영향력이 워낙 강대하여 세상이 미처 그들을 구현할 수 없다는 게 더 정확한 표현이리라.

하긴 세상 내 최강의 존재, '카오틱 드래곤'의 레벨이 1,200대인데, 오대신의 대략적 수치상 레벨은 적어도 5,000대. 강림과 동시에 세상이 붕괴할 게 뻔했다. 그런데 그런 강대한 존재를 이 세상에 강제로 끌어내린다고?!

"설마… 이 세상을 무(無)로 되돌릴 생각인 거야?"

"글쎄… 어쩔까나?"

"너… 이곳은 우리들이 갖은 고생을 한 끝에 만든 세상이잖아?! 그런데 그걸 네 손으로 부순다고?!"

더 이상 리버스의 장난기 어린 대응에 수영은 참지 못했다. 지금까지 수영과 그 친구들이 수년간 피땀 흘려 만든 최고의 걸작품을 감히!

하지만 리버스 역시 아무 생각 없이 단지 장난으로 그런 짓을 할 리 만무.

"우리라고? 글쎄… 과연 이 세상은 '내'가 만든 게 맞을까?"

"…그건 또 무슨 소리지?!"

수영의 외침과 함께 일변하는 리버스의 분위기. 이제 더 이상 그의 얼굴엔 미소를 찾아볼 수 없었다. 마치 가면을 쓴 듯한, 혹은 무기질의 그 무언가가 된 듯한 리버스. 그리고 이어지는 한 '존재'의 분노와 좌절이 담긴 독백.

"하루하루가 죽음으로부터 도피하기 위한 노력이었지. 그리고 마침내 '세상'을 만들었을 때, '이전의' 난 환호했어. 불면의 밤으로 몰아넣던 죽음의 그림자에서 마침내 해방되었다고 여겼으니까. 그런데… 막상 이 세상으로 넘어오자 또 사정이 달라지더군."

"……"

"크큭~ 이론과 현실은 다르다고 해야 하나? 한 개체로써 육신과 정신은 따로 떨어지려야 떨어질 수 없는 존재더군. 설마 머리로 이해한 것과 실제로 당해보는 게 그렇게 차이가 날 줄은……"

"…그래서 결론이 뭐야? 정체성의 혼란이라도 온 건가?"

"큭~ 그래, 넌 언제나 질질 끄는 걸 싫어했지. 좋아, 원하는 대로 본론으로 들어가자. 네가 말한 대로 정체성의 혼란이라고 해야 하나? 당시의 난 현실과 '세상'의 괴리감에 극도의 혼란 상태에 빠졌었다. 그리고 오랜 방황 끝에 현실의 재훈과 지금의 리버스를 '분리' 시켰지. 즉, 이젠 더 이상 재훈은 존재하지 않는다. 있다면 오직 리버스만 있을 뿐!!"

"하아~ 그래서 과거를 버리시겠다?"

"큭큭~ 그래, 맞아. 난 재훈이 아닌 리버스야. 하지만 재훈이 만든 가상 현실이란 공간에 갇힌 그의 잔재이기도 하지. 그럼, 이 경우 어떻게 해야 할까? 정체성 혼란으로 인해 눈물, 콧물 질질 짜며 자기 비하의 끝인 자살이나 해야 할까? 아니,

너도 알다시피 '이전의' 난 그런 바보 멍청이가 아니잖아? 지금의 나 역시 마찬가지! 나는 내 방식대로 내 정체성의 혼란을 해결하기로 마음먹었어. 내가 살아 숨 쉬고 있는 이 세상을 재훈의 방식이 아닌, 내 방식대로 뜯어고치기로."

자신의 원대한 계획을 말함과 동시에 무기질에서 다시 인간의 얼굴로 되돌아온 리버스. 그 변화하는 모습에, 그리고 그가 한 말의 의미에 수영과 소진은 소름이 돋았다. 그렇다면 리버스가 의도하는 바는…….

"그렇군. '세상'의 신이 될 생각인 거야."

"하하하하, 역시 수영! 내 생각을 꿰뚫어 보는군."

수영은 리버스의 말을 들으며 생각했다. 만약 자신이 리버스의 입장이라면? 그리고 지금까지 리버스가 벌인 일들을 거기에 조합한다면?

"과거 자신이 만든 세상, 아니, 족쇄에서 벗어나고 싶었겠지. 적어도 재훈일 때의 넌 그만큼 오만하고 자존심 센 녀석이었으니까. 하지만 세상 내 속한 존재로서 그것은 확실히 무리가 있었을 테고… 그 때문에……."

"그래, 맞아. '차선책'을 선택했지. 바로 내가 세상, 그 자체가 되는 거야. 어설프게 지배해 봤자 운영팀과 유저들 때문에 변수가 너무 많거든. 그럴 바에는 차라리……."

"헐~ 속박당할 바에는 차라리 뒤집어엎고 새로 판을 깔겠다? 넌 정말… 좋아, 그럼 신, 아니, 분위기로 봐서 '이슈타르' 겠지? 이렇게 신기를 사용해 이슈타르를 강림시킨 뒤, 융합 마법을 통해 거기에 '빙의' 하겠군. 애초에 널 모델로 만든 존재이니 그다지 어려운 일도 아닐 테고. 이후 오대신 중 최강의 '무신' 으로서 세상을 통제하겠다?"

"무슨 통제씩이나⋯ 난 그저 뭔가에 '속박' 되기 싫을 뿐이야."

"⋯이것들이 지금 대체 무슨 소릴 하는 거야?"

그저 속박받기 싫다는 이유 하나 때문에 지금의 계획을 세웠다는 리버스의 말에 그저 기가 막힌 수영. 하긴 리버스의 입장에선 그 계획이 자기 '존재' 를 '긍정' 하기 위한 것이니 아주 이해 못할 바는 아니다(수영과 리버스의 주거니 받거니 하는 대화를 듣고도, 아직 뭐가 어떻게 돌아가는지 모르는 수진은 논외로 치자). 그러나 수영의 입장에선 결단코 막아야 할 일.

"뭐, 네가 그런 생각을 하는 것까진 이해하겠어. 하지만!! 강림으로 인한 여파는 어쩔 셈이지? 그로 인해 유저나 NPC들이 거의 '몰살' 당할 텐데?"

"그거야⋯ 내 알 바가 아니지."

"⋯젠장, 그렇게 말할 줄 알았어. 역시 넌 '재훈' 이군."

"아니, 리버스다."

"내가 보기엔 그놈이 그놈이닷!"

"⋯우리 엄마가 미친놈은 상대하지 말랬는데."

게임 회사를 아예 절단 내려는 듯 전혀 거침없는 리버스. 수영은 그저 분통이 터져 제자리에서 방방 뛸 수밖에 없다(…현실 도피 2단계에 접어든 수진은 그냥 배제하자). 거기다 이제 충분히 대답해 줬으니 더 이상 같이 놀아(?)줄 필요가 없다는 걸까?

"자, 이제 슬슬 '시간'이 됐군. 그럼, 이만 끝내자."

딱! 위이이잉~

"에? 무슨……?"

"이런?! 강제 텔레포트?!"

수영과 수진에게 빙긋이 웃은 뒤, 손가락을 튕기는 리버스. 그러자 수영과 수진의 발아래에 그녀들을 강제로 속박하는 마법진이 생성된다. 그리고 그 마법진의 패턴에 '아뿔싸'를 외치는 수영. 게다가 리버스는 마지막까지 용의주도했다.

"아차, 이걸 깜박할 뻔했군."

"억?! 내 반지!!"

수진이 마법진에 정신을 팔린 틈을 타서 어느샌가 그녀의 최종 모드(?) 아이템들 중 '텔레포트 반지'를 낚아챈 리버스.

"내가 알기론 운영팀에 더 이상 텔레포트 스크롤 여분이 없다고 하니… 당분간은 만날 일이 없겠군."

"젠장!! 너, 두고……."

파앗!

리버스의 자상한(?) 설명이 있은 뒤, 원념에 찬 저주를 내뱉기도 전에 어디론가 강제 이동된 수영과 수진. 이로써 그녀들은 잠시 동안은 리버스의 계획을 방해할 수 없게 되었다. 그리고 방해꾼이 사라지자 그제야 느긋한 발걸음으로 마법진을 향하는 리버스. 그러다 문득 홀 중앙의 거대 기둥을 향해 고개를 돌린다.

"아~ 언제 온 거지, 디엘?"

"…방금 전에."

기둥 뒤에서 슬그머니 모습을 드러내는 디엘. 공간 이동의 달인(?)답게 전장에서 제일 먼저 귀환한 모양이다. 그리고 지금 이 순간, 뭔가 복잡 미묘한 시선으로 리버스를 응시하는데… 그 분위기를 보건대, 방금 전 수영과의 대화를 통해 이제야 리버스의 계획을 알아차린 듯.

"으흠~ 방해할 건가?"

"…아니."

"오호~ 왜지?"

디엘의 대답이 예상에서 벗어난 탓인지 리버스는 간만에 감탄사를 발했다. 오직 자기 부족의 생존을 위해 스스로 계약(…노예 계약)을 자처했던 디엘이다. 그런데 멸망을 언급할 정도의 큰 피해가 예상되는 계획을 저지하지 않는다라… 아무리 그녀의 부족이 리버스가 '안배' 한 안전한 장소에 자리 잡았다곤 하나 강림으로 인한 피해가 전혀 없다고는 할 수 없을 텐데?

"…그냥."

"……."

잠시 참을성있게 기다린 뒤 디엘의 입에서 흘러나온 대답. 리버스는 자신도 모르게 맥이 풀려 버렸다. 하지만 착한 아이(?)에게 마땅히 상을 줘야 하는 법.

"홋~ 이거 참, 고마워해야 하나? 뭐, 대충 내 계획을 알았으니 더 이상 네가 필요없다는 것도 알겠지?"

끄덕.

"좋아, 그럼 이로써 계약의 종결을 선언한다."

파악!

리버스의 말과 함께 디엘을 감싸는 원형의 빛줄기. 그리고 그 눈부신 빛에서 해방되어 눈을 떴을 땐 더 이상 그녀를 속박하던 계약의 인은 사라지고 없었다. 하지만 자신에게 가해진 제약이 사라졌음에도 마땅히 가져야 할 감정을 보이지 않는 디엘.

"응? 기쁘지 않나?"

"…잘 모르겠어."

"으흠~ 하긴 내가 그렇게까지 심한 악질 고용주도 아니고… 뭐, 이로써 계약은 종결되었으니 넌 네 부족이 있는 곳으로 돌아가도 돼."

왠지 기대했던 반응을 보이지 않자 살짝 실망한 리버스. 그는 더 이상 디엘에게 관심을 두지 않기로 했다. 그런데 이제 더 볼일이 없어야 할 디엘이 여전히 떠나질 않고 리버스를 계속 붙잡는다.

"…마법진 구동까지 아직 하루 남았잖아? 내가 그때까지 지켜줄까?"

"엥? 하하하하~ 계약은 이미 종결되었으니 네가 걱정할 문제가 아니야. 그러니 어서 가봐."

"…원래대로라면 내가 좀 더 시간을 끌어야 하잖아."

평소답지 않게 말이 길어지는 디엘의 모습에 그제야 리버스는 진지하게 그녀를 내려다봤다. 다크 엘프의 수장이라는 위명에 가려져 있던 자그마한 몸. 아마 계약이란 미명하에 혹사시켰다고 생각했던 지난날들이 이 작은 아이에겐 나름 추억 비슷한 걸로 작용했던 모양이다.

'후우~ 정이 든 건가?'

전혀 예상치 못한 상황에 살짝 당황하는 리버스. 사적인 감정이 전혀 배제된, 어디까지 계약에 얽매인 관계라 생각했건만… 그러나 디엘을 위해서라도 냉정히 대해야 한다.

때문에 리버스는 좀 더 진지해진 얼굴로 디엘과 마주했다.

"너와 길란드, 그리고 다스에겐 숨겼지만… 마법진 구동을 위한 준비는 방금 전에 이미 끝났다. 너희들에게 시간을 끌라고 한 건 어디까지 '손님'을 맞이하기 위한 거지, 그 이상의 의미 따윈 없던 거야. 그러니 넌 이제 이곳에 있을 필요도, 있어서도 안 돼. 솔직히… 지금의 나에겐 넌 방해가 될 뿐이니까."

"······!!"

'여기 있으면 위험하다'는 말을 억지로 삼키며 리버스는 냉정하게, 심지어 냉혹할 정도로 디엘을 몰아붙였다. 그리고 지금껏 보지 못했던 리버스의 '냉혈한 모드'에 입술을 깨무는 디엘. 이어 그녀의 신형은 공간 이동을 통해 리버스의 눈 앞에서 사라졌다.

"하아~ 그래, 이걸로 된 거야."

왜 자신의 입에서 한숨이 나오는지 그 스스로도 이해가 되지 않는 가운데 리버스는 다시 느긋이, 그러나 조금 전보다 기운이 빠진 발걸음으로 마법진을 향했다. 그런데 리버스가 막 마법진의 최종 단계를 발동하기 직전, 재차 태클이 들어왔다.

"흥, 재상께선 저의 존재 따윈 안중에도 없나 보죠?"

"웅, 아아~ 밀리네 황녀, 오랜만이군."

마법진에 지나치게 집중한 탓일까? 아니면 다른 이유가 있어서일까? 리버스는 밀리네 황녀가 가까이 와서야 그녀의 존재를 눈치 챘다. 이에 약간 떨떠름한 반응을 보이는 리버스(아니, 저 싸가지가 여긴 웬일이지?). 물론 밀리네 황녀의 입장에선 그런 그의 모습에 더욱 화가 치밀어 오른다.

"흥~ 재상의 권위가 이제 황족조차 넘어선 모양이군요. 아무리 당신이······."

"황녀, 제가 지금 매우 바쁜 일이 있사오니 나중에 다시 찾아오시면 안 되겠습니까?"

흠칫!

이제 막 본격적으로 밀리네 황녀의 따발총 투정이 시작되려는 찰나, 갑자기 그녀의 말을 잘라먹는 리버스. 늘 미소를 잊지 않던 그가 진중한 얼굴로 존댓말을 하자 철없기로 유명한 밀리네 황녀조차 흠칫 뒤로 물러설 수밖에 없었다. 하지만 그것도 잠시 잠깐.

"이이… 좋아요! 나도 더 이상 재상의 얼굴을 보고 싶지 않군요. 내가 여기 온 건 내 물건을 되찾기 위해서예욧!"

"물건? 아, 그렇군요."

계획을 진행하는 과정에서 가장 먼전 획득한 신기, '신의 가호'. 한 달에 한 번, '기적'이라는 초 사기 스킬을 발동할 수 있는 그것을 리버스는 예전 병약했던 밀리네 황녀를 위해 선물했었다. 심지어 '착용 조건'을 맞추기 위해 따로 황녀에게 '강제적인' 신탁까지 받게 했건만……

그런데 그 위험한 '장난감'으로 인해 온순하고 착했던 밀리네 황녀는 지금처럼 삐뚤어지고(?) 말았으니. 역시 자신의 그릇 이상의 힘은 사람을 타락하게 만드는 모양이다.

"후우~ 예, 당연히 드려야죠. 자, 여기 있습니다."

"흥!!"

이미 마법진 발동의 모든 조건을 충족시킨 마지막 한 단계만을 남겨둔 상태. 까짓 더 이상 필요도 없는 신기 따윈 얼마

든지 줄 수 있다.

때문에 리버스는 아무런 '의심' 조차 하지 않은 채, 순순히 '신의 가호'를 밀리네 황녀에게 건네주었다. 그리고 다시 마법진으로 고개를 돌려 막 '강림'을 시작하려는 찰나(버릇없는 황녀의 '생사' 따윈 더 이상 안중에도 없는 리버스. 확실히 디엘과는 전혀 다른 대우다)!

"기적[The Miracle]!!"

우웅~

"응?"

새된 비명성 같은 밀리네 황녀의 외침, 그리고 그 결과 온몸의 힘이 쭈욱 빠져나가는 리버스의 몸. 당황한 리버스가 휘청거리다 한쪽 무릎을 꿇은 채 밀리네 황녀를 올려다봤을 땐……

"흐흥~ 나를 무시한 당신의 잘못이에요."

―수고하셨습니다, 황녀.

득의만만함과 함께 일말의 꺼림칙함을 드러낸 밀리네 황녀, 그리고 서서히 홀 안으로 들어서는 다스가 있었다.

'이런, 당했군. 마나와 체력, 모든 것이 다 금제당했어.'

'기적'은 어디까지 시전자의 '상황'을 가장 좋은 방향으로 발현되게 하는 스킬. 즉, 결코 만능(萬能)이 아니다. 다시 말해 지금처럼 리버스를 '완벽하게' 제압하는 건 밀리네의 '의지' 만으론 절대 불가능한 일. 적어도 누군가의 조언이 필요했다. 그리고 그 조언자는 다름 아닌······.

"다스, 어떻게 아직··· 그렇군. 길란드의 드래곤 하트로··· 그렇다면 길란드는 이미 죽었겠군."

—흥, 그 늙은이는 옛날부터 재수가 없었거든.

어느 정도 다스의 성향을 알고 있었지만, 설마 마지막 순간 이런 일을 벌일 줄이야. 리버스는 자신의 방심을 탓했다. 하다못해 다스에게 걸어둔(주인에게 반항하거나 그에 준하는 행위를 할 경우 각종 제재를 가하는) '계약의 인'이라도 발동시키면 좋겠지만······.

'큭~ 그것까지 감안한 금제군.'

손발이 완전히 묶이고 반항조차 할 수 없는 상황. 그러나 리버스가 누구던가? 그 특유한 오만함으로 끝끝내 아무런 동요를 드러내지 않았다. 아니, 도리어 마치 지금의 사태를 예상한 듯한 모습을 보였다.

"···'신'이 되려는 건가? 보아하니 하루 이틀 준비한 것도 아니군."

마법진 발동 시간에 딱 맞춰 나타난 것이나 밀리네의 협조를 구한 것을 볼 때, 절대 즉흥적인 행동이 아니다. 충분한 시간을 들여 차근차근 세심히 지금의 계획을 구상해 온 게 분명하다.

—역시 순식간에 알아차리는데? 조금쯤은 놀랄 줄 알았

건만.

갑작스런 배반이나 그로 인한 현재 상황에 대해 어느 정도 놀라야 정상이건만, 마치 네놈이 이럴 줄 알았다는 식의 반응이라니… 자연 리버스의 담담한 태도에 자신도 모르게 울컥하는 다스.

―흥, 언제까지 그 여유가 유지되는지 보자.

리버스를 거칠게 노려본 뒤, 마법진으로 향한 다스. 이어 마법진에서 뭔가를 꺼내 드는데… 그런 다스의 손에 있는 것은 바로 어른 손바닥보다 조금 더 큰 단검, 바로 '멸절의 비수[Dagger of Extermination]'였다.

―큭큭~ 그 어떤 것도 심장에 닿는 순간, 멸절시키는 비수라… 하긴 너 정도 되는 인물의 마지막을 장식하려면 적어도 신기 정도는 돼야겠지.

멸절의 비수를 든 채 이죽거리며 리버스에게 다가가는 다스. 자신이게 강대한 힘을 준 은인에게 대한 고마움은 눈곱만치 보이지 않는다. 리버스는 그에게 그저 목적을 달성하기 위한 희생양일 뿐.

한편 다스가 꺼내 든 '멸절의 비수'를 바라보는 리버스의 눈동자는 처음으로 거칠게 흔들리기 시작했다.

리버스, 과거 재훈이라 불리던 그는 자신의 모든 걸 데이터화하여 가상 현실 공간 내에 안착한 상태. 모종의 장소에 안전하게 보관되어 있는 그의 기억 정보들이 유지되는 한, 불사의 존재이긴 하지만… 저 멸절의 비수는 상대의 데이터를 소멸, 혹은 초기화시키는 기능이 있었다. 즉, 다시 말해…….

'이거… 정말 위험한데…….'

우연인지 의도한 것인지는 모르겠지만, 다스는 리버스의 약점을 제대로 공략한 셈. 어디까지 버그 제거용으로 만들어 놓은 비상 수단이 이런 식으로 위협이 될 줄이야.

그리고 그걸 아는지 모르는지, 내심 식은땀을 흘리는 리버스에게 마침내 멸절의 비수를 내리꽂는 다스. 그런데 멸절의 비수가 리버스의 심장을 관통하기 직전! 리버스와 다스의 사이에 끼어드는 작은 신형이 있었다.

"큭!!"

파캉!

―누구냐?!

강한 충격으로 인해 튕겨져 나간 멸절의 비수. 욱신거리는 손목을 부여잡은 채 한 발 물러서는 다스. 가슴의 통증에 미간을 찌푸렸으되, 다시 입가에 미소를 짓는 리버스. 그리고…….

"하하~ 이런, 분명 돌아가라고 했었는데……."

"…바보."

평소의 무표정이 아닌, 뭔가 심통이 난 표정의 디엘이 있었다.

―크윽~ 하필 이때…….

드래곤 하트로 제어 장치를 대신했다곤 하나 다스에게 남겨진 시간은 그리 많지 않았다. 그 시간 내에 어떻게든 마법진을 발동해 신과 융합을 해야 하는데 하필 이때 내심 껄끄럽게 생각하던 녀석이 나타났으니…….

하지만 그렇다고 해서 적의를 드러낸 상대에게 약한 모습을 보일 순 없는 노릇. 그리고 무엇보다! 이미 제어 장치를 푼 다스에겐 더 이상 적수가 없었다.

ㅡ큭~ 하긴, '신'이 되기 전에 마지막 '유희' 정도는 있어야겠지.

우웅~ 콰콰쾅!

약간의 귀찮음에서 이내 충만한 자신감으로 생각을 돌린 다스. 단시간 내 승부를 낼 생각에 초반부터 전력을 다했다. 디엘 역시 지금까지의 대충대충(?)이 아닌, 그야말로 사력을 다해 다스를 상대했다.

그로 인해 그리 좁지도 않은 홀 안은 다스와 디엘의 잔상으로 가득 메워지는데… 이형환위와 순간 이동의 대격돌. 적어도 둘 사이의 움직임만은 대등한 국면이었다. 하지만…….

ㅡ아쉽지만, 장소 선택이 틀렸어!!

콰콰쾅!!

"까아악~"

어느 정점의 순간, 갑자기 사방에 공격 스킬을 난사하는 다스. 이제 막 공간 이동을 하려던 디엘은 단지 그 여파에 휘말려 그대로 나가떨어졌다. 애초에 그녀의 가장 강력한 무기인 '공간 이동'이 홀의 한정된 공간으로 제약된 이상, 승부는 이미 난 것이나 다름없었던 것이다.

─흥, 결국 암습 말고는 할 줄 아는 게 없는 주제에 감히…….

땅바닥에 나뒹군 채 기절이라도 한 듯 축 늘어진 디엘. 눈에 보이는 심한 출혈이나 거의 끊어질 것 같은 호흡으로 보건대, 당분간 신경 쓸 필요가 없을 것 같다. 이에 잠시 그녀의 모습을 노려본 뒤, 마침내 마법진을 향해 다가가는 다스.

방금 전, 난사 공격에 리버스와 밀리네 황녀마저 휩쓸린 탓에 더 이상 방해꾼은 없을 터. 다스는 마음 편히 마법진의 룬어를 조작하기 시작했다. 그리고 잠시 뒤…….

사전에 충분히 조사하여 연습한 탓인지, 다스는 금세 마법진의 마지막 발동 과정을 끝마칠 수 있었다. 이제 그가 마법진 중앙에 들어서기만 하면…….

─크크크~ 좋아, 이로써 난 '신세계'를 열 절대자가 된다.

모든 계획의 대미를 장식할 순간, 앞으로 벌어질 일을 기대하며 다스는 흥분했다. 이제 그는 수한과 비견되는, 아니, 능가하는 강대한 힘을 지닌 존재가 되는 것이다!

…그러나 언제나 늘 그렇듯, 이렇게 방심할 때야말로 가장 위험한 순간.

파악! 처억!

─욱! 이 녀석이 아직도?!

어느 틈엔가 공간 이동을 하여 다스의 등 뒤를 점한 디엘. 자신의 심한 부상에 아랑곳 않고, 다스를 뒤에서 껴안더니 다시 한 번 공간 이동을 했다. 그리고 그들이 다시 모습을 드러낸 곳은 지상 100m 위.

─놔! 어서 놓으란 말이야!!

어떻게든 디엘에게서 벗어나려고 하지만 3m 크기로 커진 다스로선 등 뒤에 착 달라붙은 디엘을 떼어놓을 방법이 없었다. 그리고 다스가 그렇게 당황하는 사이, 재차 연달아 공간 이동을 시전하는 디엘.

그로 인해 다스와 디엘의 몸은 어느샌가 구름을 바로 발밑에 둔 상태가 되었다. 그제야 만족스러운지 다스를 놓아주는 디엘. 자연 다스의 몸은…….

─우아아아아~ 이놈!!

고도 3,000m 부근에서 무작정 추락하기 시작하는 다스. 졸지에 팔자에도 없는 스카이다이빙을 해야만 했다. 그래도 이름값을 하려는지 어떻게든 몸의 균형을 잡아보려고 하는데…….

'클, 이거… 이대로 떨어지면 아무리 무적 상태라도 제법 타격이 크겠어.'

왜 진작 '플라이' 마법이나 '허공답보'를 익히지 못했는지 너무나 후회가 되는 다스. 그러나 지금에 와서 그런 생각이 무슨 소용이 있으랴? 어떻게든 충격을 줄이는 데 최선을 다하는 수밖에.

결국 다스는 마음을 비우고, 어느 정도 피해를 감수하기로 했다. 이에 사지를 최대한 몸통부위에 붙여 지면과의 충돌에 대비하는 그때!

파악!

—응?

이번엔 또 무슨 용무(?)인지, 다시 다스의 등 뒤로 공간 이동을 한 디엘. 하지만 다스는 현재의 추락 상태에 비해 그녀의 존재가 그다지 위협적으로 느껴지지 않았다. 아무리 허공에서 무방비 상태가 되었다곤 하나 적어도 지금은 '무적 상태'이지 않은가? 냉정히 말하면, 디엘이 그에게 직접적인 타격을 줄 방법은 고작 지금과 같은 변칙 공격 외에는…….

'아차!!'

불현듯 다스의 뇌리를 스쳐 지나가는 그것. 아무리 무적 상태라 할지라도 단 일격에 그를 회색으로 물들일 방법이 있었다. 그것은 바로…….

퍼억!

—큭~ 당했군, 당했어. 큭큭~ 마지막 순간, 또 한 번의 방심 탓에…….

등 뒤로부터 정확히 다스의 심장을 관통한 멸절의 비수. 다스는 자신의 박복한(?) 운에 절로 헛웃음이 터져 나왔다.

청제국 때에도 모든 걸 이루려는 찰나, 수한에게 패배당해 비참한 도주자가 되었다. 그런데 여기에서조차 마지막 한 걸음을 남겨두고 이렇게 어처구니없이 당하다니. 마치 청제국 시절부터 지금까지 자신이 행한 모략과 배반에 대한 응보 같지 않은가?

'하지만… 난 반드시 돌아온다.'

서서히 회색으로 물드는 와중에도 다시 재기를 꿈꾸는 다스. 필멸자의 특징상 그의 캐릭 자체가 소멸되었음에도 왠지 섬뜩한 여운이 남는다.

…그러나 그런 다짐을 감안한다고 해도 최종 보스가 될 뻔한 남자의 최후치곤 왠지 좀 아쉬움(?)이 남는 결말. 그 탓일까? 최종 보스 후보자답게 다스는 그냥 죽지 않았다.

쩌적~

"……?!"

다스의 육신이 완전히 회색으로 물드는 순간, 뭔가 심상치 않은 기색을 드러내는 드래곤 하트. 넘치던 마나를 강제적으로 담아두었던 그릇이 깨지자 그 여파가 폭주로 이어진 것이다. 그 결과,

콰아아아앙!

"크윽~"

디엘이 채 공간 이동을 하기도 전에 대폭발을 일으킨 다스의 육신. 디엘은 그 파편과 폭발의 여력에 밀려 더욱 빠른 속

도로 추락하기 시작했다. 이미 다스에게 한차례 당한 상태에서 다시 입은 큰 부상. 그로 인해 디엘은 아무런 방비도 없이 그대로 지면과 충돌할 듯 보였다. 하지만…….

"낙하감속(落下減速)! 충격배제(衝擊排除)!"

타악!

이제 '기적'으로 인한 금제가 완전히 풀린 걸까? 밑에서 들려오는 리버스의 외침과 함께 서서히 느려지는 디엘의 몸. 이어 아무런 충격도 없이 그녀의 몸은 사뿐히 지면에 안착했다. 그러나 연이은 부상으로 인해 그녀의 목숨은 이미 경각에 달한 상태.

물론 그것을 가만히 내버려 둘 리 없는 리버스다.

"그레이트 풀 힐!"

다시 한 번 작렬하는 리버스의 사기 스킬. 눈이 부실 정도의 엄청난 성광 세례가 디엘에게 퍼부어져 작은 생채기조차 남기지 않았다. 그리고 그런 무지막지한 치료로 인해 금세 제정신을 차린 디엘. 뭔가 쑥스러워하는(?) 기색을 역력히 보이더니 리버스에게 주춤거리며 다가간다. 그런데…….

"고마… 리버스!!!"

가슴에서 끊임없이 솟구쳐 나오는 피, 그리고 창백할 대로 창백해진 리버스의 얼굴. 왠지 모를 어색함에 머뭇거리던 디엘은 그 모습에 후닥닥 리버스에게 달려가 그를 끌어안았다.

대체 왜 이 지경이 된 거지? 리버스의 능력이라면 진작 자신의 상세를 회복시켜야 정상인데?! 도저히 이해할 수 없다는 디엘의 표정에 리버스는 쓴웃음을 지으며 입을 열었다.

"…비수가 심장에 살짝 닿은 모양이야."

"그런!!"

'멸절의 비수'가 지닌 능력을 알기에 디엘은 그대로 절망했다. 이제야… 이제야 간신히 자신의 마음을 고백하려고 했는데… 그런데 왜 하필……

자신도 모르게 눈물을 주룩 흘리는 디엘, 그리고 그런 그녀의 반응에 뭔가 좀 곤란한 표정을 짓는 리버스.

설마… 이 아이, 날 좋아하는 건가? 자백(?)일 수도 있겠지만, 지금 반응을 볼 때 왠지 그런 것도 같은… 하지만 이 아이에게 그렇게까지 잘 대해준 적이 없는데? 아니, 그보다 이 경우엔 대체 어떻게 해야……

"커억~"

"리버스!!"

난생처음(!!) 고백 모드를 접한 탓에 반쯤 혼란 상태에 빠진 리버스. 그로 인해 각혈까지 하며 상태가 더욱 악화된다. 가뜩이나 심각한 부상을 입은 와중에 괜한 잡생각(?)까지 했으니, 지극히 당연한 결과다. 덕분에 더욱 빠른 속도로 붕괴되기 시작하는 리버스의 육신. 그러나 그런 심각한 상황에서도 리버스는 한가닥 여유가 있었다.

'그나마 다행이군. 관통상이 아니라 그저 심장을 스치는

수준이라…….'

디엘이 적시에 나타난 덕분에 기억 데이터엔 조금의 손상
도 없었다. 즉, 현재 육신을 포기하고 새로운 육신을 재구축
하면 그만이다. 다만 아쉬운 점이 있다면…….

'육체 재구축에 얼마나 많은 시간이 소요될지 모른다는 게
문제군. 자, 이제 어떡한다… 이대로 그냥 강행을 할까? 아니
면…….'

붕괴되는 현재의 육신을 포기하는 것만이 최선책이 아니
다. 이대로 신과 융합해 버린다면, 모든 문제가 자동으로 해
결될 터. 한마디로 '이슈타르'의 강대한 권능으로 이블린의
영향력을 눌러 버린다는 의미. 적어도 멸절의 비수가 심장을
관통하지 않은 한 그 정도는 충분히 가능했다.

그런데… 막상 융합을 위해 강림을 시키려고 하니 황당하
게도…….

'…그러고 싶지가 않군.'

거의 막장 모드(?) 직전까지 간 주제에 이제 와서 갑자기 변
심하는 리버스.

시작할 때부터 그 스스로 생각하기에도 뭔가 억지성이 있
는 계획이었다. 거기다 너무 쉽게(?) 진행된 탓에 더더욱 미련
이 남지 않는다고나 할까? 역시 쉽게 얻은 건 쉽게 버릴 수 있
는 법. 그리고 무엇보다…….

'재훈'이 아닌 '리버스'로서 오롯이 바라봐 주는 디엘의

존재로 인해 지금까지 벌렸던 모든 일이 허무해졌다. 애당초 계획 자체가 자신의 존재를 증명하기 위한 '투정(?)'인 만큼, 더 이상 계속할 의욕이 사라졌다고 할까? 그 결과 리버스가 내린 결론은…….

"큭~ 역시 난 수영 같은 악당 체질이 아닌 모양이야."

"리버스?"

뜬금없는 혼잣말에 고개를 갸우뚱하는 디엘. 평소의 그 무뚝뚝하던 아이가 저런 모습을 보이자 더없이 귀여워 보인다(서서히 리버스의 눈에 콩깍지가……).

'훗~ 너를 위해서라도 계획은 포기해야겠군.'

강림의 여파로 인한 디엘과 그녀의 부족이 입을 피해를 생각해서라도… 그리고 수영과 유저들─그냥 덤인 거냐?!─의 입장을 고려해서 모든 걸 포기하기로 마음을 굳힌 리버스. 비록 새로운 육신을 얻기까지 약간 시간을 걸리긴 하겠지만 디엘은 충분히 기다려 줄 수 있으리라.

"디엘… 아니, 디엘리아. 비록 잠시 동안 네 곁을 떠나겠지만, 나는 다…….."

"까아아아악!!"

리버스가 이제 막 디엘의 정식 이름을 진지하게(혹은 느끼하게) 부르며 자신의 사정을 설명하려는 찰나!! 분위기가 확 상하게 만드는 그 누군가의 비명성. 거기에 담긴 분노와 원념, 그리고 질투의 감정은 일순간에 장내를 싸늘하게 만들었다. 그리고 그 비명성의 주인은……

"밀… 리네 황녀?"

"왜 내가 아닌 그 녀석이지? 내가 그딴 천하디천한 검둥이보다 못하다는 거야?!"

"하하하… 이봐, 디엘의 피부는 검은색이 아니라 갈색……."

리버스와 그를 끌어안고 있는 디엘을 노려보며 고래고래 소리치는 밀리네 황녀. 조금 전 다스의 난사 공격에 휘말려 머리라도 크게 다쳤는지(아니면 단순히 질투 탓인지) 광기의 지배하에 놓여 있다. 그런 그녀를 어떻게든 진정시키려고 입을 여는 리버스지만 도리어 역효과일 뿐.

"내겐 단 한 번도 그렇게 부드럽게 대한 적 없으면서… 어째서!! 어째서!!"

"에~ 그거야 네가 너무 철없이 굴었으니 그렇지."

…도대체 애를 진정시킬 생각이 있는 건지, 가뜩이나 활활 불타는 곳에다 아예 순도 100% 고급 휘발유를 뿌리는 리버스. 하긴 그의 입장에선 나름 이해가 되는 것이, 상대를 생각지 않고 오직 자신의 감정만을 강요하는 여자에게 어느 누가 매력을 느끼겠는가? 아무리 외모가 뛰어나다고 해도 결국 시간이 지나면 질리게 마련.

하지만 솔직한 것도 때와 장소를 가려야 하는 법이다. 현 시점에서 그런 리버스의 태도는 이내 심각한 문제를 야기했으니… 리버스의 변함없는 솔직한(?) 태도에 밀리네 황녀가 마침내 꼭지가 돌아버렸다는 것.

"…좋아, 다스에게 듣자 하니 신세계의 신이 되고 싶다고 한다지? 그럼… 내가 너 대신 신이 되겠어."

"이런!! 막아, 디엘리아!!"

광기에 완전히 휩싸여 자신이 말하는 바가 뭘 의미하는지조차 인식 못하는 밀리네 황녀. 그녀의 이어지는 행동에 리버스가 기겁했다.

"히히히히~ 다 죽여 버리겠어. 다 죽여 버리겠다고!'

극단적인 결말을 암시하는 밀리네 황녀의 외침. 그리고 그녀의 몸은 '융합' 단계에서 멈춰진 강림 마법진 안으로 뛰어들었다.

Chapter 4

강림하다

두두두두~

너른 평원 위에 일단의 무리가 달리고 있었다. 한 번 다리를 박찰 때마다 몇 미터씩 쭉쭉 뻗어나가는 신형들. 척 보기에도 고수 티(?)가 팍팍 나는 그들은 대충 어림잡아도 레벨 300대 중후반 이상. 즉, 그 한 명 한 명이 웬만한 기사단의 단장 급 전력들인 것이다. 거기다 더욱 놀라운 사실은 그들의 숫자가 무려 1,000여 명에 달한다는 것.

그런 엄청난 숫자의 고수들이 하나의 집단을 이룬 채 일사불란하게 움직이는 광경은 그야말로 일대 장관. 자연 그들의 주군이자 주인인 수한의 입장에선 자기 졸개(?)들의 용맹 정진한 모습에 흐뭇한 미소를 지어야 정상이겠지만…….

"하아~ 내 신세가 왜 이렇게 고달픈지……."

한참 전장 정리(아이언 골렘의 잔해와 그에 따른 각종 아이템들을 수거)를 하고 있는데, 난데없이 허공에서 뚝 떨어진 수영과 수진.

그녀들의 갑작스런 난입에 수한은 얼마나 기겁했던가? 그리고 그를 더더욱 슬프게 하는 건, 간만의 득템(3만에 달하는 아이언 골렘의 잔해는 말 그대로 노다지다)을 즐기기도 전에 재차 홀리 그라운드를 향해 전력 질주해야 한다는 지금의 상황이었다.

퍼억!

"이 자식! 그렇게 불평할 시간이 있으면 더 빨리 달려!!"

…취소하겠다. 이 시점에서 수한을 슬프게 만드는 건 등 뒤에 업힌 채 끊임없이 닦달하는 누나 수영의 존재였다.

"달리는 말에 채찍을 휘둘러야 더 빨리 달리는 법. 내게 맡겨!!"

쫘작~!

…다시 취소하겠다. 무엇보다 가장 수한을 슬프게 만드는 요소는 옆에 채찍을 든 수진이었다.

'큭~ 대체 왜 내가 이런 취급을 당해야 하는 거지?'

대마왕으로 승급해 숙적을 물러나게 만들고, 최종 방어 라인까지 돌파했다. 그러니 이제는 좀 즐겨도(?) 되지 않겠는가? 그런데 대체 지금 이 꼴이 뭐란 말인가?! 마치 수영과 수진의 노예가 된마냥—…이미 예전부터 노예였다—그저 시키는 대로 뭐 빠지게 달리고 있다.

거기다 더욱 분통이 터지는 건!! 어찌 된 영문인지 시드, 토일을 비롯한 마교의 고수들과 헬나이트들, 심지어 묵성조차 수영에게 빌빌거린다는 사실! 수영이 이블린의 대리인(성녀)이 되었음을 모르는 수한으로선 그저 답답할 따름이다.

그러나 수한의 그런 복장 터지는 속내를 아는지 모르는지, 일행의 이동 속도는 그야말로 질주 본능의 극치. 기본적으로 신법을 마스터한 자들만(헬나이트들과 큰 부상을 입은 데스윙은 현재 역소환 상태) 움직이는 탓에 예전 좀비(?) 군단 때와는 차원이 다른 이동 속도다.

물론 드래곤 산맥에서 이곳까지 달려온 뒤 골렘들과 접전을 벌리고, 재차 전력 질주를 한 탓에 마교 고수들은 지친 기색이 역력했다. 아무리 고수라도 체력의 한계는 있는 법. 이대로 가다간 전부 탈진 상태가 되어야 정상이다.

하지만!!

수한의 아군 능력치 상승 오라와 수영의 축복 마법, 이 두 남매의 콤보 플레이에 묵성이 축지술까지 걸어주니 일행의 이동은 여전히 날아가는 수준. 덕분에 거의 사흘 거리를 단 몇 시간 만에 돌파, 홀리 그라운드를 바로 코앞에 두게 되었다(…다만 도착 뒤 과연 그들에게 싸울 체력이 있을지는 현시점에선 논외로 치자).

그러나 정작 일행에게 무리를 강요한 수영은 목적지가 점차 가까워질수록 표정이 더욱 어두워져만 가는데…….

'그 철저한 녀석이 아무 생각 없이 우릴 수한이 있는 곳에 이동시킬 리 없을 테고… 이미 그 시점에서 준비가 모두 끝났겠지?'

역시나 재훈을 너무나 잘 아는 수영. 옵저버와 에이전트가 조사해 온 '이틀'의 여유 시간을 더 이상 믿지 않는다. 그저 한가닥 희망에 의지해 지금 이 순간 최선을 다할 뿐. 그리고 역시나…….

그런 수영의 희망은 그저 헛된 것이었다.

'홀리 그라운드'의 외곽 성벽이 점차 선명하게 다가올 무렵, 수영과 그녀의—…더 이상 수한은 일행의 중심이 아니었다—일행에게 몰아친 거대한 폭풍. 그것은 홀리 그라운드를 기점으로 한 그 무언가가 소환됨으로써 발생한 거대한 마나의 파동이었다.

"우왁~ 이게 뭐야?!"

"모두 엎드려!!"

자세를 미처 낮추지 못한 사람을 그대로 날려 버린 광풍(狂風), 아니, 충격파(衝擊波). 그 여파는 홀리 그라운드를 중심으로 반경 300㎞에까지 미쳤고, 그 엄청난 위력에 수한과 몇몇 인영을 제외하곤 전부 다 지면에 납작 엎드려야만 했다. 그리고 충격파가 한차례 지나간 뒤 홀리 그라운드의 중심에서 서서히 일어서는 초거체.

단지 등장 효과(?)만으로 '진명 스킬' 수준의 파괴를 자행한 그것. 그 등장에 수영은 자신도 모르게 소리쳤다.

"젠장, 한발 늦었다!"

"뭐야? 대체 뭐가 어떻게 돌아가는 거야?"

…사건의 중심에서 벗어나 지금껏 '미끼' 나 '사석' 역할이나 하던 수한으로선 아는 바가 없어 그저 어리둥절할 뿐이다. 그래도 뭔가 일이 심상치 않다는 걸 느꼈는지 홀리 그라운드를 향해 안력을 높이는데… 그러자 수한의 눈에 보다 뚜렷이 보이기 시작하는 초거체의 정체.

"커억?! 저… 저놈은?!"

거대한 육신을 지닌 그 육체만큼이나 강대한 힘을 지닌 절대자. 분명 수한이 본 적이 있는 존재다. 아니, 단지 본 것 정도가 아닌, 단 한 번의 만남조차 아주 치가 떨리게 만든 존재였다.

하긴 저 '괴물' 을 어찌 잊을 수 있으랴? 지금의 수한조차 승부를 점칠 수 없는, 감히 덤벼들 생각조차 할 수 없게 만드는 괴물 중에 괴물.

"왜, 어째서 저놈이 저기 있는 거야? 분명 자기 입으로 100년 동안 수면기에 들 거라고 했는데?"

홀리 그라운드의 중심에서 서서히 두 쌍의 날개를 펼치는

'카오틱 드래곤'을 바라보며 수한은 절규했다.

투툭~

"쿨럭~ 아직 살아… 있는 건가?"

먼지와 돌 부스러기가 자욱한 가운데 리버스는 정신을 차렸다. 그리고 욱신거리는 몸을 간신히 일으켜 세운 뒤, 대체 어떻게 된 일인지 나름 머릿속을 정리하기 시작했다.

'아직 HP가 조금 남은 건가? 그래도 간당간당한 것을 봐서 곧 끝나겠군. 그나저나 운도 좋아. 멸절의 비수에 이어 마나 폭발에까지 휘말렸는데… 아!! 디엘리아!!'

밀리네 황녀가 마법진에 뛰어드는 순간, 자신을 감싸고 공간 이동을 펼친 디엘리아. 그렇다. 지금 그가 살아남은 것은 어디까지 디엘리아가 방패막이 되었기 때문이다. 그렇다면 정작 디엘리아는?

"크윽~ 디엘리아, 지금 어디 있어?!"

전신을 자극하는 격렬한 통증에도 리버스는 디엘리아를 찾아 몸을 움직이지 시작했다.

점차 급속화되는 육신의 붕괴로 인해 제대로 일어설 수도 없다. 거기다 짙은 분진 탓에 주위 식별도 거의 불가능하다. 그러나 리버스는 땅바닥을 기거나 양팔을 허우적거리며 디엘리아를 찾기 위해 노력했다. 평상시 여유로움과는 동떨어진, 왠지 처절함이 느껴지는 모습이지만… 리버스는 그저 디엘리아를 찾기 위해 노력할 뿐.

그리고 그런 리버스의 노력은 결실을 맺어 그리 멀지 않은 곳에 널브러져 있는 디엘리아의 팔을 낚아챌 수 있었다. 그러나……

"디엘리아!!"

강렬한 마나 폭발을 근거리에서 마주한 탓에 그 상세가 심상치 않은 디엘리아. 심한 내상으로 인해 연신 피를 토하는 모습이 리버스보다도 심각해 보인다. 이에 리버스는 다급한 마음에 자신의 몸 상태도 고려하지 않은 채 연신 힐링을 시전했지만… 아무리 시동어를 외쳐도 나타나지 성광(聖光).

"설마?! 이건……."

한 공간 내 일시지간 모든 마나가 소모되면 마나 안정화가 될 때까지 그 공간 내에선 그 어떤 스킬도 용납되지 않는다. 단 하나의 예외 경우는 스킬 시전자의 마나량이 그 공간 내 모든 마나량을 넘어섰을 때뿐. 그런데 방금 전 강림의 여파, 마나 폭발로 인해 그 '현상'이 홀리 그라운드 전체를 범위로 발생한 것이다.

"왜 하필!"

수한을 능가하는 사기 캐릭인 리버스이지만, 그의 마나량이 도시 전체에 퍼진 마나량보다 많을 순 없었다. 그 탓에 아무리 안간힘을 써도 스킬을 시전할 수 없는 리버스. 그는 난생처음 무력감에 몸서리치며 절망했다.

"어째서… 어째서 왜 하필 지금…….."

어느새 축축해진 리버스의 눈가. 대체 무엇이 그리 슬픈지 그 스스로도 당황할 지경이지만… 리버스는 도저히 주체할 수 없었다.

왜 난 이 소녀의 생사에 이렇게 연연하는 거지? 그저 단순한 '도구' 가 아니던가? 하지만 이 아이가 이대로 죽는다면 난… 난…….

자신의 감정을 주체 못해 더더욱 절망과 좌절의 늪에서 허우적거리던 리버스. 그런 그를 제정신으로 되돌린 건 미약하게 들려온 디엘리아의 음성이었다.

"리… 버스?"

"디엘리아?! 정신을 차린 거야?"

디엘리아가 정신을 차린 듯하자 리버스는 아주 반색을 하며 그녀를 끌어안았다. 그러자 얼굴을 살포시 붉히며 그를 힘없이 밀어내려는 디엘리아. 그 미약한 손길엔 담긴 의미와 점차 꺼져 가는 그녀의 생명에 리버스는 한층 더 눈시울이 붉어졌다.

"정신 차려! 조금 더… 조금 더 참으면 내가 치료해 줄게!"

"괜찮아요. 그보다… 당신이 무사해서 정말 다행… 쿨럭~"

디엘리아가 삶을 포기하지 않게 하기 위해 바락바락 악을 쓰는 리버스. 디엘리아는 그런 그에게 난생처음인 듯한 아름다운 미소를 보이며 도리어 그를 위로하려 했지만… 계속되는 각혈로 인해 말이 끊어졌다. 그리고 그 모습에 재차 뜨거운 눈물을 줄줄 흘리는 리버스.

그런데 바로 그때!! 서서히 가라앉는 분진 사이로 그 무언가에 우연히 리버스의 눈에 띄었다. 바로 지금의 디엘리아에게 도움이 될 만한 물건이!

"바람의 정화?!"

땅바닥에 아무렇게 나뒹굴고 있는 작고 낡은 단궁. 하지만 그 보잘것없는 모습과는 달리, 그것은 오대신기 중 하나였으며, 지금 이 순간 리버스에겐 더없이 절실한 물건이기도 했다.

"디엘리아, 조금만 참고 있어."

"리… 버스?"

점차 가쁜 숨을 내쉬는 디엘리아를 조심스럽게 내려놓은 뒤 리버스는 낮은 포복 자세(?)로 쏜살같이(본인이 느끼기엔 한없이 느리게) 기어가 바람의 정화를 집어 들었다. 그리고 다시 돌아와 그것을 디엘리아의 손에 쥐어주는데……

"리버스, 갑자기… 조금 편해진 것 같아요."

"그래, 알고 있어. 그러니깐 이걸 반드시 꼭 쥐고 있어."

비록 아이템의 옵션(능력치 20% 상승)을 통한 변칙 치료이긴 하지만 어느 정도 효과가 있었던 모양이다. 한결 호흡이 가벼워진 디엘리아를 바라보며 리버스는 그녀가 '레벨 400대 이상의 엘프(신기 착용 조건)' 라는 사실에 감사했다. 하지만…

이것은 어디까지 응급처치일 뿐.

'어서 빨리 이곳을 벗어나야 해. 그래야 신기의 효과가 더욱 극대화되고 내가 치료를… 크윽~'

디엘리아에 집중한다고 지금까지 까맣게 잊고 있었던 것. 리버스는 심장을 두드리는 극악의 고통에 자신도 모르게 가슴을 움켜잡았다. 그와 동시에 서서히 가루가 되어 부서져 내리는 리버스의 다리. 드디어 그의 마지막 시간이 다가오고 있었던 것이다. 거기다 설상가상이라…….

쿠오오오오오오~

"큭~ 하필 이때……."

말 그대로 귀청을 찢는 듯한 울부짖음. 바로 '융합 매개체'로 선택된 카오틱 드래곤의 광기에 찬 포효였다. 제대로가 아닌, 엉망진창이 된 융합으로 인해 폭주 상태로 접어든 모습. 비록 의도한 것은 아니겠지만, 계속 이 자리에 있다간 폭주의 여파에 휩쓸릴 가능성이 높았다.

"다행히 이슈타르가 '직접' 강림한 것은 면한 것 같지만… 지금 상황으로썬 이조차도 최악이군."

폭주 모드로 접어든 카오틱 드래곤을 바라보며 리버스는 씁쓸한 미소를 지었다. 하긴 자신이 아닌 밀리네 황녀가 마법진에 뛰어든 이상, 이와 같은 상황은 예정된 일.

이제 문제는 불과 100여 미터 밖에서 미친 듯이 날뛰고 있는 500m 크기의 거대 괴수에게서 살아남는 거다. 아니, 적어

도 디엘리아만은 어떻게든… 하지만,

"쿨럭~ 커억~"

"리버스!!"

뭔가 수를 쓰기도 전에 이번엔 자기가 피를 토하며 쓰러지는 리버스. 어느 정도 기력을 되찾은 디엘리아는 지금까지완 정반대로 리버스를 안아 들어야 했다.

"리버스, 제발 정신 차려요! 제발… 날 떠나지 말아요!"

"쿨럭~ 쿨럭~"

계속되는 격렬한 기침과 앞섶을 물들이는 핏방울들. 평상시 그 당당한 모습과는 너무나 다른 처연한 모습이었다. 하지만 그런 몰골에도 불구하고 끝끝내 미소를 지우지 않은 채 자신을 올려다보는 그.

디엘리아는 그런 리버스를 내려다보며 아무 말도 할 수 없었다. 그저 부드럽게 그의 머리를 쓰다듬으며 함께 미소를 짓는 것 외에는… 그러자 이번엔 리버스의 얼굴에 안타까움이 떠올랐다.

어서 이 아이를 떠나보내야 하는데… 이곳은 너무나 위험한 곳인데… 하지만 아 아이의 태도로 보건대, 도통 떠날 생각이 없는 것 같다.

그리고 실제로 그런 리버스의 생각은 적중했다. 바로 옆에서 거대 괴수가 테크노 댄스(?)를 추는 상황에서도 아무런 동요 없이… 그저 리버스를 안은 채 그의 얼굴을 내려다보는 디엘리아.

…다만 한 가지 이상한 점은 그녀가 뜬금없이 뭔가 이상한 독백을 시작했다는 것이다.

"일부러 면사까지 쓰며 신비감을 연출하는 겁쟁이에 밥맛 없을 정도로 오만하고……."

"디엘리아?"

지금 분위기에 전혀 어울리지 않는, 난데없는 그녀의 말. 분명한 사실은 그녀의 독백의 주인공이 바로 리버스라는 것이다. 때문에 은근히 기분이 나쁜 리버스.

"…일부러 악당 흉내를 내며 계약이라는 이름으로 사람들과 거리를 두는 소심한 남자. 그러니까……."

"크흠~ 너무하잖아. 덕분에 작은 새같이 가냘픈(?) 내 하트가 난도질당했……."

자신의 본질(?)을 너무나 잘 꿰뚫어본 말인지라 리버스는 뭐라 변명할 건덕지가 없었다. 그저 상대의 정확한 분석에 입을 삐쭉 내밀 뿐. 그러나 이어지는 디엘리아의 다정한 말에 리버스의 두 눈은 재차 묘한 파문을 그려야만 했다.

"그러니까… 그러니까… 혼자선 외롭겠죠?"

"……."

"하지만 걱정하지 말아요. 내가 끝까지 함께할 테니……."

평상시 무뚝뚝한 가면을 집어던진 채 떨리는 목소리로 리버스의 귓가를 간질이는 디엘리아. 리버스는 그런 그녀의 두 눈동자, 한없이 슬프면서도 뭔가 애틋한 감정을 지닌 그것을 바라보며 잠시 할 말을 잃었다.

이 아이를 어떻게 하면 좋을까? 나 같은 바보를 사랑하게 된, 나보다 더 바보 같은 아이를… 어느 정도 짐작은 했지만 이렇게까지…….

차분하면서도 너무나 단호한 디엘리아의 말에 리버스는 대체 어떻게 행동해야 할지 갈피를 잡을 수 없었다. 그리고… 이 얼마나 잔혹한 마음인가? 진정 이 아이를 사.랑.한다면 어서 여기서 떠나보내야 하건만… 어째서 마음 한구석에선 이 아이의 말과 행동에서 기쁨을 느끼는 걸까?

이 고통스러운 순간이 언제까지고 계속되길 바라는 모순된 감정. 리버스는 자신의 바보 같은 감정을 강철같은 이성으로 억누른 뒤, 이내 자신을 추슬렀다.

'언제가 될지 모르지만, 난 다시 부활할 수 있다. 그러나 디엘리아는…….'

그렇다. 더 이상 시간을 끌 수가 없다. 아직 스킬을 시전할 순 없지만 외물의 힘을 빌린다면 디엘리아만이라도 구할 수 있다.

"디엘리아……."

"왜요, 리버스?"

"자, 이것을 껴줘."

"…이건?"

뭔가 부끄러운 듯 조심스럽게, 마치 연인에게 대하듯 뭔가를 내민 리버스. 디엘리아는 그가 내민 '반지'를 보며 살짝 얼굴을 붉혔다. 비록 인간들의 관습이라 하나 그것이 뭘 의미하는지 알고 있었던 것이다.

때문에 기쁜 표정을 그대로 드러내며 냉큼 '왼손 약지'에 반지를 낀 디엘리아. 그리고 그녀가 반지를 순순히 '착용'하자 내심 안도의 한숨을 내쉬는 리버스.

'생각 같아서는 '신의 가호'를 주고 싶지만… 그건 이미 밀리네가 가지고 가버렸으니. 뭐, 하긴 이거라도 감지덕지지. 특히 지금 같은 상황에선…….'

카오틱 드래곤의 폭주로 사방에서 부서져 내리는 기둥과 천장의 파편들. 그러나 그 파멸의 중심에서도 둘만의 고요한 세상에 빠져 있는 리버스와 디엘리아. 잠시 그 아련한 여운을 즐기던 리버스는 이내 싱긋 미소를 지은 뒤, 디엘리아를 덥석 껴안았다. 이에 재차 얼굴에 홍조를 띠는 디엘리아. 하지만 그녀의 기대(?)완 달리 상대는 전혀 엉뚱한 행동을 했다.

"강제 텔레포트!"

"리버스, 이게 무슨?!"

리버스의 입에서 나온 시동어에 황급히 그를 떼어놓으려는 디엘리아. 그러나 이미 그녀의 몸을 속박하는 마법진이 형성된 뒤다. 이어 눈부신 빛의 향연과 함께 서서히 떠오르는 디엘리아. 그러나 거기엔 리버스가 함께하지 못했다.

"왜 어째서?! 함께 가지 않는 거죠?"

"…미안해. 난 여기서 꼭 해야 할 일이 있어. 하지만… 걱정 마. 난 반드시… 반드시 네 곁으로 돌아갈 테니……."

할 일이 있기는 개뿔. 리버스가 홀로 남겨진 이유는 오직 단 하나! 지금의 그에겐 디엘리아와 함께할 '능력'이 없었기 때문이다.

조금 전까지 수한을 능가하는, 그야말로 전지전능(全知全能)에 가까웠던 그가 지금은 그저 디엘리아가 낀 '텔레포트 반지'를 활용한 변칙 스킬 운용이 한계. 그만큼 '멸절의 비수'와 '마나 폭발'의 합동 플레이(?)는 그에게 치명적이었던 것이다.

그리고 어차피……

'이제 난 곧 소멸할 테니… 미안하지만, 너와 함께할 수 없어.'

"리버스!!"

파앗!

자신을 향해 울부짖는 디엘리아를 애써 외면하며 리버스는 그대로 두 눈을 감았다. 그리고 번쩍 빛을 발한 뒤, 고요해진 장내. 오직 거대 괴수의 흥분된 숨소리만이 들리는 가운데 리버스는 조용히, 그리고 쓸쓸히 부서져 내렸다.

이제 자신이 할 일은 끝났다. 디엘리아를 이동시킨 곳은 비록 여기서 아주 먼 거리는 아니지만, 적어도 여기보단 훨씬 안전할 터. 그리고 '바람의 정화'와 '텔레포트 반지'가 그녀에게 있는 한, 그녀의 안전을 위협할 존재는 없으리라.

'디엘리아, 내가 돌아올 때까지… 부디 무사히…….'

뭔가 나름대로 분위기를 잡으며 자신의 소멸을 담담히 기다리는 리버스. 자신이 소환시킨 엄청난 말.썽.거.리.는 까맣게 잊은 채 그저 혼자서 편하게(?) 가려는 모양이다.

이런 놈에겐 당연히 태클을 걸어야 하는 법!!

"이야~ 이 닭살 좀 봐~ 아주 신파극을 찍더군. 그나저나 정말 놀랐다니까. 설마 냉정하다 못해 냉혹하다는 다크 엘프가 이렇게나 정열적일 줄은……."

"응?! 넌……?"

"홋~ 이런… 해야 할 일이 있다고 하길래, 난 또 내가 들킨 줄 알았는데… 그게 아닌 모양이지? 어쨌든 오랜만이야, 재훈. 아니, 리버스라고 했던가? 뭐, 일단 반가워."

대체 언제 들어온 걸까? 아주 천연덕스럽게 그 짧은 다리로 어슬렁거리며 다가오는 드워프. 그는 바로…….

"큭~ '길범'인가?"

"아니, '로드 타이거'라고 불러줘."

"하? 로드 타이거? 길[Road]범[Tiger]이나 로드 타이거나 그게 그거 아닌가? 그 엉망진창의 작명 센스는 여전하군."

리버스의 재훈 시절, 절친한 친구이자 'Four Children' 중 한 명, 그리고 이 세상에선 드워프 연합의 총수이자 나인스타

중에서도 최강으로 꼽히는 절대 강자! 바로 '로드 타이거'의 등장이었다.

"클~ 쓸데없는 타박을 하는 걸 보니 아직 살 만한가 보군."

"글쎄… 내가 볼 땐…….."

"어디 보자, 앞으로 14분 23초가 남은 건가, 너의 소멸이? 엄살 부리는 것치곤 꽤 많이 남았잖아?"

"…너?"

갑자기 점쟁이가 되었는지 리버스의 사망 시각(?)을 정확히 예측한 로드 타이거. 리버스는 그 말에 너무 기가 막힌 나머지 그저 입만 뻐끔뻐끔 벌어질 따름이다. 그런데 가만히 생각해 보니…….

"그렇군, 지금 이 자리에 네가 있다는 건… 그리고 방금 전 네 예측 능력을 볼 때… 하하하하~ 이런, 내가 완전히 당했군."

"역시! 바로 눈치 채는데? 그래, '루나'가 스스로 자신을 봉인하기 전에 내게 전지성(全知性)을 넘겨줬지. 아빠가 탈선(?)하는 걸 막아달라나? 덤으로 '신탁(神託)' 능력 역시."

"하하하하~ 이거야 원. 수영도 그 사실을 아나?"

"아~ 대충 내가 뭔가 꾸민다는 것 정도? 내가 얼른 잠수를 타버린 탓에 그 이상은 모를 거야. 거기다 너에게 신경 쓴다고 더 이상 내게 관심도 안 가지더군."

"큭, 하긴 수영이 네 능력을 알았더라면 진작 모든 게 뒤집어졌겠지. 그럼 결국 나와 수영은 전부 네 손바닥 위에서 춤을 춘 건가?"

"하하~ 설마… 그저 둘 사이를 조.율.했을 뿐이야."

대체 이야기가 어떻게 돌아가는지는 잘 모르겠지만… 분명한 사실은 지금 이 순간, 진(眞) 최종 보스(?)가 등장했다는 사실! 그리고 그 진(眞) 최종 보스인 로드 타이거는 리버스와의 대화를 통해─스토리 진행상 늘 그렇듯(?)─막판 등장에 뒤따르는 음모의 전말을 밝히고 있었다.

"…전지성을 획득한 이상 지금 사태를 미리 예측했겠군."

"아아~ 대충. 솔직히 황녀가 융합된 건 나도 좀 의외이긴 했지만 말이야. 이렇게 무작정 폭주를 일으키면 나도 좀 시간이 촉박하다고 할까? 뭐, 그래도 전체적인 구도는 변한 게 없지만 말이야."

"…또 뭔가 꾸미는 모양이군. 하지만 과정이야 어떻든 간에 일이 이 지경이 되었으니, 결국 '내기', 아니, '승부'에선 네가 이긴 거잖아? 그런데 왜 이곳에?"

"아니, 내.기.의 결론을 논하기엔 멀었어. 난 아직 '무당 도마뱀'을 쓰러뜨리지 못했으니까."

"무당 도마뱀? 아~ '카오'를 말하는 거군. 하지만 넌 이미 그 아이에 비견되는 '발록'을 창조했잖아?"

"클~ 대미궁 밖으론 한 걸음도 나올 수 없는 녀석이 무슨 소용이지? 누가 뭐라 해도 중간계 최강은 무당 도마뱀이야."

"하하, 이거 참~ 그래서 저 밖에 날뛰고 있는 지.금.의. 카오를 쓰러뜨리겠다고? 그 최강의 육신에 이제 신의 권능마저 행사할 수 있는 존재를?"

"크크크, 나도 나름대로 준비를 했으니 그건 걱정할 필요가 없어. 이미 그에 대항할 '기체'는 준비해 두었거든. 문제는 파일럿인데… 뭐, 그것도 곧 해결될 문제이니 넘어가지."

"하아~ 이번엔 또 뭘 만든 거냐?"

로드 타이거의 입에서 흘러나온 뭔가 '의미심장한' 단어에 그저 기가 막힌 리버스. 그러나 그 황당하다는 시선에도 로드 타이거는 그저 당당하기만 하다. 어쨌든 분명한 사실은 지금의 사태를 로드 타이거가 사전에 예측했으며 동시에 그에 대한 대비를 했다는 것인데…….

하지만 일의 '진정한' 전말은 거기서 끝나지 않는 듯했다.

"그나저나 악취미는 여전하더군. 수영을 보자마자 다시 내기를 하다니… 하긴 나에게까지 내기를 건 너니까 당연한 건가?"

"크큭~ 지금은 비록 이 꼴이지만… 조금 전까진 능력이 너무 좋은 나머지 조금 무료했거든."

"크크크~ 하긴, 그나저나 최근에서야 짐작한 건데, 나한테 제의한 내기… 솔직히 지금 사태에 대한 대비책인 건가? 설마했지만 일을 진행시키는 과정에서 왠지 그런 느낌이 들더군."

"아아~ 혹시나 내가 스스로를 통제 못할 경우를 대비해서 말이야. 물론 이런 경우는 나 역시 예상 못했지만……."

"큭, 역시나. 결국 내기를 빙자한……."

…대충 이야기를 들어보니, 뭔가 사전에 많은 준비를 해놓은 듯한 리버스와 로드 타이거. 그러나 서로에 대해 너무나 잘 아는 탓에 독자에 대한 배려도 없이 지들끼리 아는 대화만을 고수한다. 자연 그에 대한 제재가 필요한 법!!

쫘아앙!

쿠오오오오오오~

"…일단 자리를 옮기고 얘기하자. 아무래도 여긴 좀 위험한 것 같으니."

"…그래, 그러자."

보다 깊은 사건의 전말에 대해 이야기하려는 찰나, 바로 옆에서 날뛰는 거대 괴수의 존재로 인해 리버스와 로드 타이거는 황급히 그 자리를 피해야만 했다. 계속 이 자리에 있다간 자칫 황궁 내에 매몰될 판이니 어쩔 수 없지 않은가?

이에 몸통만 남은 리버스를 업은 채 그 짧은 다리로 후닥닥 달려나가는 로드 타이거. 나름 신경 쓴 등장에 비해 왠지 허탈하기까지 한 퇴장이었다.

그리고 그들이 그렇게 황궁을 벗어나자 또 다른 이변이 갑작스럽게 발생하는데…….

우우우우웅~

"어라? 이건 설마……?"

황궁의 중심에서부터 치솟는, 하늘조차 꿰뚫는 거대한 빛의 기둥. 그것은 옆에서 한창 도시 파괴에 힘쓰던 거대 괴수의 광기조차 억누를 정도의 강렬한 힘의 분출이었다. 그리고 그 광경에 세상 모든 일을 '인지(認知)' 할 수 있는 로드 타이거는 감탄사를 발했다.

"오오~ 드디어 시작인가? 역시 주신(主神)답게 상황 대처가 빠르다니까."

"…발드르를 말하는 거냐? 그럼 저건 '인과의 방패' 가 맞겠군."

얼핏 빛의 기둥에서 보이던 방패 모양의 그 무언가. 아마 강림을 위해 탈취했던 오대신기 중 하나인 '인과의 방패' 이리라. 그리고 이와 같이 거창하게 빛의 기둥까지 만들며 신기를 소환한다는 건…….

"벌써 새로운 '교황' 이 선택된 모양이야. 이전 교황이 죽은 지 며칠이나 되었다고 벌써… 하긴 상황이 이렇게 급박하게 되었으니, 발드르로서도 어쩔 수가 없었겠지."

'세상' 은 지금까지 다섯 신이 상대의 영역을 존중하며 나름대로 균형이 맞춰진 상태였다. 그런데 그 다섯 신 중 하나가 뜬금없이 세상에 직접 강림해 버렸으니… 세상의 질서를 유지하도록(물론 자기 성향에 따른 제각기 방식으로) 설정된 신들의 입장에선 난처할 수밖에 없다.

때문에 비록 '불완전한' 강림일지언정 그에 대한 조치가 취해지는 게 당연지사. 아마 나머지 네 신은 자신의 '대리인'들을 통해 지금 사태를 수습하려 할 것이다. 다만 그런 것치고는…….

"…지나치게 반응이 빠르군. 아마 네가 중간에 농간을 부렸겠지? 그러고 보니 수영이 '성녀'가 된 것 역시?"

"훗~ 신들은 어디까지 '만약'을 위한 와일드 카드야. 수영이야 뭐, 내가 아주 약간 '단서'를 던져 준 것뿐인데 나머진 지가 알아서 하더군."

…확실히 수영이라면 로드 타이거의 도움이 없었더라도 자기 목적을 이루었을 것이다. 어디. 그녀가 보통 사람이던가? 그러나 일단 수영 역시 로드 타이거의 도움을 받긴 했다는 소린데… 가만, 그렇다면 혹시?

"혹시나 해서 묻는 건데… 수영 말고 '어떤 배은망덕한 놈'도 도와준 건 아니겠지?"

"아아~ 나 역시 혹.시.나. 하는 마음에 변수가 될 만한 녀석들은 일일이 체크하고, 적절히 지원도 해줬지. 물론 천무, 아니, 다스란 녀석 역시. 스스로는 잘 모르겠지만 내가 은근슬쩍 정보를 좀 쥐어줬지."

"으득~ 어쩐지…….."

아무리 다스가 감각적인 천재 프로게이머라곤 하지만 너

무나 수월하게 리버스를 제압했다. 팔라스 연합에 넘어온 지 고작 2년 남짓인 것을 고려할 때, 정말 말도 안 되는 일. 하지만 전지성을 획득한 그 '누군가'의 도움으로 리버스의 모든 계획을 사전에 알고 있었더라면?

그나저나… 로드 타이거, 다스 때문에 막장 테크(?)를 타게 된 리버스의 앞에서 너무 뻔뻔하게 말하는 거 아니야? 하지만 정작 리버스는 부처의 화신인지, 로드 타이거를 그다지 원망하지 않는 기색이다.

…물론 그가 한없이 착해서가 아니라 로드 타이거 녀석이 원래 그런(?) 놈인 줄 이미 알고 있기 때문. 물론 속으론 '자기의 목적을 위해선 수단과 방법을 가리지 않는 수영보다도 더한 놈!!'이라는 욕설로 도배했음이 분명하다.

어쨌든 겉으로 평온하되, 속으로 로드 타이거를 열심히 씹고(?) 있는 리버스에게 로드 타이거는 계속 말을 이어나갔다.

"뭐, 그런 사소한(!!) 문제는 대충 넘어가고… 어때? 너도 여기서 이대로 끝내고 싶진 않겠지?"

"…무슨 뜻이지?"

"큭, 시치미 떼기는… 네가 이 즐.거.운. 게임을 계속 이어갈 생각이 있냐는 의미지."

"아아~ 물론, 계속하고 싶어."

상대의 속셈이 뭔지는 모르겠지만… 리버스는 지금의 육신을 버리고 싶지 않았다. 아무리 다시 부활할 수 있다곤 하지만, 그 정확한 부활 시기를 모르는데 어찌 불안하지 않겠는 가? 하물며 그를 기다리는 사람까지 있는 마당에.

때문에 리버스는 자신을 '이대로' 살려낸다면 기꺼이 '악 마'와 손잡을 용의가 있었다. 그리고 '악마' 역시 그런 리버 스의 바람을 들어줬다.

"좋아, 그렇게 말할 줄 알았어! 그럼 너의 그 '몸'부터 손봐 주지. 너도 나름대론 전력이 될 테니."

"일부러 여기까지 온 걸 봐서… 내 가치가 제법 높은 모양 이지?"

"크크~ 당연한 소릴! 네가 필요하니까 일부러 내가 이곳 에 행차하신 거지. 넌 내 계획에 아주 중요한 역할을 맡았거 든."

역시나 로드 타이거가 괜히 이곳에 왔을 리가 없었다. 하긴 일부러 리버스를 구할 만큼 로드 타이거가 인간성 좋은 녀석 일 리 없지 않은가? 그는 친구고 뭐고 신경 쓰지 않는, 애니와 메카닉에 영혼을 판 진성 오타쿠이니.

그리고 무엇보다! 그 정도 최소한의 인간성을 지니고 있었 더라면 진작 개입해서 이런 불상사를 막았을 것이다. 아니, 어쩌면 다스를 지원한 것 자체가… 가만, 설마 그 의미는?!

"너, 혹시 '내기'를 계속 진행시키기 위해 일부러 지금 상 황을 조.장.한 것은 아니겠지?"

흠칫!

…더 이상 무슨 말이 필요하랴? 그 흠칫하는 모습만으로도 충분하다.

이거 참, 뭐라고 해야 하나? 아마 주객전도(主客顚倒)라면 적당할까? 어디까지 만약의 불상사를 대비하기 위해 리버스가 제의한 '내기'가 도리어 화(禍)를 키우고 말았다. 아마 어떻게든 일의 수습을 바라며 로드 타이거에게 모든 걸 맡긴 루나가 이 사실을 알게 된다면 그대로 통곡하고 말리라.

그리고 리버스의 경멸(?)과 경악, 그리고 일말의 감탄―이렇게까지 자신의 '취미' 생활에 '집착'할 수 있다니?!―이 서린 시선에 로드 타이거도 조금은 부끄러움을 느끼는 모양이다. 스스로도 겸연쩍은 듯 은근슬쩍 화제를 돌리는 로드 타이거.

"크흠~ 자자, 서두르자. 발드르 녀석이 벌써 일을 시작했는데, 우리가 게으름을 피울 순 없지. 거기다 자기 영역 의식이 강한 발드르만 펄쩍 뛸 뿐, 나머지 세 녀석은 얼마 동안은 관망만 할걸? 봐, 그 증거로 다른 '신기'들은 소환되지 않고 있잖아. 그러니 신에게 의지하지 말고 우리가 알아서 해야지."

'그런가? 그럼, 다행이군.'

100% 말도 안 되는 변명―만약 지금의 사태를 정말 해결할 생각이 있었더라면 애초에 이 일을 막았을 거다!!―을 들으며 엉뚱하게도 내심 안도의 한숨을 내쉬는 리버스. 그에겐 로드 타이거의 음흉한 속내 따윈 아무래도 좋았다. 그저… 디엘리아에

게 준 '바람의 정화'가 당분간 회수되지 않는다는 사실만이 중요할 뿐. 이로써 잠시 잠깐이나마 걱정을 덜었다.

한편 리버스가 딴생각에 잠겨 더 이상 이상야릇한 눈빛으로 자신을 보지 않자 다시 신이 난 로드 타이거. 리버스를 향해 썩소(?)를 보이며 리버스가 맡은 역할을 비롯한 자신의 계획을 늘어놓으려 하는데… 그러나 지금은 그렇게 자화자찬(?)할 때가 아닌 모양이다.

쿠오오오오오~

"커억~"

"…이것들이 아주 쌍으로 말썽이네? 에효~ 할 수 없지. 일단 다시 자리를 옮기고 얘기하자."

폭주 모드로 건물을 때려부수며 점차 다가오는 거대 괴수. 그리고 재차 격렬하게 각혈하며 마지막을 향해 달려가는 리버스. 결국 로드 타이거는 자신의 원대한 계획에 대한 설명을 뒤로 미룬 채 몸을 움직일 수밖에 없었다. 그리고 잠시 뒤…….

홀리 그라운드에서 더 이상 그 둘의 모습을 찾아볼 수 없었다.

쿠오오오오오~

콰아앙~ 쾅~!

분노의 포효를 있는 대로 내지르며 건물들을 초토화시키

는 카오틱 드래곤. 내부의 두 거대 정신체의 충돌로 인해 그 웅장한 거체는 폭주 상태에 있었다.

길고 긴 꼬리, 두 다리와 두 팔, 그리고 두 쌍의 날개를 모조리 동원해 주위의 모든 것을 파괴시키는 그녀. 그 형상은 그야말로 파괴신(破壞神)의 그것이라.

한마디로 괜히 접근했다간 뼈도 못 추릴 상황이었다. 때문에 수한은 수영에게 빼액 소리를 지를 수밖에 없었다.

"누나!! 저런 게 있다는 말은 안 했잖아?!"

그렇다. 만약 이곳에 카오틱 드래곤이 있을 줄 알았더라면 절대 이곳에 오지 않았을 것이다. 그만큼 카오틱 드래곤과의 만남은 수한에게 일종의 '트라우마'였던 탓.

하긴 첫 만남에서부터 실컷 두들겨 맞고, 기껏 챙겨온 아이템(비급)은 빼앗기고, 거기다 유일한 장점인 능력치조차 저주로 인해 금제당했으니… 수한이 대마왕이 되고 나서도 이렇게 발발 떠는 게 충분히 이해가 된다.

그러나 정작 수한의 투정을 받아줘야 할 수영은 그 순간, 전혀 다른 곳에 신경 쓰고 있었다.

'뭔가 이상해. 정말 강림이 되긴 한 건가?'

그녀가 아는 바에 의하면, '이슈타르'는 결코 저런 형상이 아니었다. 어디 그뿐이랴? 생뚱맞게도 왜 카오틱 드래곤이 이 자리에 있는지조차 의아한 노릇이다.

그러나 무엇보다 중요한 사실은!! 눈앞에서 카오틱 드래곤의 형상을 한 채 미쳐 날뛰는 저 존재에게 고위 신격체의 상징이나 다름없는 '에테르윙'이 전혀 보이지 않다는 것. 강림의 최초 징후인 '마나 폭풍'이 발생한 걸 볼 때, 분명 저 존재가 강림된 이슈타르임에 분명한데도 말이다.

'뭔가 문제가 발생한 건가? 재훈답지 실수인데… 아니지, 지금 그게 중요한 게 아니지!'

뭐가 어떻게 돌아가는지는 모르겠지만 지금이 바로 기회! 적어도 강림하는 과정에서 뭔가 문제가 발생해 강림이 제대로 이루어지지 않았다는 것은 분명한 사실이다. 즉, 지금 상태를 보건대, 육체에 억지로 우겨넣은 강대한 신성(神性)이 제대로 통제되지 않고 있다!

그렇다면 이 시점에서 수영이 해야 할 일은?

'지금 카오틱 드래곤의 육신만 소멸시키면 이슈타르는 자동으로 역소환이 된다……?

일순간에 정리된 상황 분석 결과. 대체 왜 지금과 같은 상황이 만들어졌는지는 중요하지 않다. 일단 급한 불부터 끈 다음 생각하면 그만. 때문에 수영은 수한을 매섭게 다그치기 시작했다.

"뭘 해?! 어서 공격해! 지금이야말로 절호의 기회야!!"

"하지만… 저 녀석은 정말 센데…….."

매섭다 못해 마치 잡아먹을 듯 수한을 닦달하는 수영. 하지만 정작 수한은 미적거리며 앞으로 나설 기색이 보이지 않았다. 하긴 거의 트라우마가 될 정도로 당했으니 마냥 닦달한다고 그 공포가 사라질 리 만무. 결국 수영은 한숨을 내쉬며 그녀답지 않게 수한을 꾈(?) 수밖에 없었다.

"자, 저길 잘 봐! 지금 저 녀석이 제정신으로 보이니?"

"어? 그러고 보니……."

강림의 매개체로 선택된 것만으로도 카오틱 드래곤의 '자아'가 소실될 게 뻔한 일. 거기다 강림 과정에서조차 문제가 발생했다. 그 결과, 카오틱 드래곤은 아무런 이성이 없는, 그저 주위에 모든 것을 파괴하고자 날뛰는 지금의 모습이 된 것이다.

그리고 현재 상황을 분석해 그와 거의 비슷한 추리를 해낸 수영의 결론은…….

"지금이라면 브레스는커녕 아무런 마법도 쓸 수 없어. 즉, 지금의 저 녀석은 그저 덩치만 큰 거대 도마뱀이나 다름없단 말이야!"

"…그렇단 말이지?"

수영의 설명에 갑자기 눈을 번뜩이는 수한. 그도 나름대로 자존심이 있는데, 과거의 치욕에 대해 어찌 설욕하고 싶지 않겠는가? 그런데 가만히 누나의 말을 들어보니 뭔가 승산이 있어 보인다. 이에 수한은 이번 기회에 확실히 트라우마를 극복하기로 마음먹었다.

"크크크크~ 좋아, 이번 기회에 진짜 최강자가 되어볼까?!"

조금 전까지 겁에 질려 빌빌거리던 녀석이 지금은 자신감이 넘쳐흘러 하늘을 찌르는 형세. 호랑이가 상처를 입은 걸 알자 태도를 바꾼 것이다. 이런 늑대 같은, 아니, 하이에나 같은 녀석!!

어쨌든 자신감을 되찾은 수한은 일행조차 내팽개친 채 카오틱 드래곤을 향해 달려나갔다. 이어 어느 정도 거리가 좁혀지자 뭔가 자세를 취하는 수한. 바로 그만의 최종 진(眞) 궁극 필살기, 절대강환포의 그것이었다.

이미 이곳까지 오는 도중, 틈틈이 약식 운기조식을 통해 마나의 절반가량을 회복한 상태. 지금 이 기회를 놓치고 싶지 않은 수한은 현재 자신의 모든 마나를 투자하기로 마음먹었다.

우우우우우우웅~

양손에 거침없이 모여드는 강기와 그로 인해 생성되는 큼직한 두 개의 장환. 이어 강기로 응축된 두 개의 링은 합쳐져 하나가 되었고, 재차 응축되기 시작했다. 그리고 마지막 단계엔 서서히 회전하며 탄환 형태가 되는데…….

"크크크크~ 언젠가 네놈에게 한번 먹여주려고 만들었는데, 결국 그 꿈(?)을 이루게 되는군."

주인공 주제에 진짜 악당 같은 미소를 지으며, 심지어 다스의 대사조차 표절(?)하는 수한. 이어 어느 정도 준비가 끝나자 마침내 절대강환포를 발사한다.

쿠오오오오오오오오~

단순히 탄환이 발사되는 것만으로도 주위 대기와 대지가 요동친다. 그리고 어느 순간, 500m에 달하는 거체를 관통하는 강기의 극도로 압축된 탄환.

크아아아아아아아~

콰콰콰콰콰콰쾅!

천지를 진동시키는 카오틱 드래곤의 비명성과 강기 탄환으로 인한 대폭발. 단지 관통된 것만으로도 카오틱 드래곤의 전체 육신의 삼분지 일 이상이 소멸되었다. 말 그대로 무지막지한 위력. 이에 더욱 신이 난 수한은 재차 절대강환포를 쏘려고 하지만… 이미 첫 공격에 마나가 바닥난 상태.

결국 수한은 투덜거리며 제자리에 주저앉아 운기조식에 들어가려고 했다. 그러나 카오틱 드래곤이 무슨 샌드백도 아니고… 방금 전에 그토록 강렬한 일격을 맞았는데, 가만히 있을 리 없지 않은가.

자아가 소멸되고 이성을 상실했다고 해서 아픔까지 못 느끼는 건 아니다. 아니, 가뜩이나 광기에 휩싸여 폭주하는데, 분노까지 추가되었으니…….

쿠오오오오오오~

쿵쿵쿵~!

"커억?! 이거 뭔가 실수가 한 느낌이……."

단지 듣는 것만으로도 귀청이 떨어지다 못해 온몸이 욱신거리는 포효성. 이어 수한을 향해 맹렬 돌진하는 카오틱 드래곤의 거체. 몸의 일부가 그대로 떨어져 나갔음에도 전혀 타격이 없다는 듯, 아니, 도리어 홀가분하다는 듯, 거침없는 움직임이었다.

자연 상황이 그렇다 보니 수한의 안색이 하얗게 질리는 건 당연한 수순. 결국 보다 못한 수영이 못난 동생을 도와주기 위해 달려나갈 수밖에 없었다.

"으이그~ 좀 머릴 써서 싸워라. 원, 아무 생각 없이 무작정 갈기면 끝이냐?"

"악, 그렇게 말만 하지 말고 좀 도와줘~"

수한의 비명 아닌 비명이 울려 퍼지자 멀찍이 떨어져 관망하던 그의 수하들이 난리법석이다. 토일, 시드를 비롯한, 어느 틈엔가 수한이 소환한 헬나이트들, 그리고 마교 고수들이 앞 다투어 뛰쳐나온 것이다.

비록 급속토록 가까워지는 초거대 괴수의 존재가 부담스럽긴 하지만 그들의 주군이자 로드를 지켜야 한다는 사명감에 그들의 움직임엔 전혀 망설임이 없었다.

그리고 그런 그들에게 아낌없이 버프를 퍼부어주는 수영. 이슈타르를 제외한 네 신과 생명을 담보로 신탁을 받은 그녀다. 그런 그녀이기엔 마(魔)속성의 존재에게조차 축복을 내려주는 건 그야말로 식은 죽 먹기. 덕분에 죽음의 군세 최정예와 마교의 이대무력집단은 더욱 용기백배하여 수한을 중심으로 방어진을 형성할 수 있었다.

하지만 그런 조치조차 미덥지 않아서일까? 고작 마나가 바닥났다고 발발 떠는, 저 미련한 동생을 깨우치기 위해 수영은 재차 소리쳤다.

"야, 이 바보야~! 마나가 없으면 그냥 육체 언어(?)로 승부해! 어차피 스킬이랑 마법을 못 쓰는 건 똑같잖아!"

"어라? 그러고 보니……."

수영의 종용에 뭔가를 깨달은 수한. 가만히 생각해 보니 상대는 그저 덩치만 크고, 힘이 조.금. 센 특촬물의 엑스트라(?) 괴수에 지나지 않는다. 그에 반해 자신은 누구던가? '몸빵' 과 '힘'을 고루 갖춘 주인공이 아니던가?

"크카카카카! 좋았어!! 전원, 내가 저놈의 발목을 잡으면 그에 맞춰 알아서 공격해!!"

─예스, 마이 로드!

"묵천의 주인께서 명하셨다! 전원 돌격!!"

수한이 재차 자신감을 되찾은 모습을 보이자 그의 권속 및 수하들 역시 한층 더 사기가 올랐다. 이에 거대 괴수가 자신들을 향해 맹렬 돌진하는 상황에서도 주저없이 마주 달려나가는데… 그런 그들의 선두엔 바로 수한이 있었다.

"으아아~ 한번 죽어보자~"

콰앙~!

마나를 거의 다 쓴 주제에 신법에 쓸 마나는 조금 남겼는지 순식간에 카오틱 드래곤과 마주한 수한. 이어 자신을 밟기 위해 탭댄스(?)를 추는 카오틱 드래곤의 발을 요리조리 피하더니 냅다 왼쪽 다리에 몸을 던진다.

본래대로라면 크기가 워낙 차이 나는 탓에 거목에 붙은 매미 형상이 되어야겠지만 일단 수한이 용을 쓰자 또다시 상황이 달라진다.

"으라라라랏차~"

콰아아아아앙~!

왼쪽 다리를 끌어안은 채 그대로 늘어진 수한. 덩치와 무게의 압도적인 차이를 오직 힘으로 극복, 결국 카오틱 드래곤을 넘어뜨리는 데 성공한다. 그러자 그때를 기다렸다는 듯 사방에서 달라붙는 헬나이트와 마교 고수들. 저마다 자신의 최고 절기를 마음껏 펼치며 카오틱 드래곤을 유린하기 시작했다.

"좋아!! 바로 그거야!!!"

"자식~ 제법이잖아?"

예상 이상의 선전에 절로 환호성이 터져 나오는 수영과 은근히 감탄하는 수진. 역시 한번 필을 받으면 일반인의 예상을 초월하는 단순, 과격, 무식한 모습을 보이는 수한이었다. 덕분에 아주 쉽게 일을 수습할 수 있을 것 같지 않은가? 거기다⋯⋯.

─존재 자체가 허용하지 않는 초월자여! 어서 원래 세계로 돌아가라!!

콰콰쾅~!

하늘에서 연달아 벼락을 난사하는 묵성.

─헬 파이어!! 포이즌 오브!!

콰콰쾅~ 콰쾅~!

템빨의 힘을 빌리긴 했으되, 제법 위협적인 스킬을 퍼붓는 토일.

─로드를 위해!!

스걱~ 스걱~

청제국 무공과 팔라스 연합의 오러 블레이드를 합일, 더욱 강력한 강기를 구현하는 시드.

비록 역소환된 데스윙이 없는 것이 아쉽지 했지만, 이들 세 명의 초월자와 준초월자들의 합동 공세는 스킬을 쓰지 못하는 수한의 공백을 메우기에 충분했다. 거기다 마교 고수들과 헬나이트들 역시 나름 분전하고 있었으니…….

원체 상대가 큰지라 마교 고수와 헬나이트 같은 칼잡이들은 아무리 때려봐야 견적도 안 나오는 게 당연지사. 그러나 시간을 들여 꾸준히, 물량으로 한곳만을 집중해서 승부하니 조금씩 실적(?)이 나온다.

그리고 그렇게 모두 힘을 합쳐 카오틱 드래곤을 공격하니, 처음의 500m에 달하던 거대한 몸체가 지금은 근수(?)가 많이 떨어져 나가 300m 남짓으로 줄어들었다. 비록 수한의 절대 강환포가 가장 큰 역할을 했다곤 하나 실로 놀라운 결과. 하지만…….

'왜지? 왜 이렇게 불안한 거지?'

조금 전부터 뭔가가 계속 불안한 수영. 카오틱 드래곤이 쓰러진 채 유린당하고 있음에도 계속 위화감이 든다. 이미 두 쌍의 날개는 꺾이고, 왼쪽 앞다리를 제외한 나머진 몸통에서 떨어져 나간 카오틱 드래곤. 그런데 그런 모습을 보고도 왜 이렇게 불안한 거지?

　거기다 또 한 가지 이상한 점은 수한이 아무리 잡고 늘어진다고 해도 카오틱 드래곤이 지나치게 반항을 하지 않고 있다는 점. 설마…….

　불안한 마음에 계속 카오틱 드래곤을 샅샅이 살피던 수영. 그러다 어느 순간, 그것을 발견했다, 카오틱 드래곤의 등 부위가 서서히 부풀어 오르는 모습을. 역시 그렇다면?!

　"모두 피해! 어서 빨리 그 녀석에게서 벗어나!!"

　하얗게 질린 얼굴로 고래고래 소리치는 수영. 한창 신나게 칼질 혹은 마법을 난사하던 사람들은 일순 어리둥절해졌다. 이제 조금 더 하면 완전히 목표를 완전히 해체(?)할 수 있을 텐데, 대체 왜?

　그러나 마냥 어리둥절해하는 다른 이들과는 달리 생존에 관한 문제에 대해선 눈치가 거의 바퀴벌레—꼭 비교를 해도…—급인 수한. 그는 누나의 다급한 음성에서 뭔가를 느낀 모양이다.

　"뭐 해!! 어서 도망가!!"

　수한이 솔선수범(?)해서 후닥닥 몸을 날리자 그제야 마지

못해 카오틱 드래곤에서 떨어지는 사람들. 그러나 그들이 채 벗어나기도 전에 사단이 발생했다.

파아아악~

쿠오오오오오~

카오틱 드래곤의 등을 찢고 튀어나온 눈부신 광휘. 그것은 바로 네 쌍의 에테르윙, 고위 신격체의 증거였다. 그리고 에테르윙이 펼쳐지는 순간, 강대한 신성력의 파동이 물결치듯 일어났으니…….

그 거대한 육신을 중심으로 지름 1㎞의 원이 생성, 그 범위 내에는 찬란한 광휘가 뒤덮었다. 그리고 그 빛의 물결은 수한과 그의 권속들에겐 너무나 치명적이었다.

크아아아아~

"크으~ 커억~!"

광휘에 닿는 것만으로도 비명과 신음성을 토하며 쓰러지는 헬나이트들과 마교 고수들. 그들은 일순간 '증발' 해 버렸다. 심지어 하늘에 있던 묵성조차 빛에 일부 닿는 순간, 고통스러워하며 황급히 물러나는 모습을 보였으니.

"이건 대체……?"

간발의 차이로 광휘의 범위에서 벗어난 수한. 그는 눈에 벌어진 난데없는 대참사에 뜨악한 표정으로 수영을 바라볼 수밖에 없었다. 단지 광휘에 닿는 것만으로 전체 전력의 절반가량이 녹아버린 상황.

만약 수영의 경고가 조금만 더 늦었더라면 말 그대로 몰살당할 뻔했다.

수한의 '저게 대체 뭐냐'는 시선에 잠시 입술만 깨물던 수영. 그녀는 네 쌍의 에테르윙만을 노려보다가 수한의 재촉을 이기지 못해 입을 열었다.

"저게 바로 내가 여기 온 이유야. 만약 저 녀석이 정.식.으로 강림을 하면 저런 게 대.륙. 전.체.에 걸쳐 벌어질 테니까."

수영이 '강림'에 그토록 집착하던 이유가 바로 이것이었던 것이다. 일단 신이 강림하면 그에 대한 반작용으로 대륙 전체에 걸쳐 발동되는 '성스러운 심판[Divine Judgement]', 즉 '신벌(神罰)'.

그것은 바로 일정 범위 내에 신과 그 권속을 제외한 모든 존재를 배제하는 최종 궁극 진명 스킬. 방어력, 속성을 모두 무시한 채 초당 데미지 10,000을 부여한다는 그 설정을 고려한다면… 단 한 시간이라도 대륙 전체에 발동될 경우, 그야말로 게임 '리셋'을 의미했다.

"커억? 그럼, 어떡해?!"

수영의 설명을 들은 뒤 펄쩍 뛰는 수한. 사태의 심각성을 알자 어찌할 바를 모른다. 하긴 이 게임이 망하면 그의 입장에서 완전 백수가 될 판이니.

그러나 수영은 다행히 현재 상황이 아주 절망적이지 않다고 생각했다. 현재 카오틱 드래곤, 아니, 그녀의 형상을 띤 저 존재는 에테르윙이 네 쌍, 즉 진정한 강림을 의미하는 여섯 쌍의 에테르윙을 아직 펼치지 못한 것이다. 그러니 저 존재가 에테르윙을 전부 펼쳐지기 전에…….

파아아악~

"이런, 피햇!!"

수영의 상념이 채 끝나기도 전에 재차 수한 일행을 덮치는 광휘의 물결. 이번엔 단순히 본체를 둘러싼 방어용이 아닌, 공격을 목적으로 전개한 '심판'이었다. 바로 수한을 목표로 한.

"이런 젠장!! 우아아아아아아악!!"

거대한 빛의 창이 되어 수한 주위를 덮어버린 광휘. 다급히 수영들을 밀쳐 낸 수한이지만 정작 그 자신은 피하지 못한 것이다. 그로 인해 심판에 직격으로 당한 수한.

수한은 온몸이 불타는 극악의 고통에 비명을 내지르며 그대로 쓰러졌다. 그리고 순식간에 쭉쭉 하락하는 HP량.

이대로 있다간 제아무리 수한이라도 금방 회색으로 물들 것 같았다. 하지만 수한은 고통으로 인해 손가락 하나 움직이기 여의치 않았고, 다른 존재는 빛에 쏘이자마자 즉사할 터. 결국 수한 일행은 그저 광휘의 밖에서 발만 동동 구를 수밖에 없었다. 그런데 바로 그때,

휘이이잉~ 콰아앙! 콰아앙! 콰아아아아아앙!

"헉? 저게 뭐야?!"

하늘에서 느닷없이 카오틱 드래곤을 향해 내리꽂히는 십

여 개의 철구(鐵球). 족히 3m 크기에 달하는 그 거대한 쇠구슬들은 그 무지막지한 무게와 낙하에너지를 통해 '심판'을 전개하던 카오틱 드래곤을 그대로 주저앉혔다. 덕분에 간신히 심판의 영역에서 벗어나게 된 수한.

이에 그 놀라운 수훈의 주인공을 찾아 하늘 위를 쳐다보니……

"컥? 배?"

"큭~ 길범 녀석이군."

하늘을 가득 메운 십여 개의 배, 아니, 부양선. 이미 예전에 이와 유사한 경험이 있는 수한과 수진, 그리고 수영은 이내 저것이 뭘 의미하는지 알아차렸다. 그리고 그런 그들에게 서서히 내려오는 한 기의 부양선.

우우우웅~

"우와~ 정말 크다~ 예전 것보다 훨씬 크네?"

청제국 시절, 수한이 봤던 '뉴 노틀러스 호'보다도 큰, 족히 200m에 달하는 거대한 몸체. 거기다 이번엔 예전처럼 유선형 원통 몸체가 아닌 마름모 형태인지라 그 크기는 더더욱 클 수밖에 없다. 그리고 그 부양선이 지면에 안착하자마자 출입구에서 얼굴을 비쭉 내미는 드워프.

"자자~ 견제하는 동안 빨리 타! 이제 곧 '철갑포알'이 다 떨어지니깐."

"아차, 이러고 있을 때가 아니지!"

길범, 아니, 로드 타이거의 경고에 그제야 제정신을 차린 수한 일행. 원체 대단한 것을 본지라 잠시 넋을 잃었다. 그러나 바로 옆에서 그들을 노려보는 카오틱 드래곤을 생각할 때 마냥 주저앉을 순 없는 노릇.

"자자, 빨리 탑승해!!"

"겁먹지 말고 빨리 타!!"

연이은 철구, 아니, 철갑포알의 융단폭격에 휘청거리면서도 수한을 향해 조금씩 다가오는 카오틱 드래곤. 그 살기등등한 모습에 수한 일행에겐 선택권이 있을 리 만무. 결국 로드 타이거의 재촉에 못 이긴 척 부양선을 탈 수밖에 없었다. 그리고…….

그런 수한 일행을 바라보며 의미심장한 미소를 짓는 로드 타이거.

"크크크~ 본 함, '아크 데몬'에 탑승한 걸 환영한다. 이제 슬슬 시.작.이군."

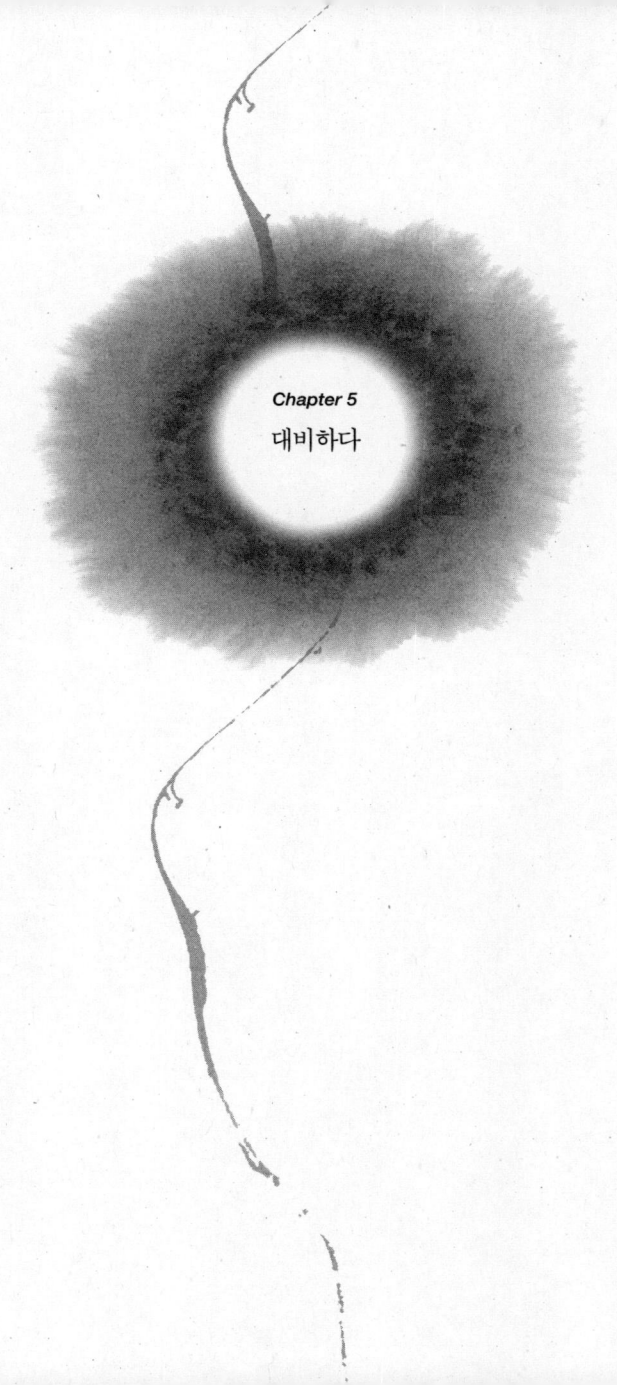

Chapter 5

대비하다

"후우~ 일단 '상황' 설명부터 들어볼까?"

부양전함 '아크데몬'이 한때 카오틱 드래곤 '이었던' 거대 괴수의 영향권에서 벗어나자 수영은 대뜸 로드 타이거를 압박하기 시작했다.

타이밍 좋은 것도 한도가 있지, 이렇게 절묘한 시기에 부양 선까지 이끌고 왔다는 건 사전에 이와 같은 사태를 미리 예측 했다는 의미일 터. 이는 로드 타이거가 수영이 모르고 있는, 그 이상의 뭔가를 알고 있다는 증거인 것이다.

그리고 무엇보다 결정적인 증거는…….

"이 자식, 잘 걸렸다!!"

"케엑~!"

어느 정도 숨을 고르자마자 다짜고짜 로드 타이거의 멱살을 잡고 탈탈 털기 시작하는 수진. 그렇다. 로드 타이거가 뭔가를 획책하고 있음을 아는 확고부동한 증인이 바로 이 자리에 있지 않은가?

"컥컥~ 잠깐만… 나, 말 좀… 컥~"

"수진아, 이제 그만 해라. 일단 어느 정도 변명은 들은 다음 조져야지."

숨도 제대로 못 쉬는 로드 타이거가 불쌍했는지 아니면 수진의 안이한(?) 방식이 마음에 들지 않는 건지, 일단 수진을 말리는 수영. 물론 로드 타이거에겐 그런 그녀가 수진보다 훨씬 더 무섭게 여겨졌다.

어쨌든 잠시 뒤, 한참을 씩씩거리는 수진이 조금 진정되고, 로드 타이거의 두 발이 간신히 지면에 안착했을 때, 로드 타이거의 자진 납세(?)가 시작되었다.

"에, 어디서부터 말을 해야 하나? 그러니까…….."

말하기 전에 머릿속으로 나름 정리를 시작하는 로드 타이거. 아마 제 딴엔 시간 낭비를 최소화하고 상대방을 보다 빨리 이해시키기 위한 배려인 듯하지만… 문제는 수영이 이미 원준에게 그런 방식으로 한차례 당한 적이 있다는 것.

괜히 시간을 주었다간 또 거짓말을 늘어놓아 진정 알고자 하는 진실에서 멀어질 가능성이 있다!!

"또또 어설프게 머리 굴리긴. 다른 거 다 필요없어. 지금까지 벌어진 일들에 대해 미.리. 알고 있었지?"

"에~ 그래……."

밑도 끝도 없이 날아든 질문, 그러나 그것은 사건의 본질과 핵심에서 가장 근접한 질문이기도 했으니… 때문에 마지못해 로드 타이거가 대답하자 수영은 두 눈을 번뜩인다.

"수진아!!"

"웅!!"

"일단 밟자!!"

"오케이~ 그 말만 기다렸어!!"

"이봐, 잠시 내 말도 좀… 으캬캬캬캬캬~"

잠시 장내엔 격렬한 타격음(?)과 피비린내가 물씬 풍기는 살벌한 광경이 펼쳐졌다. 그리고 그로부터 두 시간하고 34분이 지난 뒤, 그제야 야만과 폭력의 시간 대신 문명인다운 대화의 장이 열리는데…….

"차근차근 차례대로, 쉴 새 없이, 이번 일에 대해 지껄여 봐! 아니, 그냥 묻는 말에만 제대로 대답해. 괜히 이상한 헛소린 하지 말고!"

초반에 뭔가 어감이 이상한 말이 끼긴 했지만, 그 의도하는 바는 충분히 이해가 된다. 때문에 로드 타이거는 수영의 뜻대로 열심히, 정말 열심히 취조(?)에 응해야만 했다.

"카오틱 드래곤이 왜 저렇게 변한 거지?"

현재 카오틱 드래곤의 상태와 리버스의 강림 의식 실패 원인을 캐내고자 한, 제법 신경 쓴 수영의 질문이다. 그리고 그에 대한 로드 타이거의 대답은…….

"강림체(降臨體)니까."

"……."

질문에 호쾌하게 즉답한 것은 좋지만, 듣는 사람의 입장도 생각해야 하는 법. 수영과 수진의 주먹에 다시 힘이 들어갔다. 하지만 이미 시간을 많이 지체한 탓에 약간의 인내심을 발휘하는 수영.

"…설명이 너무 짧은 것 같은데?"

"원래는 '준(準)강림 신체(降臨神體)'인데, 줄여서 '강림체'라고 부르기로 잠정 합의를 봤지."

…여전히 수영이 원하는 대답이 아니다. 왜 지금 난데없이, 엉터리 같은 이름의 정식 명칭을 알아야 하는 건데?! 그러나 내심 부글거리는 수영과는 달리, 옆에 있던 수진은 그런 로드 타이거의 대답을 진지하게 받아줬다. 물론 그녀 나름대로의 방식으로 말이다.

"홋~ 작명 센스하고는……."

"쯧~ 나도 생각 같아서는 그냥 '사도'라고 부르고 싶어. 그 얼마나 멋지고 두근거리는 단어야?! 하지만 저놈은 사도(使徒:Apostolus)나 신의 화신(化身) 같은 게 아니잖아. 신이 직접 강림하기 직전의 모습이니… 뭐, 어쩌겠어? 이렇게나마 불러

줘야지."

"오호~ 그래? 그럼 누구랑 합의를 봐서 강림체라 이름 붙인 거지?"

"그거야… 재훈, 아니, 리버스랑… 윽~"

구타로 인해 잠시 몽롱한 정신이 말썽을 일으켰다. 아니, 수진의 절묘한 타이밍에 찔러 넣은 질문이 주효했다고 할까? 수영은 감탄이 어린 시선으로 수진을 바라봤고, 로드 타이거는 얼굴이 새파래졌다.

하필 리버스의 이름을 입 밖으로 내다니…….

"오호~ 원준 녀석처럼 그저 방관하는 수준인 줄 알았더니, 뒷구멍으론 협조 관계였군. 한마디로 제훈이랑 짜고 나를 물 먹인 거네?"

"컥? 그런 게 아닌데…….."

"일단 다시 타작(?) 좀 하고 이야기하자."

"우아아악~ 안 돼~"

…진솔한(?) 대화의 장은 그렇게 짧게 끝나고, 재차 폭력과 어둠의 시간이 강림했다. 그리고 다시 세 시간하고도 52분 뒤… 한 남자, 아니, 드워프는 진성 유아독존 여왕 캐릭에게 굴복, 홀리 그라운드에서 리버스와 있었던 모든 일을 한 치의 가감 없이 자백해야만 했다.

자신의 정체성을 지키기 위해, 신과의 '융합'을 통한 세상의 재판을 꿈꾸던 리버스. 그러나 그가 제아무리 천재에 자기

의지력이 뛰어난 인물이라 하나 설정상 '신'이라 칭해질 정도의 인공지능을 '직접' 감당해 내기란 애초에 무리. 즉, 강림을 시킨 뒤 '곧바로' 융합을 한다면, 도리어 신에게 흡수되어 자아를 잃을 가능성이 높았다. 때문에 리버스는 그 중간 매개체로 카오틱 드래곤, 세상 내 현존하는 최강의 존재를 활용해야만 했다.

다시 정리하자면, 신의 '절대 신성'을 카오틱 드래곤의 정신과 육신이 감당하고, 리버스는 어부지리(?)를 통해 원하는 목적을 달성하고자 했다고 할까? '일순간 한꺼번에'가 아닌, '차근차근 점진적'으로 융합하고자 했던 것이다. 물론 그런 계획은 카오틱 드래곤이 그의 통제하에 있었기에 가능한 일.

그런데 마지막 순간, 마법진에 뛰어든 사람은 리버스가 아닌 밀리네 황녀였으니!!

하다못해 다스 정도 되는 인물이라면 카오틱 드래곤의 정신을 어느 정도 제압하거나 합의(?)라도 했을 텐데… 하필 질투심 하나로 마법진에 뛰어든, 정서 불안(?) 증세가 심각한 십대 소녀가 그 대상이니 모든 게 뒤죽박죽되는 게 당연지사.

그나마 황녀가 끼고 있던 '신의 가호' 덕분인지 곧바로 이슈타르가 강림하는 최악의 상황은 면했다(그랬다면 세상은 그대로 멸망, 혹은 리셋되었을 것이다). 하지만 그로 인해 융합에 '성공'해 버리는 어처구니없는 결과가 발생해 버렸으니……. 주체가 되어야 할 밀리네 황녀의 정신은 소멸하고,

엉뚱하게도 이슈타르의 정신이 카오틱 드래곤의 육신을 차지하는 결과를 낳고 만 것이다.

결국 이슈타르의 '직접 강림'은 어디까지 시간문제가 된 셈.

"직접 강림? 앞으로 얼마나 시간이 남은 거지?"

"글쎄… 시간의 문제가 아니라… 으음~ 아!! 굳이 설명하자면, 네 동생과 같은 경우야."

"수한과? 그게 무슨 의미지?"

"워낙 엉망진창인 강림 의식인지라 강림을 위해선 신물의 도움이 반드시 필요해. 자기 신물을 강림의 '디딤돌' 혹은 '방아쇠'로 삼아야 하거든. 즉, 네 동생이 절대반지(?)를 끼고, 대마왕으로 승급한 것처럼 말이야."

"그럼… 이슈타르, 아니, 강림체가 자신의 '신기'와 접촉하지 않는다면 강림은 이루어지지 않는다는 의미?"

"그래, 바로 그거야!"

"…그나마 불행 중 다행이라는 건가?"

예상보다 훨씬 양호한(?) 조건에 내심 안도의 한숨을 내쉬는 수영. 그렇다면 이슈타르의 신기를 꽁꽁 숨겨놓는다거나 계속 가지고 도주한다면 강림은 영원히 이루어지지 않는 건데……

그러나 그런 수영의 꼼수를 눈치 채서일까? 로드 타이거는 고개를 절레절레 흔든다.

"쯧쯧~ 아무리 불완전한 강림이라곤 하지만 명색이 신이 자기 물건을 못 찾겠냐? 거기다 신기란 게 그렇게 만만한 게 아니야. 무엇보다 이슈타르의 신기가 뭔지 잊은 거야?"

"큭~ 깜빡했군."

로드 타이거의 타박에 수영은 그제야 이슈타르의 신기가 어떤 물건인지 기억해 냈다.

착용 제한 조건도 극악이지만, 그 '무게' 역시 극악 중에 극악인 신기. 그 특징상 원래 위치에서 심산유곡같이 안전한 곳으로 옮긴다는 건 거의 불가능한 일이었다. 하물며 그 주인이 신기를 원하는 이상, 그것은 더더욱 어려운 일이 될 터. 결국 수영들이 할 수 있는 일이라곤…….

"신기를 중심으로 최종 방어 라인(?)을 형성하는 것뿐이지. 강림체가 절대 접촉하지 못하도록."

"…어째 네 뜻대로 상황이 전개되는 느낌인데?"

대화의 주도권은 분명 수영이 쥐고 있는 것 같은데 왠지 상황은 로드 타이거가 의도한 대로 흐르는 것 같다. 이 녀석, 틀림없이 자기 취미에 맞춰 또 뭔가 준비한 게 분명하다. 거기다 아까부터 찜찜한 느낌이 드는 것이… 설마?!

"…넌 어떻게 현재 상황을 이렇게까지 잘 아는 거지? 마치 모.든. 걸 예측한 것처럼?"

뜨끔~

"그러고 보니… 예전에 조금 이상한 일이 있었지. 수한 녀석에게 누군가가 은밀히 도움을 주더군. 아주 특.수.한 방법으로 말이지. 덕분에 그 녀석, 손쉽게 '마법사'와 '기사'를 얻을 수 있었어. 거기다 데스 나이트와 데스웡을 거둔 삼대재앙 토벌 건은 아마 네가 수진을 통해 시켰다지?"

두근~

"루나가 아무런 조치도 없이 소멸된 게 조금 이상하다 여겼는데… 그 아이가 너에게 뭔가를 준 모양이군. 아마 전지성(全知性)과 신탁(神託) 능력이겠지?"

덜컥~

수영의 말이 끝나기 무섭게 심장이 일순 멈춰 버린 로드 타이거. 하얗게 질리다 못해 백옥 같은 피부를 자랑하게 된 그를 말없이 수진과 수영은 둘러쌌다. 그리고 다시 장내에 펼쳐진 징벌과 응징의 시간.

…그렇게 다섯 시간하고도 42분이 지난 뒤, 수영은 드디어 모든 사건의 전말이자 근원에 접근할 수 있었다.

"…인 거야."

"호오~ 그래, 이제 대충 감이 잡히는군."

만신창이가 된 로드 타이거를 끝까지 몰아세운 끝에 그제야 만족스러운 미소를 짓는 수영. 이로써 그녀도 독자들이(?) 아는 모든 사건 내막을 알게 되었다. 다만 한 가지… 그다지 중요한 문제는 아니지만, 여전히 궁금한 게 있었다.

"그나저나… 넌 리버스와 대체 무슨 내기를 한 거지?"

수영 역시 내기 탓에 리버스에게 크게 당한 터라 자연히 드는 의문. 그러자 이번 질문엔 숨길 게 없다는 듯 로드 타이거는 아주 당당히, 혹은 자랑스럽게 입을 열기 시작했다.

"크크크크~ 아주 간단해. 리버스가 모종의 계획을 발동시키기 전까지 카오틱 드래곤을 내가 쓰러뜨리느냐, 마느냐 하는 내기였어."

"…설마?"

로드 타이거의 말에 수영은 머리가 멍해졌다. 그렇다면 로드 타이거가 카오틱 드래곤을 쓰러뜨렸더라면 애초에 이런 사태는 발생하지 않았다는 뜻? 카오틱 드래곤의 존재가 반드시 필요한 리버스가 왜 그런 내기를 제의했는지 그 속내가 궁금하다.

대체 그놈은 무슨 생각으로 일을 진행하는 건지… 아니, 내기와 수수께끼를 즐기는 그놈의 성향을 고려할 때, 당연한 수순일지도 모르겠다. 어쨌든 분명한 사실은 결코 일반인이 감당할 사고방식이 아니라는 점.

"카오틱 드래곤을 쓰러뜨리면 계획은 중지, 그리고 기간 내 성공 못하면 계획을 강행. 뭐, 대충 그런 식의 내기였어. 물론 내기를 하는 도중엔 계획에 대해 침묵을 지켜야 한다는 옵션이 붙었고……."

한편 허탈해하는(?) 수영을 무시한 채 계속 내기의 내용에 대해 설명하는 로드 타이거. 듣는 사람이 있든 말든 자신의 업적(?)을 자랑하기에 바쁜 모습이다. 그리고 옆에 있던 수진은 그 청자의 역할을 충실히 수행하고 있었다.

"그럼, 네가 카오틱 드래곤에게 그토록 집착한 이유가 그 내기 때문인 거야? 세상을 멸망에서 구하기 위한? 이야~ 다시 봤는데? 지금까지 그저 단순한 오타쿠의 취미 생활인 줄 알았던 게 전부……."

"에? 취미 맞는데……."

"…그럼 그렇지. 네놈이 별수있나?"

은근히 감탄하며 로드 타이거를 칭찬(?)하는 수진. 그러나 눈치없는 로드 타이거는 바로 파토를 낸다. 역시나 이놈은 타협에 여지가 없는, 진성 오타쿠였던 것이다.

그리고 자신을 향하는 경멸과 혐오의 시선들을 깨끗이 무시한 채 자신의 철학(?)에 완전히 도취된 로드 타이거. 점차 험악해지는 분위기에 아랑곳 않고 계속 자신의 생각을 강변한다.

"일정한 틀과 규칙, 그리고 그 어떤 제약이 존재하지 않는 공간에서 수단과 방법을 가리지 않고 승부를 본다. 이것이야말로 남자들만의 로망! 바로 진정한 대결인 거다!!"

"…고작 그 대결이란 것 때문에 일이 이 지경이 되도록 방관한 거냐?"

"어허~ 고작이라니!! 이런 걸 바로 꿈과 로망이라고 하는 거다!!"

"헐~ 적어도 세계 정복을 획책하는 비밀결사와 싸운다거나 이계의 마왕을 소환하는 초능력 집단과의 격전 정도는 돼야지. 그게 무슨 꿈과 로망이라고?"

…로드 타이거만큼이나 뭔가 뒤틀린 세계관을 지닌 수진이었다. 그리고 그런 그녀의 반박에 격렬한 분노를 터뜨리는 로드 타이거.

"흥!! 쓰잘데기없는 소설을 너무 많이 읽은 모양이군. 하긴 그러고 보니… 너 소설가였지? 약간 이상한(?) 내용의……."

"뭐, 이상한 내용?! 이곳에서 애들 장난감이나 만드는 주제에!! 그러는 넌!! 애니를 많이 봐서 그 지경이냐?!"

자신의 직업 프라이드를 건드리는 말에 로드 타이거 이상으로 분노하는 수진. 이제 단순히 생각의 차이가 빚은 말싸움은 인신공격 수준이 되었다. 그러나 이미 현실에서 어느 정도 내공(?)을 쌓은 로드 타이거에게 그 정도 공격은 간지러울 따름.

"어허~ 무슨 말을 그렇게… 그건 바로 '영혼의 공명'이란 거다!!"

아아~ 눈부시다. 지금 이 순간, 로드 타이거는 너무나 눈부셨다. 한마디로 머리 뒤에 후광이 보일 지경이다. 그 모습에 너무 기가 막힌 나머지 쩍 벌어진 입으로 더 이상 대응조차 못하는 수진.

그리고 그렇게 두 사람의 말다툼이 진정 국면(?)에 들어서

자 이번엔 은근슬쩍 수영이 끼어든다.

"아까 내가 했던 말과 네가 말한 내기에 관해 연장선상에서 하는 질문인데… 수한을 도와준 이유가 혹시 카오틱 드래곤을 상대하기 위해서야?"

복잡했던 머릿속을 이제야 정리하고 로드 타이거의 사고 패턴―자기 일이 아닌 한, 주위에 철저한 무관심한 녀석이 괜히 수한을 도와줬을 리 없지 않은가?―을 고려한 수영의 질문이었다. 그리고 그런 그녀의 예측은 아주 정확했으니.

"아아, 맞아. 네 동생은 '초호기 파일럿' 이야."

뭔가 아주 '의미심장한' 단어가 불쑥 튀어나온다. 역시 진성 오타쿠의 면모를 보이는 로드 타이거. 그러나 그 대답에 수영은 조금 안심할 수 있었다.

'역시 나름대로 준비를 했다는 건데…….'

'전지성' 을 지녔다는 사실과 지금껏 은연중 드러낸 말에서 어느 정도 기대는 했지만… 설마 이렇게까지 철저하게(?) 준비를 했을 줄이야. '강림체' 라는 강대한 적을 맞이해 어찌해야 할 바를 모르던 수영. 비록 그 꿍꿍이가 걸리긴 하지만 자신감 넘치는 로드 타이거의 모습에서 한가닥 희망을 가질 수 있었다.

'개똥도 약에 쓰인다더니, 이 녀석도 나름 쓸모가 있군. 이제 문제는 수한인데…….'

…뭔가 아주 냉혹한 평가를 내린 뒤 이내 다른 변수로 관심

을 돌리는 수영. 그리고 그런 그녀의 생각이 끝나기 무섭게 수한이 들고 일어선다.

"크크크크~ 어째 내 주가가 제법 오른 것 같은데… '계약'을 다시 해야 하지 않을까?'

하필 이럴 때만 눈치가 그토록 빠른 건지… 대충 옆에서 주워들은 이야기를 통해 자신의 가치(?)가 오를 대로 오른 상태임을 감지한 수한. 지금이야말로 반항다운 반항을 할 때라며 스스로를 부추긴다. 하다못해 이번 기회에 수진과 수영의 손아귀에서 완전히 벗어나려는 꿍꿍이속인데…….

하지만!! 수진이 두 눈 시퍼렇게 뜬 상황에 그게 뜻대로 될 리가 없다.

"오호~ 아직 '한 가지' 부탁이 남은 걸로 알고 있는데?'

예전 수진과의 대결에서 패배한 뒤 세 가지 '부탁' —…이라고 쓰고 명령이라 읽자—을 강요당한 수한. 이미 두 개의 부탁(삼대재앙 토벌과 홀리 그라운드로의 진격)을 들어줬으니, 이제 한 가지 들어주면 자유다. 그런데 문제는… 하필 이 중요한 순간에 수진이 그 마지막 부탁을 쓰려는 게 아닌가?

"하지만… 그래도 이번엔 굉장히 힘든 일인 것 같은데…….''

약속은 약속인지라—어길 경우, 대체 무슨 짓을 당할지 모른다—금세 떨떠름해진 표정을 짓는 수한. 이번 일의 어려움을 강조하며 어떻게든 자신의 요구 사항—틀림없이 빚 청산, 혹은 하루 한 시간 촬영에 관한 내용일 것이다—을 관철시키려 노력하지만… 수진은 누구던가?! 그런 어설픈 수작이 통할 리가 없다.

"쯧~ 계속 그렇게 억지를 부리면… 그저께 그 '사진'이 인터넷에 유포될 가능성이 있다?"

"커억?! 그게 무슨 소리야?!"

지금까지 자료용(?)으로만 사진을 찍어왔던 수진이 별안간 그런 협박을 하자 수한의 얼굴이 하얗게 질려 버린다. 하긴 그 사진이란 게 공개될 경우, 사회적으로 매장(?)될 가능성까지 있었으니…….

'어릴 때라면 모를까, 이 나이가 되어 찍은 사진은 절대 안 돼!!'

이제 이십대 초반의 준(準)아저씨(?)인 수한으로선 수진의 그와 같은 돌출 행동은 결단코 막아야 할 일이었다. 이에 없는 머리를 쥐어짜 억지로 말(?)을 만들어내는 수한.

"고소하겠어!! 이건 인권 유린에 초상권 침해에 정보통신망 이용 촉진 및 정보 보호에 관한 법률 위반이닷!"

…자신이 무슨 소릴 하는지도 모른 채 수진을 협박하는 수한. 그러나 협박의 달인(?)에게 그런 어설픈 짓이 통할 리 없다.

"아, 뭐… 꼭 내가 유포시킨다는 건 아니고… 그저 요즘 해커들이 극성이라 조금 걱정스럽다는 거지. 내가 아.무.렇.게.

나. 방치한 자료들이 그들 손에 넘어갈지 누가 알겠어? 그리고 그런 사진들이 공.개.될지 안 될지는… 뭐, 그들 마음이겠지."

"끄응~"

…수준 차이가 너무 나서 어쩌할 건덕지가 없다. 간만에 반항을 해보려고 했지만 수진은 수한의 머리꼭대기 위에서 낄낄거리는 형상.

결국 수한은 눈물을 머금고 새로운 계약서(?)에 지장을 찍어야 했다.

"신성 나티아 제국은 이 일에 직접 개입할 생각이 없나 보죠?"

뜬금없어 보이는 후레지아의 물음이지만 현재 상황에선 모두의 마음을 대변하는 질문이기도 했다. 때문에 로빈은 내심 한숨을 내쉬며 그 물음에 답해야 했다.

"아무래도 내부 혼란 때문에 조금 어려울 것 같아. 저번 항마전쟁 때 교황이 죽었으니… 거기다 란슬롯 문제도 있고……."

"하아~ 역시……."

이미 충분히 짐작한 일임에도 아쉬움을 감추지 못하는 후레지아. 그것은 주위 다른 사람 역시 마찬가지였다. 물론 눈치없는 레드를 제외하고.

"도리어 잘된 일 아닌가? 덕분에 NPC와 경험치 나눌 일이 없으니까."

"에휴~ 너처럼 세상을 쉽게 살면 얼마나 좋을까?"

"엥? 그게 무슨 뜻이야?"

레드의 헛소리에 그의 단짝인 팝콘은 한숨과 함께 고개를 흔든다. 이거 참, 하나밖에 없는 친구 녀석을 포기(?)할 수도 없고…….

괜히 귀찮은 일을 맡기 싫어서일까(이런, 얌체 같은)? 레드에게 설명하는 대신 슬쩍 뒤로 물러서는 팝콘. 결국 레드에게 현재 상황을 설명하는 일은 일행의 리더인 로빈이 맡게 되었다.

"후우~ 우리가 감당할 수 있는 상대라면 당연히 나티아 제국의 도움이 없는 편이 낫겠죠. 하지만… 그 '강림체'라 불리는 몹은 아무래도 데스로드와 같은 급의, 아니, 어쩌면 그 이상의 존재인 듯합니다."

"커억?!"

"어라? 그게 정말이야?!"

일의 어려움은 알고 있었으되, 그 정도일 줄은 몰랐던 걸까? 레드뿐만이 아니라 옆에 있던 후레지아와 다른 사람들까지 로빈의 말에 경악하는 모습들이다.

그리고 그들의 그런 태도에서 내심 한숨이 나오는 로빈. 왜냐하면 이들의 태도가 곧 다른 모든 일반 유저들의 생각인 탓이다.

'일을 너무 낙관하고 있어.'

이미 데스로드에게 크게 한번 당한 적이 있음에도, 아니, 그렇게 당했으니 이번엔 그 피해를 만회해야 한다는 게 유저들의 생각. 그런 어처구니없는 발상이 '정설'화된 이유는 은밀히 유저들 사이에게 퍼진, 출처를 알 수 없는 강림체에 대한 '정보' 탓이다.

'강림체', 자이드 제국이 세계 정복을 위해 뭔가 위험스런 실험을 하는 도중 실수로 탄생한 키메라. 특정 거대 마물에 신의 권능을 강제로 주입해서 만들어진 그 괴물은 탄생 직후 폭주하고 만다. 그리고 당시 데스로드의 죽음의 군세를 막아내느라 전력이 바닥난 자이드 제국은 그 공격에 속수무책, 결국 황도가 초토화되고 마는데…….

'하지만 데스로드의 공격만 없었더라면 그 폭주 사건은 자이드 제국 내에서 충분히 해결했을 작은 불상사였다는 게 대다수의 '의견'이지.'

그리고 그런 분석 탓에 대다수의 유저들이 생각하는 강림체는 드래곤 수준의, 그러나 이성을 상실했다는 측면에서 보다 상대하기 쉬운 몹으로 인식되고 있었다. 하물며 강림체가 자이드 제국의 파상 공세에 큰 부상을 입었다는 소문까지 있었으니.

정리하자면, 강림체는 유저들에게 데스로드에 뒤이은 대

박(?), 그것도 데스로드와 죽음의 군세에 비해 훨씬 만만한 초대박인 것이다. 거기다 가뜩이나 커진 불길에 휘발유를 끼얹는 또 다른 소문.

경험치가 문제가 아니다! 강림체를 쓰러뜨리는 자들에게 신성 나티아 제국을 비롯한 각 교단에서 엄청난 포상금이 내려진다!!

각 도시와 마을에 뿌려진 전단지에는 분명 그런 내용이 적혀 있었다. 그리고 실제로 이슈타르를 믿는 전신교를 제외한, 신성 나티아 제국과 각 교단에선 그 말을 부정하지 않았으니…….

폭렙은 기본으로 보장되고, 막대한 포상금과 아이템까지!! 유저들의 눈이 뒤집혀지는 게 당연하다.

하지만 일개 파티나 길드가 강림체를 단독으로 상대하기엔 조금 버거운 게 사실. 누가 뭐라 해도 상대는 대륙 최강국인 자이드 제국에게 한 번 쓴맛을 톡톡히 보인 존재인 것이다.

때문에 재차 길드 간의 연합에 연합을 촉구하는 유저들. 그리고 얼마 전 이미 데스로드를 상대한답시고 대규모 집단을 이룬 경험이 있는 탓일까? 어느샌가 비상 연락망 비슷한 것이 가동되어 사전에 약속된 장소로 유저들이 속속 집결하는데…….

비록 패했으되 데스로드를 상대로 유저들을 지휘해 큰 활약을 펼친 바 있는 로빈. 그렇게 모여든 유저들 사이에서 그가 유저 연합의 '총지휘관'이 된 건 어찌 보면 필연이었다.

'덕분에 아주 환장한 지경이지만······.'

데스로드 때와는 달리, 로빈은 이번 유저 연합의 총지휘관 자리가 너무나 부담스러웠다. 강림체에 대해 알면 알수록 뭔가 잘못되어 가고 있음을 절실히 느낄 수 있었기 때문이다.

정보의 중요성을 누구보다 잘 알고 있는 그는 데스로드에게 패배한 이후에도, 데스로드의 행적에 대해 나름대로 조사했다. 덕분에 세간에 알려진 바는 달리, 자이드 제국과의 전투에서 데스로드 측이 승리했음을 알게 된 로빈. 거기다 추가로 그가 알아낸, 더욱 놀라운 사실은······.

자이드 제국과의 전투 이후, 황도로 진격하던 데스로드의 군대가 그 뒤의 행적이 묘연하다는 것이다.

그리고 우연일까? 데스로드의 군세가 감쪽같이 사라진 황도에서 강림체가 처음 그 모습을 드러냈다.

그 의미를 곱씹을수록 섬뜩한 추측이 가능하다. 계속 설마 하지만 강림체의 존재가 시간이 지날수록 더욱 두렵게 느껴지는 건 어쩔 수 없는 일.

하지만 확실히 증거도 없이 단순히 추측만으로 유저들을 움직이는 건 불가능하다. 아무리 로빈이 총지휘관이라 하나 그가 속한 집단은 어디까지 서로의 이익을 극대화하기 위해 임.시.로. 뭉친 연합.

그러니 로빈의 입장에서 강림체의 존재가 심히 두려우니 모든 걸 포기하자고 어찌 말할 수 있겠는가? 그랬다간 각 길드의 길마들이 당장 로빈을 지휘관 자리에서 끌어내리고 겁쟁이라는 오명을 씌울 게 뻔하다. 아니, 어쩌면 데스로드 때처럼 로빈 대신 후레지아 같은 명목상의 지휘관을 내세운 뒤, 강림체를 상대로 최악의 선택을 할 수 있다.

차라리 그렇게 될 바에는…….

'내가 최대한 피해를 줄이는 방향으로 유저들을 지휘하는 수밖에.'

데스로드와의 일전으로 대륙의 전체 전력에 큰 공백이 생겼다. 그 탓에 데스로드에 이어, 대륙을 횡단하고 있는 강림체를 막아설 병력은 어디에도 없었으니… 그나마 여력이 있는 나티아 제국조차 내부 문제로 개입을 거부한 상황. 결국 유저들만의 힘으로 강림체를 막아내야 한다.

거기다 사방에 퍼진 왜곡된 정보들과 그에 발맞춰 '지나치게' 빠른 시간에 한곳으로 모여든 유저들의 움직임. 그 두 가지 사실들은 이 일이 결코 생각처럼 단순하지 않음을 알려주고 있었다. 하지만 이미 상황은 기호지세.

결국 로빈은 잠시 잠깐 내비친 음모의 그림자를 외면한 채 5만에 달하는 유저들을 이끌고 출전해야 했다.

그리고 시간은 흘러 강림체의 이동 경로를 대략적으로 예측한 결과에 따라 유저 연합군이 자리 잡은 대평원.

애초에 절대 다수가 단일 개체를 상대하는 데 뚜렷한 전술이 필요할 리 없다. 하물며 상대가 어떤 능력을 지니고 있는지도 모르는 상황에선…… 때문에 로빈은 레이드 진형 중 가장 정석적인 유저들로 하여금 거대한 반원진을 형성하게 한 뒤 강림체를 기다렸다.

일단 강림체가 원 내부에 들어서면 반원을 원진으로 만들어 견고한 포위망을 구축, 단시간 내 가장 강력하게, 그리고 지속적으로 데미지를 준다는 게 로빈의 기본 계획. 그리고 강림체와 실제로 마주했을 때 그 계획은 어느 정도 이루어지는 듯했다. 다만…….

"…크군. 아주 커."

"이거… 정말 장난이 아닌데……."

200m, 아니, 거의 300m에 육박하는 거대한 크기. '드래곤 로드' 조차 150m 남짓인 걸 고려할 때 강림체가 얼마나 큰 괴수(?)인지 짐작할 수 있다. 덕분에 일부 호전적인 유저들조차 조금 질린다는 듯한 표정.

결국 결론만 말하자면, 대체 어딜 어떻게 공격해야 할지 감도 잡히지 않는다고 할까?

하지만 강림체의 형편없는 '외형'은 정반대로, 그런 압도적인 크기에서 오는 불안감을 충분히 상쇄시키고도 남았다.

왼쪽 앞다리를 제외한 사지가 모두 떨어져 나갔으며, 몸체는 온갖 자상으로 인해 푸줏간에 매달린 떨이고기(?) 같은 형상. 그나마 등 뒤에 있는 거대한 빛의 날개 네 쌍만이 어느 정도 거대 괴수로서의 풍모(?)를 드러냈으나… 그것이 도리어 몸체의 빈약함을 강조하여 왠지 강림체가 안쓰럽기까지 했다.

결국 압도적인 크기와 안쓰러운 외형이 플러스, 마너이스 상쇄가 되어 유저들의 사기는 처음과 변함없었다. 거기다 5만 명의 인원은 그 거대한 몸체를 완전히 포위하고도 이중 삼중의 포위망을 재구축한 뒤, 예비대를 둘 정도로 여력이 넘쳤으니.

로빈조차 잠시 잠깐 강림체를 쓰러뜨릴 수 있다고 희망을 가질 '뻔' 했다. 그리고 그 희망이 채 피어나기도 전에 로빈의 눈앞에 펼쳐진 '성스러운 절망의 대지'.

우우우우우우우웅~

"아아아아악!"

"크아!"

번쩍 하는 순간, 비명조차 제대로 지르지 못한 채 증.발.해 버리는 유저들. 사제들은 강림체가 내뿜는 가공한 신성력에 그대로 속속 기절을 했고, 전사들은 그 육중한 몸에 밟혀 회색으로 물들었다. 마법사들과 궁수들은 공격할 기회를 얻기도 전에 거대한 빛의 창에 의해 찢겨져 나갔다.

그것은 말 그대로 일방적인 학살. 그리고 로빈은 그 학살의 중심에서 절망했다.

그런데 바로 그때! 5만에 달하던 유저들이 극소수만이 살아남아 미친 듯이 도주하고 있는 그때!

우르르르르콰아아아아아앙~

강림체를 강타하는 거대한 뇌전의 폭풍. 그 갑작스러운 엄청난 마법 공격에 로빈은 황급히 하늘을 올려다봤다. 그리고 거기엔······.

강림체만큼이나 거대한 '존재들'이 그들을 내려다보고 있었다.

―끄응~ 역시 무리인가?

이제 막 강림체에게 '노바 스톰'를 갈긴 블루 드래곤은 조금 아쉬운 듯 혀를 찼다. 그러자 옆에 있던 '드래곤 로드'는 미간을 찌푸린 뒤 그를 타박했다.

―쓸데없이 마나를 소모하지 마라. 어차피 저 '존재'는 일반 마법 공격으론 아무런 타격을 입지 않아.

―예예~ 알아모시겠습니다.

로드에 대한 태도치곤 너무나 건방져 보이지만··· 애초에 드래곤 자체가 그런 놈들이니 어쩔 수가 없다. 그저 사전에 알려준 대처 방법을 제대로 써먹기를 바랄 뿐. 드래곤 로드는 내심 고개를 절레절레 흔든 뒤 브레스를 준비하기 시작했다.

아무리 극강의 항마력으로 마법 공격에 거의 데미지를 입지 않는다고 해도 드래곤 브레스는 단순한 마법 공격이 아니다. 신수로서 드래곤이 지닌 권능을 상징하는 공격 스킬, 그것이 바로 '브레스'인 것이다.

그러니 제아무리 강림한 신이라도 해도 지금처럼 불완전한 상태라면 충분히 먹힌다!!

─흐으음~ 화아아아아악~

힘껏 숨을 들이마신 뒤 재차 내뿜는 순간, '드래곤 하트'의 마나가 절대권능으로 화해 강림체를 강타했다. 그것도 직격으로!

콰아아아아아앙!

─후아~ 멋진데? 역시 로드는 로드란 건가?

드래곤 로드의 막강한 브레스 공격에 육신의 50%가량이 그대로 소멸된 강림체. 드래곤 로드 옆에 있던 블루 드래곤은 재차 깐죽거리며 감탄사를 토했다. 하지만…….

─이런… 아무런 효과가 없나? 아니, 그보다 얕았군.

─엥, 그게 무슨?

침중한 표정으로 여전히 강림체를 노려보는 드래곤 로드. 그러자 블루 드래곤은 그저 꿈틀거리는 거대한 고깃덩이와 드래곤 로드를 번갈아 보며 의아해했다. 그런데 바로 그 순간,

─욱! 피해!!

─에?

우우우우우우우우우웅~

강림체에서 별안간 솟구치는 섬광! 본래 드래곤 로드를 노렸던 그 공격은 간발의 차이로 피한 드래곤 로드 대신 마치 '꿩 대신 닭'이라는 듯 블루 드래곤을 집어삼켰다. 덕분에 순식간에 회색으로 물드는 블루 드래곤.

물론 제아무리 '심판'이라 할지라도 기본 HP가 만만치 않은 드래곤을 단 일격에 회색으로 물들일 리 없다. 하지만 그와 마찬가지로 드래곤이라 할지라도 머리통이 날아간 이상 계속 살아 있을 순 없는 노릇. 한마디로 크리티컬이 터졌다는 의미다.

역시 방심이야말로 가장 큰 적이었던 셈.

─크윽~ 바보 같은… 상대가 누군 줄 알고…….

드래곤 로드조차 긴장하는 상대를 코앞에 두고 방심을 했으니 당해도 싸다. 하지만 얼마 남지도 않은 일족 하나가 어이없이 죽었다는 사실은 확실히 안타까운 일. 그것도 지금과 같이 대적을 상대할 땐 말이다.

─확실히 대단하군. 벌써 몸 일부가 에테르화된 모양이야. 하긴 그렇지 않았다면 내 브레스가 이렇게까지 무력화될 리 없겠지. 하지만… 아무리 네가 신이라 할지라도 이 세상은 우리가 관리하는 곳. 함부로 날뛰는 건 절대 용.납.할 수 없어!

상대를 재차 인정함과 동시에 전의를 불태우는 드래곤 로드. 그의 '용언'이 대기를 진동시키는 가운데, 주위의 다른 드래곤 역시 바싹 긴장했다. 그리고 그런 그들의 모습에 드래곤 로드는 역설적이게도 자신감을 되찾았다.

'좋아, 방심만 하지 않는다면 승산이 있다. 아무리 상대가 신이라도 아직은 미각성 상태. 그에 반해 우린……'

수면기에 들거나 해츨링이 아닌, 모든 드래곤들이 강림체를 상대하기 위해 이 자리에 모였다. 비록 방금 전 바보 같은 블루 드래곤 녀석을 제하고 고작 16개체밖에 되지 않지만, 각자가 지닌 거력들을 고려한다면 충분하다 못해 넘치는 전력이기도 했다.

—아까도 말했다시피 너무 가까이 접근하지 마라! 그리고 될 수 있는 한 브레스는 셋 이상이 동시에 전개하도록! 물론 너무 뭉쳐 있다가 한꺼번에 당하진 말고!

—예, 로드!

—좋아, 가자!!

드래곤들의 힘찬 대답에 한번 고개를 끄덕인 뒤, 먼저 강림체를 향해 몸을 날리는 드래곤 로드. 이어 그에 입에선 방금 전보다 한층 더 강력한 브레스가 뿜어져 나왔다. 그리고 그에 맞춰 그의 양옆에 붙어 있던 드래곤들 역시 함께 브레스를 내뿜는데……

콰콰콰콰콰콰콰콰콰콰~

크아아아아아아아아~

다수의 드래곤이 동시에 전개한 브레스. 그것은 드래곤 역사상 단 한 번도 없던, 파괴력의 극치였다. 그리고 그 가공할 힘은 아무런 장애 없이 강림체의 몸에 직격했고, 그에 따라 마침내 터져 나오는 강림체의 비명성.

―좋아, 효과가 있군. 계속해라!!

지금 공격은 조금 전 드래곤 로드의 단독 공격처럼 '화끈하게' 강림체의 신체 일부를 소멸시키지 못했다. 아니, 도리어 아무런 피해도 없는 듯, 강림체의 육신엔 그다지 상한 모습조차 보이지 없었다.

하지만 정작 드래곤 로드는 희색이 만연했다.

'이제 드디어 단순 표피가 아닌, 에테르화된 육신에 직접 타격을 주게 되었어.'

그렇다. 애초에 강림체는 카오틱 드래곤의 육신을 장악한 아슈타르의 '절대신성'. 그리고 그 절대신성을 표출하기엔 카오틱 드래곤의 몸은 지나치게 컸다. 그 때문에 강림체는 자신의 신체 일부를 일부러 포기하고 있었으니…….

얼마 전 수한의 공격이나 드래곤 로드의 브레스가 큰 효과를 봤던 건, 바로 그런 이유에 기인한 것이다. 그러나… 이젠 사정이 다르다!

콰콰콰콰콰콰콰콰콰~

크아아아아아아~

재차 강림체를 강타하는 드래곤들의 2차 합동 공격. 그로 인해 강림체의 마지막 남은 왼팔은 완전히 가루가 되어 이젠 몸통만이 남겨졌다. 그리고 그에 발끈한 탓일까?

우우우우우우우웅~

—산개해!!

드래곤 편대(?)를 스쳐 지나가는 성스럽고 거대한 빛의 기둥. '심판'의 영역을 인위로 조절한 강림체의 반격이었다. 하지만 이미 충분히 대비한 상황에서 드래곤들이 그런 허접한(?) 공격에 맞아줄 리 만무. 원래 광선류 직선 공격은 워낙 공격 패턴이 단순하기에 타이밍만 맞추면 피하기가 쉽다.

—다시 공격!!

콰콰콰콰콰콰콰~

크아아아아아~

감히(?) 반항하는 강림체에게 재차 내려지는 드래곤들의 웅징. 그리고 그에 따른 강림체의 처절한 비명성. 이대로만 간다면 주인공이 나설 것도 없이 엑스트라—이놈들은 현재 이름조차 제대로 불려지지 않고 있었다—드래곤들에게 모든 일이 마무리되어질 것만 같았다.

그러나!! 그런 허무한 결말은 스토리 진행상 도저히 용납할 수 없는 처사.

파아아아악~

—이런, 피햇!!

강림체를 신나게 볶는(?) 것에 지나치게 정신이 팔린 탓일까? 드래곤 로드는 한 가지 사실을 간과하고 말았다. 강림체가 거추장스러운 육신을 잃을수록 보다 '절대신성'에 가까워진다는 사실을.

비록 신기를 통한 완전한 '강림' 수준은 아니지만, 지금까지의 피해로 인해 2차 각성을 이룬 강림체. 그의 다섯 번째 날개 한 쌍이 이 순간 찬란히 펼쳐졌다. 그리고 동시에 강림체 주위 10㎞를 뒤덮은 성광.

크아아아아아~

—크으윽~

드래곤 로드의 경고에 다급히 강림체에서 멀어졌지만… 성광의 범위가 너무나 넓었다. 그로 인해 대다수의 드래곤이 큰 부상을 입었고, 드래곤 네 개체가 그대로 회색으로 물들었으니.

거기다 무엇보다 드래곤을 좌절케 하는 건, 방금 전 그들에게 타격을 입힌 성광의 영역이 크게 줄어들었으되, 여전히 강림체의 주위를 감싼다는 사실. 그리고 왠지 그 상태가 지속적으로 유지될 것 같은 느낌이다. 그 의미는 곧……

콰콰콰콰콰콰콰콰~

홧김에 냅다 강림체에게 브레스를 내뿜은 레드 드래곤. 그러나 그 공격은 강림체의 본신에 채 닿기도 전에 성광의 영역에서 그대로 녹아버린다.

…이젠 브레스조차 더 이상 강림체에게 아무런 피해도 줄 수 없다는 의미. 결국 드래곤 로드는 침통한 표정으로 무리를 이끌고 강림체에게서 멀어질 수밖에 없었다.

그리고 지금까지 강림체와 드래곤들 간의 대격전을 지켜보던 로빈은,

"크크크~ 그렇군, 드래곤들조차 당해내질 못한 괴물이었군. 우린… 그저 시간 끌기용 소모품이었어."

어딘가에서 이 광경을 지켜볼 흑막을 원망하며 천천히 자취를 감추었다.

"멋져~ 역시 넌 대단해! 유저들을 소모품으로 이용하다니."

게임 회사의 운영팀이 게임을 유지하기 위해 유저들을 도구로 활용하다니… 이건 단순히 주객이 전도된 수준이 아니라 그야말로 악마의 책략이다.

하지만 어차피 운영팀이 한 일이라곤 그저 소문을 통해 슬쩍 부추긴 것뿐. 결국 이 일은 어디까지 유저들 스스로 자발적으로 벌어진 결과에 지나지 않았다. 그러니 대체 누굴 원망하겠는가?

그리고 무엇보다… 이 사실을 알고 있는 사람은 오직 수영과 그녀의 앞에서 연신 감탄하는 로드 타이거뿐.

"후우~ 빈정거리는 건 이제 그만 해. 그보다 방금 전 펼쳐

진 강림체의 광범위 공격 스킬의 정체가 대체 뭐지?'

담배를 길게 내뿜으며 자신의 '적'에 대한 분석을 재촉하는 수영. 결국 그녀의 재촉에 '전지성'을 지닌 로드 타이거는 입맛을 다시며 정보를 늘어놓아야 했다.

"심판 스킬의 자동 고착화, 아니, 방어용으로 진화했다고 해야 하나? 정식 이름은 절대 권능 영역[Absolute Power Field]이고, 나는 'A.P.필드'라고 부르지."

"…그건 또 무슨 애니에서 따온 거냐? 뭐, 어쨌든… 정말 젠장이군. 저놈은 대체 게임 설정을 뭘로 아는 거야? 이래서야 밸런스고 뭐고 완전 개판이잖아."

"쯧쯧~ 저놈은 애초에 '규격 외' 존재였어. 그걸 잊지마."

재차 등장한 사기 스킬의 작렬에 절로 짜증이 나는 수영. 로드 타이거는 그녀를 나름대로(?) 위로하며 달래려 했지만, 그녀에게 필요한 건 위로가 아닌 '정보'였다.

"영역의 범위는?"

"어디 보자… 강림체의 몸에서 최대 10㎞까지 가능하군. 하지만 마나 소모가 아주 극심하니 아마 위급할 때만 쓸 거야. 그리고 평상시엔 대략 300m 정도?"

"효과는?"

"글쎄… 뭐라고 해야 하나? 적절한 비유가 없어서… 굳이 설명하자면, 네 동생의 '호신강기'처럼 미량의 마나 소모만으로 24시간 지속 유지가 가능하고… 영역권 내에선 그 어떤 마법, 권능계 공격 스킬도 무효화되는군. 그리고 영역권 내 적대 존재가 들어오면 초당 30,000의 데미지가 부여되지. 와우~ 이거 '심판'보다 훨씬 더 짜릿하겠는데?"

"젠장……."

어느 정도 짐작은 했지만 절로 욕설이 튀어나올 정도의 사기 스킬이었다. 하긴 드래곤들조차 떼거지로 떡실신(?)시킨 스킬이니 당연한 건가?

"현재 예상되는 추가 전력은? 초월자 급 이상으로만 해서."

"현.재.로.썬. 없어. 팔선들은 제약에 묶여 드래곤 산맥을 넘을 수 없고, 신수들 역시 마찬가지. 마족들 중에선… 마왕 급이라 해봐야 얼마 전 소멸한 뱀파이어 로드와 데미 리치, 그리고 '어비스의 미궁'에 묶인 발록뿐. 나머지는 그 행방조차 모르고, 설령 안다고 해도 성향이 워낙 극단적이라 도움은 커녕 공격받지 않으면 다행이지. 결국 그나마 말이 통하는 상대는 드래곤뿐일까……."

"칫~ 그럼, 현재 우리 측 전력 누수는?"

"휴우~ 안타깝게도 '묵성'이란 흑룡의 부상이 생각보다 심해. 뭐, 애초에 주술계 신수인 탓에 강림체와의 싸움에선 그다지 도움이 안 되겠지만. 그래서 장백산맥으로 요양차 되돌려 보냈지. 그리고 데스윙이 저번에 무리를 한 탓에 아주 망가져 버렸어. 시간이 지나면 어느 정도 회복되겠지만, 이번 싸움에선 그다지…….”

“하아~ 정말 끝내주는군. 그럼, 우리 측 전력이라곤 마교 고수와 헬나이트, 그리고 직속 권속 둘뿐인 거야?”

“뭐, 그렇지. 거기다 강림체와의 싸움에선 그다지 도움이 안 되니… ‘통제 요원’이나 ‘보조 요원’으로 써먹어야겠 지.”

“하하하~ 이거 완전 미치겠군.”

어찌 된 게 로드 타이거의 보고 중 뭐 하나 좋은 게 없다. 이에 머릴 감싸 쥔 채 두통약을 찾는 수영.

결국 보다 못한 로드 타이거가 자신의 숨겨진 패를 슬쩍 드러냈다.

“아아~ 그래도 좋은 소식도 있어. 이젠 몸통만으로 이동 해야 하니 하루 24시간 동안 계속 이동한다고 해도 강림체는 채 100㎞도 이동 못해. 결국 현재 위치에서 ‘신기’가 있는 곳 까지 대략 50일 정도? 이래저래 중간 변수들을 고려한다면, 두 달 정도 여유가 있지. 그리고… 그 시간 동안 충분히 ‘대 비’할 수 있어.”

“대비라… 훗, 결국 그 ‘장난감’들을 쓸 모양이지? 하긴 아 주 오.래.전.부터 준비해 온 거니 어련하겠어?”

지금까지 수영조차 속인 채 ‘강림체’에 대해 오랜 시간 대비를 해온 로드 타이거다. 비록 약간의 빈정거림이 있을지언정 수영의 말엔 나름 기대감도 서려 있었다. 하지만 정작 로드 타이거는 자신의 계획에 뭔가가 미진한 부분이 있는 모양이다.

"훗~ 미안하지만, 나도 아직 모든 준비를 끝낸 건 아니야. 이제 마지막 '조력자들'을 구해야 하거든."

"에? 아직도 뭐가 또 필요한 거야?"

"크크크~ 방금 전 떡실신한 덩치만 큰 변종 도마뱀들의 도움이 필요하지."

"하아? 설마……."

로드 타이거의 말에 잠시 설레설레 고개를 흔드는 수영. 그도 그럴 것이, 설정상 드래곤들은 신탁조차 무시하는 오만한 종족. 어찌 드워프 따위(?)의 말을 들어주겠는가? 하지만 정작 로드 타이거는 자신만만했다.

"클클, 걱정 마. 내가 미리 손을 써뒀으니."

심히 불길해 보이는 썩소의 극을 보여주는 로드 타이거. 그 모습에 수영은 결국 설득(?)을 포기했다. 대신…….

"자~ 그럼, 어느 정도 정리가 끝났으니… 난 이만 가볼까?"

"아아~ 떠날 셈이냐?"

"그래, 난 나대로 대.비.를 할 생각이거든."

"뭐, 좋아. 어차피 네가 내 생각대로 움직일 리 없으니. 그리고 마지막 비장의 팻감 정도는 있는 편이 좋겠지."

"그럼, 이만."

로드 타이거에게 작별을 고하는 수영과 그녀를 배웅하는 로드 타이거. 그 뒤 수영은 '결전의 날'이 올 때까지 세상에서 사라졌다.

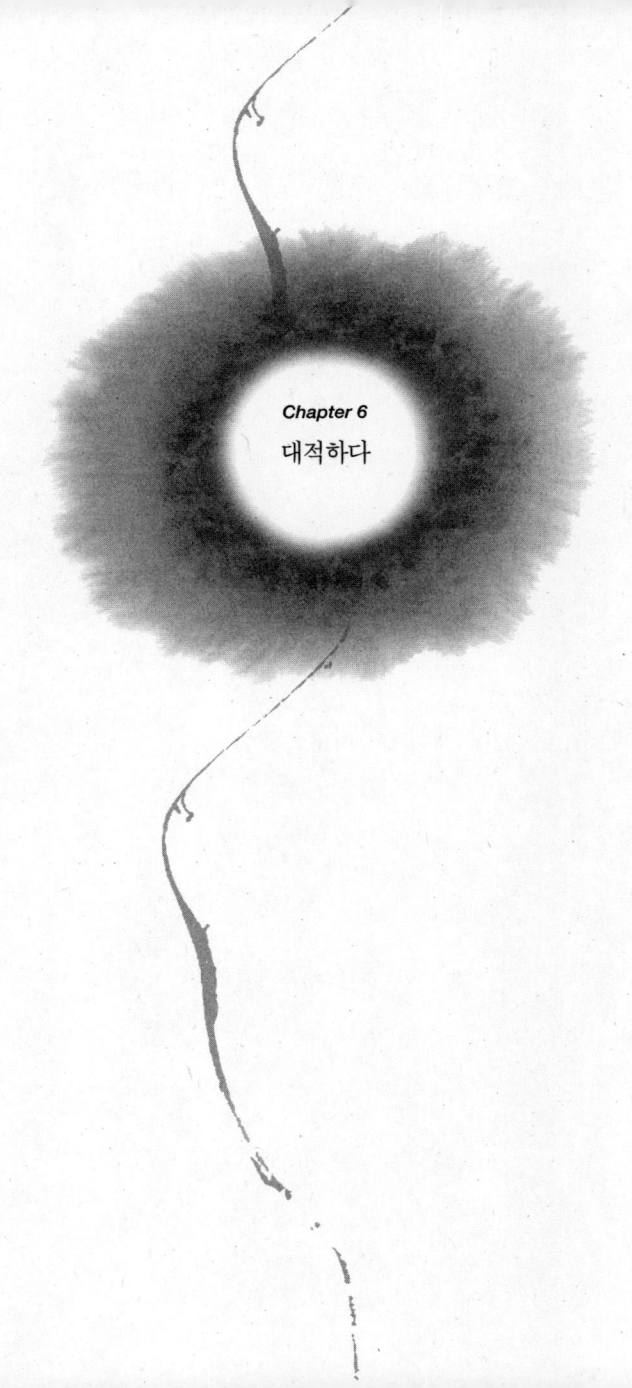

Chapter 6

대적하다

자이드 제국의 황도에서 처음 그 모습을 드러낸 자이드 제국의 비밀 실험의 실패작. 그 거대 괴수가 유저들과 드래곤들을 격파하고, 자신의 존재를 '세상'에 널리 어필(?)한 지 정확히 스물여섯 시간하고도 43분 뒤(게임 시간으로)! 프로인 왕국의 수도에 일단의 무리가 방문했다.

　그리고 그들의 방문, 아니, 난입은 프로인 왕국, 특히 왕국을 다스리는 위정자의 입장에선 마른하늘의 날벼락도 같았으니.

　"막아, 어떻게든 막아야… 크아악!"

　"아, 그거 시끄럽네. 얼른 치워 버려!"

—예스, 마이 로드!

"교주님의 명이시다! 몽땅 쓸어버려!!"

그들의 정체가 수한을 위시한 죽음의 군세, 마교 고수들인 탓이다. 그리고 프로인 왕가와 귀족들에게 더욱 불행한 사실은 헬나이트들과 교주 친위대 간의 경쟁이 불붙었다는 것. 같은 주군을 모신 탓에 조금이라도 더 자신을 수한에게 어필하기 위해서인지 그들의 손속은 정말 무자비하기 그지없었다.

그 결과 몇 시간에 걸쳐 쿵쾅거리는 폭음과 비명성이 울려 퍼진 뒤, 프로인 왕과 귀족들은 빗자루에 쓸린 방구석 먼지마냥 왕궁 밖으로 쫓겨나야 했다. 다만 한 가지 이상한 점은 그 무단 점거 과정에서 왕과 왕족들은 경상은커녕 생채기 하나 없었다는 것. 아마 옛 주군에 대한 시드의 마지막 마음씀씀이 때문이리라(흑~ 미담이다).

어쨌든!! 난데없이—정말 말 그대로 아닌 밤중에 홍두깨 격으로—왕궁을 점거한 수한 패거리들. 그리고 하루가 지나 그들에 뒤이어 또 다른 무리가 프로인 왕궁에 들이닥쳤다.

"자자, 시간없다. 빨리! 빨리!"

"1, 2조는 입구를 맡아! 3조부터는 외곽을 부수고!"

"뭐 하고 있나?! 강철 기자재는 그쪽이 아니라 동쪽으로 가야지!!"

짜리몽땅한 몸이 안쓰럽게 뭔가 바리바리 싸 들고 온 수백 명의 드워프. 그들은 주위의 경악에 찬 시선들을 무시한 채 왕궁을 말 그대로 때려부순 뒤 자신들의 꿈(?)을 마음껏 펼치기 시작하는데……

예전 드워프들이 만든 거대 기동 '갑옷'과 초거대 '망치'에 단단한 쓴맛을 본 적이 있는 수한은 그 광경에 그저 고개를 설레설레 흔들 뿐이다. 이번엔 대체 또 뭘 만들 생각인지 원. 그러나 수한의 질린 표정과 별개로, 신에게 '대적'할 준비는 조금씩, 차근차근 갖춰져 갔다.

그리고 그렇게 시간은 흘러 마침내 결전 전야! 왕궁 주위의, 아니, 왕도 전체에 걸쳐 소개 작업이 이루어졌다. 다행히 왕궁에서 발생한 소동으로 인해 가뜩이나 불안에 떨던 시민들은 큰 저항 없이 순순히 통제에 따라줬으니… 하긴 드래곤조차 잡아먹는 '거대 괴수'가 이곳을 노린다는 소문이 한 달 전부터 유포(?)된 마당에 계속 이곳에 눌러앉을 순 없었을 터.

결국 마교 고수들과 헬나이트들로 이루어진 통제 요원(?)들의 지시에 따라 프로인 왕국의 수도는 깨끗이 비워졌다.

…아니, 잠시 잠깐 그렇게 되는 듯했다.

"어라? 애네들은 또 웬일이래?"

기껏 NPC들을 치웠더니 이번엔 유저들이 말썽. 대체 어디서 또 무슨 헛소문을 들었는지, 아니면 운영팀의 정보 조작 탓인지 다시 한 번 폭렙과 대박의 꿈을 지닌 채 왕도로 들어서는 유저들. 그들의 철없는(?) 행동에 '사령관'인 로드 타이거는 그저 방관을 선택했다.

"가만히 내버려 둬. 어차피 지들이 자청해서 온 것이니 우리 책임이 아니야. 그리고 혹시 모르지. 예.비. 전.력.으로나마 써먹을지."

…왠지 의미심장하게, 그리고 뭔가 섬뜩하게 들리는 로드 타이거의 말이었다.

한편 그 누군가의 음흉한 속내를 아는지 모르는지, 왕도로 꾸역꾸역 들어서는 유저들. 대부분 데스로드와 강림체를 경험(?)한 적이 있는 중수 급 이상의 유저들이었다. 아마 이번에야말로 대박의 꿈을 달성하겠다는 의지를 불태우곤 있지만… 글쎄, 그 결과는 누구도 알 수 없다.

어쨌든… 왕도 시민들을 대신해 유저들이 왕도를 가득 메울 즈음, 드디어 전야제(?)의 대미를 장식할 행사가 벌어졌다. 바로 강림체를 유인할 '미끼'의 등장! 몇몇 귀 밝은 정보통들로 인해 유저들은 침을 질질 흘리며 '이벤트 급 아이템'의 등장을 기다렸다.

하지만 유저들의 그런 기대를 충족시키기 직전, 한 가지 문제가 발생했으니… 그것은 바로 미끼의 무게!!

자신의 '진정한 주인'이 가까이 온 것을 느낀 탓인지, 가뜩이나 무거웠던 것—그 무게가 자그마치 50톤에 달했다!!—이 몇 배나 더 무거워진 것이다. 아마 제 딴엔 제자리를 지켜 주인과의 접촉을 보다 원활히 하려는 모양인데… 결국 상황이 이렇다 보니 누군가가 희생할 수밖에 없다.

…물론 그 희생양은 처음부터 정해져 있었다.

"…그러니까 나보고 그걸 옮기라고?"

"그럼 너 말고 누가 하냐? '힘' 하면 바로 너잖아? 그리고…
후.환.이 두렵지 않은 모양이지?"

"끄응~"

대마왕 체면을 내세우며 어떻게든 하지 않으려 발버둥을
치던 수한. 그러나 수진의 타박과 협박에 앓는 소릴 내며, 결
국 '힘'을 쓸 수밖에 없었다. 그 결과, 수한이 '조금(이라고 읽
고 '피똥 쌌다'로 알자)' 무리를 한 끝에 왕도의 중앙 광장에
안치된 한 자루의 검. 바로 '이슈타르'의 신기(神器)인 '영광
의 검[Claymore of Glory]' 이었다.

그리고 유저들의 탐욕스런 시선들 사이에서 강림체를 꾀
어낼 미끼가 제자리에 안착하자 요원(?)들의 사기를 고양시
키기 위해 황도 전체에 울려 퍼지는 사령관의 음성.

"좋아, 이로써 모든 준비는 끝났다. 드디어 내일! 세상의
운명을 건 한판 승부가 펼쳐진다!! 모두 각오 단단히 하도
록!!"

"오오오!!"

왠지 요원들보다 유저들을 자극하는 듯한 선동 구호가 있
은 뒤, 밤새 이어지는 축제(?)의 시간. 이 밤이 세상의 마지막
밤일지도 모른다는 불안과 결전 직전의 흥분. 그것으로 축제
아닌 축제의 요건이 충분히 갖추어졌고, 드워프제 맥주와 소

시지가 불타나게 팔려 그 누군가의 뒷주머니가 두둑해지는 가운데 광란의 시간이 이어졌다. 그리고 어느새 떠오르는 태양.

마침내 결전의 시간이 도래한 것이다.

쿠웅~ 쿠웅~

"드디어… 시작이군."

상하 검은색으로 단일화된 제복과 갈색 선글라스를 낀 로드 타이거. 짙은 턱수염과 함께 지극히 '사령관' 다운(?) 복장을 한 그는 점차 그 모습이 뚜렷해지는 강림체를 모니터(원경 마법이 발현된 거울)상으로 바라보며 작게 중얼거렸다. 그러자 그것을 기점으로 지하 30m 밑, '지하 요격 기지'의 '작전실' 분위기가 급격히 흥분 상태가 되었다.

이제 드디어 지난 한 달간 노력했던 결실이…….

"대(對)강림체용 요격 라인, '그린' 발동합니다! 지금 이 시간부터 '옐로우' 라인까지 지휘권은 연합 부총수께서 맡으시겠습니다."

"커험~ 좋아! 다른 말은 필요없다! 우리 드워프 연합의 진정한 힘을 보여주도록!!"

대체 무슨 속셈인지 양손을 깍지 낀 채 잠자코 책상에 앉아 있는 로드 타이거. 그를 대신해 엉뚱한 드워프 한 명이 앞에 나서서 설치기 시작한다. 그리고 그의 지시에 따라 바삐 움직

이는 드워프들. 잠시 뒤,

끼리릭~ 끼릭~ 철컥철컥~

크고 작은 톱니와 버튼을 누르며 뭔가를 조작하기 시작하는 드워프들. 그에 따라 지하에 잠자고 있던, 뭔가 심상치 않은 포스를 지닌 건축물들이 지상으로 돌출되기 시작했다. 덕분에 괜히 구경한답시고 지상에서 자리 잡고 있던 유저들은 그야말로 난리법석이다.

"으엑?! 이게 뭐야?"

"지, 지진이닷! 피해!!"

"헉? 고대 문명의 유적인가? 혹시 던전이 새로 생긴 거야?"

…왠지 좀 불쌍하고 어이가 없는 반응들. 하지만 자기가 앉아 있던 곳이 내려앉거나 혹은 솟구치는 특이한 경험을 했으니 나름 이해해 주자.

한편 유저들이 어떤 반응을 보이든 말든(깔려 죽든 매몰되든) 드워프 연합의 부총수, 현재 작전 지휘관은 오직 강림체에 관해서만 신경 쓸 뿐. 그는 본인 소속의 제1작전부 요원들에게 연설함으로써 재차 전의를 다지고 있었다.

"현재 우리의 목표는 숙적 드래곤보다도 강대한 존재다. 목표의 가장 강력한 무기인 절대 권능 영역, 통칭(?) 'A.P. 필드'는 주위 일정 범위 내 모든 마법, 권능 데미지를 무효화하고, 모든 적대 유닛에게 막대한 데미지를 지속적으로 부여하는 효과까지 지녔다. 한마디로 우리가 할 수 있는 일은 극히 한정적! 그러나 지금까지 우리가 만들어온, 우리의 피와 땀이 서린 모든 '창작물'들을 믿어라! 지금까지 전승되어 온, 그리고 우리가 쌓아온 기술과 지식의 힘을! 망치와 모루의 영광을 위하여!!"

"망치와 모루의 영광을 위하여!"

"망치와 모루의 영광을 위하여!!"

…뭔가 드워프다운 구호와 함께 두 눈을 부리부리 번뜩이는 드워프들. 오랜 시간 갈고닦은 자신의 능력을 믿는 자만의 열혈 에너지가 작전실을 뜨겁게 달구었다.

하지만 그들을 바라보는 그 누군가의 평가는 아주 냉혹했다.

"어때? 이들에게 승산이 있을 거 같아?"

"아니, 전혀."

옆에 있던 수진이 작은 목소리를 슬쩍 묻자 단호히 대답하는 로드 타이거. 이에 수진은 뜨악한 표정을 지은 채 로드 타이거를 바라봤다.

그럼, 대체 저들은 뭣 때문에 저런 삽질(?)을? 그런 의문 섞인 수영의 시선을 느껴서일까? 로드 타이거는 슬쩍 목소리를 죽인 채 대답했다.

"전대물에서 늘상 보이는 패턴이지. 잔기술이나 일반 전투원(?)으로 상대의 역량을 재다가 마지막엔 개조 인간들을 투입해서 진짜 승부를 보는 거. 이번 역시 마찬가지야. 일단 1작전부 애들이 강림체를 흔들면 우리가 마무리하는 식으로……."

"커억? 뭔가 비유가 이상한데다가(왜 우리가 악당인 거냐?!)… 고작 그런 이유로?"

"쯧쯧~ 애가 뭘 모르는군. 원래 그런 게 대결의 정석인 거다."

…하다못해 강림체의 마나를 소모시키기 위해서라는 그럴듯한 이유는 안 되는 거냐?!

로드 타이거의 설명에 재차 뜨악한 표정으로 설레설레 고개를 흔드는 수진. 그녀로선 도저히 이해할 수 없는 철학관(?)이다.

그 때문일까? 왠지 모를 소외감에 절친한 친구 수영이 너무나 그리워지는 수진이었다.

한편 수진이 작전실 내에서 왕따(?)당하고 있는 그때, 지상에선 '드워프 연합'의 요격 진형 구축이 마무리 단계에 접어들고 있었다.

덜컹! 덜컹! 덜컹!

사방에서 들리는 금속 마찰음과 함께 어느샌가 평범했던 왕국의 수도에서 전투 병기로 가득 찬 '요격 도시'로 변한 왕도. 그 과정에서 어이없이 회색으로 물든(깔리거나 매몰되거나 혹은 넘어져서) 유저들은 처음부터 논외로 치자.

그리고 강림체가 '작전 지역'에 들어서는 순간, 드워프 연합의 공격이 시작되었다.

피슝~ 피슝~

제일 먼저 드워프 특제 발리스타에서 강림체를 향해 발사되는 수십, 수백의 거대 창들. 족히 5m 크기에 달하는 통짜 강철로 만들어진 그 창들은 대인공격용이 아닌, 그야말로 전술 병기. 그리고 느릿느릿 기어오는 거대 목표물에겐 도저히 피할 수 없는 공격이기도 했다.

퍼어억~ 퍼억~!

아무런 방해도 없이 강림체에 내리꽂히는 수십 개의 거대 강철의 창. 비록 대다수가 발사각도의 오차로 빗나가긴 했지만 그 일부는 확실히 강림체에 명중했다.

크아아아아아아아~

일순간에 강철 창에 유린당한 강림체. 그 거대한 존재의 입에서 고통에 찬 울부짖음이 터져 나왔다. 생각보다 격렬한 반응을 보이는 것이, 제법 효과가 있었던 모양.

하긴 드래곤과의 접전으로 인해 100m 남짓 크기로 줄어든 강림체에게 5m 크기의 창은 충분히 위협적이었을 터. 하지만 자신이 당한 공격에 대한 강림체의 반격 역시 만만치 않았다.

우우우우우우웅~ 콰아아아아앙!

강림체의 몸체에서 별안간 분출되는 고에너지. 신성력과 마나가 혼합된 그것은 거대한 빛의 창이 되어 요격 도시의 일부를 휩쓸었다.

"제1작전 D구역 피탄! 1, 2 투사대 완파! 4, 5, 6, 7포대 중파!"

"칫, 역시 당하지만은 않겠다는 건가? 좋아, 총력전이닷! 모든 포문을 열고 공중 부대 투입!!"

단 일격에 전체 요격 전력의 오분지 일이 날아간 상황. 결국 현재 작전 지휘관은 단시간 내 승부를 내기로 결심했다. 그에 따라 요격 도시 내 모든 포대가 강림체를 겨냥하고, 부양선이 속속 모습을 드러내는데……

물론 그에 대한 유저들의 반응은 격렬했다.

"으아~ 이게 뭐다냐?"

"헐? 여기 정말 판타지 맞냐? 왜 저런 것들이 나오냐고?!"

불쑥불쑥 모습을 드러내는 초거대 대포나 하늘을 뒤덮는 수십여 척의 부양선이나. 지금까지 칼과 마법만으로 승부해 왔던 게 허탈해질 지경이다.

…그러나 그런 유저들의 반응이 지금 상황에 무슨 영향력을 행사하겠는가? 그저 깨끗이 무시당한 채 강림체에 대한 드워프 연합의 2차 공격이 시작되었다.

휘이익~ 콰콰쾅! 휘이익~ 콰아앙! 콰앙!

크아아아아아아~

강림체의 A.P.필드로 인해 근접 공격과 마법 공격은 애초에 봉쇄되거나 무용지물. 결국 드워프 연합의 공격은 오직 원거리 물리 타격에만 치중할 수밖에 없었다. 하지만! 최근 20년간(게임 시간) 로드 타이거에 의해 세례(?)를 받은 드워프들에겐 그것이야말로 장기 중에 장기!

방금 전의 강철 창은 그저 단순한 견제용에 지나지 않았다. 초거대 대포에서 강림체에게 무한정 퍼부어지는 철갑 포탄들. 단순히 크기만 큰 강철구가 아닌, 내부의 폭약으로 인해 2차 피해를 강요하는 드워프 연합의 역작이다. 거기다 하늘에선 부양선이 말 그대로 융단폭격을 하고 있었으니.

콰콰쾅~ 콰아앙! 콰아앙!

"어이, 어이~ 혹시 여기서 끝나는 거 아니야?"

모니터상에 펼쳐지는 광경, 강림체를 말 그대로 넝마로 만들고 있는 드워프 연합의 공격에 수진은 자신도 모르게 중얼거렸다. 그만큼 압도적인 공세. 이미 강림체는 반격은커녕 육체의 30% 이상을 소실한 상태였다. 하지만······.

"아니, 화력의 힘만으로 강림체를 역소환시키는 건 절대 불가능해. 순수 물리 데미지란 게 일정 수준 이상은 구현이 불가능하거든. 즉, 그 한계가 명확해. 거기다 강림체의 전체 HP량과 방어력, 재생력까지 고려한다면 이 정도 공격이야··· 그저 간지러울 뿐이지."

"···젠장."

로드 타이거의 마지막 설명에 잠시 뒤, '출격' 하게 될 수진의 안색이 거무칙칙해진다. 나보고 그런 괴물을 상대하라고?

한편 수진이 그녀답지 않게 슬쩍 겁에 질리자 그 모습에 속으로 미소를 짓는 로드 타이거.

'흐음~ 좋아, 약간의 긴장감은 도리어 플러스지. 너무 나 대는 녀석이니까 이 정도가 적당할 거야.'

드워프 연합의 회심에 찬 공격이 무용지물이라는 걸 알면서도 로드 타이거는 여전히 느긋했다. 그도 그럴 수밖에 없는 것이……

애초에 이번 공격 자체가 통상 무기와 일반 공격 스킬이 쓸모없음을 보여주기 위한 '연출(그래야 주인공의 활약이 돋보일 게 아닌가?)'인 탓이다. 거기에 재차 이유를 덧붙인다면, 드워프 연합에서 지금껏 만들어온 각종 과잉 생산 무기들을 소모시킨다는 정도?

그나마 전략적 측면에서 이 공격이 유효한 이유는……

"자자~ 이제 슬슬 준비를 해볼까? 제1작전부에서 시간을 끌어주는 동안 적어도 출격은 시켜야지."

드디어 싸움의 전면에 나설 것을 선언한 로드 타이거. 그리고 그와 동시에 강림체의 반격이 시작되었다.

우우우우우우웅~ 콰콰콰콰콰쾅!!

강림체 중심에서 뭔가 번쩍하는 순간, 재차 요격 도시를 강타한 극대화된 신성력의 표출. 지하 깊숙이 자리 잡은 작전실조차 크게 한 번 요동친 뒤 제1작전부는 침통에 찬 보고를 들어야 했다.

"크옥~ 제1작전부 구역 완파. 공중 부대는… 전멸입니다."

"강림체, 요격 라인 '그린' 돌파. '옐로우' 라인에 접어듭니다!!"

단 일격에 붕괴된 제1작전부의 모든 전력. 제1작전부 요원들은 망연자실한 얼굴로 모니터상에서 신기를 향해 다가가는 강림체를 바라봤다.

그리고 그 예상 밖의 강력한 반격에 로드 타이거 역시 발등에 불이 떨어진 격.

"이런… 너무 빠른데? 강림체가 화가 단단히 난 모양이야. 수진아, 서둘러야겠다!"

"에휴~ 알았어."

로드 타이거의 재촉에 황급히 어디론가 달려가는 수진. 그리고 그런 그녀를 잠시 바라본 뒤 고개를 돌린 로드 타이거는 드디어 작전권을 인수인계받기 시작했다.

"현재 제1작전부엔 더 이상 작전을 수행할 능력이 없는 것으로 판단, 이제 작전권은 사령관 직속 '버닝 메카(Burning Mecha)'가 맡는다. 모두 준비하도록!"

"예, 사령관님!"

로드 타이거의 명령에 지금까지 작전 지휘관이었던 연합 부총수가 힘차게 대답했다. 그와 동시에 지금껏 대기 상태였던 버닝 메카의 요원들이 작전실 요원들과 함께 부산히 움직이기 시작했으니…….

이제 드디어 본 게임의 시작이었다.

"아씨~ 이거 언제쯤 싸우는 거야?"

세상의 운명을 건 대결전을 코앞에 둔 탓일까? 수한은 초조한 듯 연신 궁시렁거리고 있었다. 아니, 보다 정확히 말하면, 초조하다기보다 흥분하고 있었다.

"크크크~ 자자~ 어서어서~"

강림체와 대결을 아주 노골적으로 다리까지 달달 떨어가며 고대하는 수한. 순수하게 싸움을 즐기는 열혈 전투광 캐릭도 아닌 주제에 왠지 좀 이상한 반응이다. 수한은 어디까지 궁상 저주 운빨 캐릭으로 '고정' 된 줄 알았건만, 대체 왜?

그 이유인즉……

"크크크~ 내가 저걸 타고 싸운단 말이지?"

그렇다. 수한이 이토록 안절부절 싸움을 고대하는 이유는 바로 그의 옆에 서 있는, '세 기' 의 거대 강철 거인에 기인한 것. 지금까지 변변한 아이템 없이 거의 맨몸뚱이로 싸우던 그가 드디어 초울트라 사기 아이템을 착용—…라고 읽고 탑승이라 알자—하게 된 것이다.

수한의 그런 반응을 보건대, '거대 로봇은 남자의 로망' 이라는 로드 타이거의 말이 아주 허튼소린 아닌 모양.

그런데… 한창 기대감에 몸서리(?)치던 수한에게 난데없이 날벼락이 떨어졌다.

"헤~ 그거 멋진데? 바깥에서도 그런 옷 하나 주문 제작해야겠어."

덜컥~

등 뒤의 낯익은 음성에 수한의 몸이 일순 경직된다. 그리고 마치 기름칠 덜한 로봇마냥 삐걱거리며 등 뒤를 돌아보는 수한. 그런 그의 눈앞엔 인생 최대의 천적, 수진이 있었다.

"이히히히히~ 이거 정말 몸매가 장난이 아닌데?"

지나가던 파락호가 동네 처녀를 희롱하듯 수한의 몸을 샅샅이 훑어보는 수진. 왠지 빙글빙글 돌아가는 그녀의 눈이 무섭게 느껴진다. 그리고 그런 그녀의 반응에 절실히 후회하는 수한.

'내가 왜 로브를 진작 벗었을까?'

'싱크롤'이 어쩌고저쩌고 하는 로드 타이거의 말에 홀려 냉큼 로브를 벗어버린 수한. 덕분에 몸매가 훤히 드러난 쫄쫄이(?) 차림이 수진에 눈에 띄어버린 것이다.

물론 입고 있는 쫄쫄이를 벗고 다른 옷으로 갈아입으면 그만이지 않겠냐고 할 수 있겠지만… 난감하게도 그 쫄쫄이가 보통 물건이 아니다. 바로 '불타는 어둠'이라는 이름을 지닌, 수한 전용 이벤트 급 아이템(능력치 15% 상승과 그 외 다양한 옵션이 존재)이었던 것.

거기다 로드 타이거가 그 '슈트'를 입지 않으면 절대 탑승시키지 않겠다는 말까지 했으니… 수한으로선 선택의 여지가 없었던 셈. 그리고 그 결과가 지금의 난감무쌍한 상황을 연출하고 말았다.

"이히히히~ 멋져~ 정말 멋져!"

왠지 광기까지 느껴지는 눈으로, 심지어 코에선 슬슬 핏자국까지 내치는 가운데 수한을 뚫.어.지.게. 바라보는 수진. 간만의 눈요기로 인한 정신적 포만감에 피부가 매끈매끈해져 대략 5년은 젊어진 모습이다.

만약 그 뜨거운 시선을 견디다 못한 수한이 화제를 돌리지 않았더라면 아마 몇 시간이고 그러고 있으리라.

"…저기, 누나? 남자를 여장시키는 게 그렇게 재미있어? 대체 왜 내게 이러는 거야?"

평소보다 훨씬 과격한 반응에 수한은 자신도 모르게 늘 궁금히 여겼던 질문을 던진다. 그러자 두 눈에 번쩍 빛을 발하며 대답하는 수진.

"어허~ 난 어디까지 너를 위해서 하는 행동이야. 덕분에 넌 남들이 하지 못했던, 보다 폭넓은 경험을 했잖아. 솔직히 지금 나이 때가 아니면 언제 이런 걸 하겠어!! 10년, 20년 뒤를 생각해 봐!! 네가 애원한다고 해도 내가 안 시켜줘!! 이게 다 젊을 때나 할 수 있는 거야!"

…지금과 같은 경우를 뭐라고 해야 할까? 아전인수(我田引水)? 적반하장(賊反荷杖)? 뭐라 적절한 단어가 떠오르지 않는다. 결국 수한은 다른 화제를 끄집어냄으로써 지금의 위기에서 벗어났다.

"그나저나 누나… 여긴 왜 온 거야?"

"아차!! 이러고 있을 때가 아닌데!! 드디어 출격이닷!!"

"헉?! 드디어!!"

수한의 말에 그제야 화들짝 놀라며 자신이 이곳에 온 이유를 상기한 수진. 덕분에 수한과 수진은 부랴부랴 자신의 '전용 기체'에 탑승, 아니, '착용'해야 했다. 그리고 그들이 각자 전용 기체를 착용하는 순간, 통신구를 통해 로드 타이거의 노호성이 터져 나왔다.

―이것들이!! 늦었어!!

"아아~ 미안, 미안~ 수한의 자태가 워낙 뇌쇄적이라……."

―헛소리 말고!! 어쨌든 일단 착용했으니… 발진 준비!!

"발진 준비!"

지난 한 달간 워낙 기동훈련을 열심히 해왔던 탓일까? … 아니면, 세뇌? 어쨌든 로드 타이거의 외침에 자신도 모르게 따라 외치는 수한과 수진. 이후 자잘한―하등 필요가 없는―기체 내부 확인 작업에 들어간다.

그리고 그들이 한참 '상황 연출'에 신경 쓰는 사이 서서히 출격 위치로 접어드는 두 거대 기체. 그리고 마침내…….

"진로 클리어 올그린! 발진 준비 완료!"

작전실에서 울려 퍼지는―평소 로드 타이거가 꿈꾸던―낭랑한 오퍼레이터의 외침. 그러자 로드 타이거는 자리를 박차고 일어서서 외쳤다.

　―강림체를 쓰러뜨리지 않고는 우리에겐 미래란 없다! 반드시 승리하도록!! 발진!!

　"발진!!"

　콰콰콰콰콰쾅!!

　격발 장치에서 수십 톤의 화약이 일제히 터지며 언젠가 한 번 본 듯한 광경이 연출된다. 그리고 수진과 수한은 극심한 멀미 증세와 함께 마침내 지상에 그 모습을 드러내는데…….

　쿠우우웅~ 쿠우우웅~

　"허걱? 이건 또 뭐야?!"

　"으아악~ 또 다른 거대 괴수의 등장이냐?!"

　갑자기 땅이 갈라지더니 난데없이 등장한, 높이 70m짜리 거대 강철 거인. 그것도 한 기도 아니라 두 기씩이나!! 자연 지상의 유저들은 난리도 보통 난리가 아니다.

　그러나… 그런 유저들의 반응은 또다시 철저히 무시당한 채 정작 지하 기지에선 온통 감동의 눈물바다를 이루고 있었으니…….

　그들의 집념의 역작! 강림체를 상대하기 위한 만든 대(對) 드래곤용 결전 병기 Ver 9.00 시리즈, 일명 '드윈게리온'의 No. 001과 No. 002가 마침내 세상에 첫선을 보인 탓이다.

　아아~ 이 얼마나 대단한가? 과거 수한과 박빙의 대결을 벌였었던 Ver 7.02 No. 001의 '벤전스'와는 차원이 다르다.

기존의 '4등신' 몸체에서 비약적으로 발전한 기술력으로 이루어낸 '6등신' 몸체!! 가히 혁명적인 기술 혁신이 아니고 무엇이랴?

…하긴 지금까지 머리통하고 몸통이 거의 같은 비율로 놀던 것이 이렇게까지 슬림(?)해졌으니 충분히 감탄할 만하다.

그리고 드윈게리온의 탑승자인 수한 역시 드윈게리온에 아주, 지나칠 정도로 만족스러워 하고 있었다.

"크크크~ 좋아, 힘이 넘치는군. 자자~ 어서 싸우자!!"

현재 드윈게리온 No. 001, 즉 '초호기' ─왜 1호기가 아닌지는 묻지 말자. 이게 바로 공식이다─를 착용한 수한은 그야말로 기세등등. 주체 못할 힘에 휩쓸린 채 전의를 마음껏 표출했다.

단순히 '남자의 로망' 인 거대 로봇에 탑승해서가 아니다. 실제로 아이템 '착용' ─탑승 개념이 되면, 아이템을 통한 능력치 상승효과가 없다─으로 인해 근력이 무려 7,000─수한의 본신 근력과 거의 비등한 수치닷!!─이나 상승한 탓이다.

가뜩이나 '남자는 힘' 이라 부르짖는 극마초주의의 선두주자인 수한에게 그 사실은 그야말로 축복. 거기다 이 사기 아이템에겐 방어력 50,000과 HP 250,000 추가라는 옵션까지 붙어 있었으니… 이 드윈게리온이야말로 진정한 사기 아이템의 지존이라 할 수 있으리라.

하지만 그런 엄청난 옵션과 능력치 상승엔 그만한 대가가 따르는 법. 과거 '벤전스' 의 경우에서 알 수 있듯이 이런 거대기체는 태생적으로 마나를 무지막지하게 소모한다.

극악의 마나 소모율로 인해 기동 시간이 채 30분도 안 되고, 엄청난 마나석 소모로 드워프 연합의 재정 파탄을 불러일으켰던 벤젠스. 이번 드윈게리온 시리즈 역시 벤젠스처럼, 아니, 향상된 성능과 외형(?)으로 인해 벤젠스보다 마나 소모량이 한층 더 커진 기체들이다.

결국 지금처럼 잔뜩 흥분한 수한이 멋대로 날뛰다간 그의 먼치킨 마나로도 고작 몇십 초 만에 기동 정지될 게 뻔했다. 그래서 로드 타이거가 준비한 것이 있었으니……

"어라, 저것 좀 봐! 등 뒤에 선이 달려 있어!"

"헐? 설마 외부 원격 조정이냐?"

마나 소모량을 줄일 수 없다면 해결책은 단 하나. 마나를 지속적으로 주입하는 수밖에. 그러기 위해 유저들이 '지적'한 대로 드윈게리온 등 척추 부분엔 길고 긴 케이블선이 늘어져 있었다. 그리고 지하 기지의 작전실까지 이어진 그것은 바로 '마나 공급선'!!

그렇다면 드윈게리온에게 마나를 공급할, 지속적으로 엄청난 양의 마나를 만들어낼 방법은?

"…야, 로드 타이거!"

─쯧~ 사령관이라고 불러라!

"칫, 그래. 사령관! 너… 어떻게 드래곤을 꼬신 거냐?"

불현듯 떠오른 궁금증에 이제야 로드 타이거에게 질문을

던지는 수진.

…그렇다. 현재 드원게리온에게 마나를 공급하는 존재는 바로 드래곤, 그것도 현존하는(수면기, 해츨링 제외) 드래곤 중 강림체와의 싸움에서 살아남은 12개체 모두가 마나 공급에 매달리고 있었다.

확실히 드래곤 하트의 마나는 마나석보다 효율도 좋고, 순간 출력 역시 수십 배에 달한다. 거기다 드원게리온 자체가 웜 급 레드 드래곤의 사체—삼대재앙 토벌 당시, 수한이 천신만고 끝에 잡은 걸 로드 타이거가 슬쩍한 거다—로 만들어진 탓에 마나 상성도 잘 맞는다.

다만 한 가지, 여기서 의문이 있는데… 수진의 질문대로 어떻게 로드 타이거가 '드래곤 로드'가 포함된 열두 마리의 드래곤을 '마나 공급 마법진' 앞에 쭈그려 앉게 만들었냐는 거다. 본래 드래곤들은 그 특유의 오만함으로 드워프를 하찮게 여기지 않았던가.

자연 수진으로선 강한 의문을 재기할 수밖에 없었다. 그리고 그에 대한 로드 타이거의 답변은…….

…지극히 로드 타이거다운 것이었다.

─크크크~ 별거 아니야. 이놈들이 레어에서 곯아떨어졌을 때, 끊임없이 수면 반복 학습을 시켜줬지. 내용은 대충… 메카닉 유닛이 지닌 위대함과 그에 준하는 나의 찬사 정도? 리버스 녀석들이 죄다 잠재우는 통에 아주 쉽게 할 수 있었지.

"…그거 세뇌 아니야?"

어쩐지… 작전실 한구석에서 드래곤들이 옹기종기 모여 앉아 파일럿의 로망이니 출격 씬의 묘미니 하며 중얼거린다 했다.

"하아~ 결국 드래곤조차 오타쿠균에 감염된 건가?"

ㅡ쉬어~ 그 무슨 망발을!! '꿈과 로망을 쫓는 탐구자' 대열에 뒤늦게 합류했다고 해야지!!

…이런 경우를 뭐라고 해야 할까? 조금 전 수한이 수진에게 느꼈던 감정과 매우 비슷한 게 느껴진다.

"에휴~ 그래, 그래~ 알겠다. 그럼, 내 기체의 색깔은 빨간색이니까 다른 거보다 세 배 빠르고 강한 거냐?"

ㅡ쯧쯧~ 어디서 그런 구닥다리 지식은 알아 가지고… 2호기가 빨간색인 건 정석이야!! 정석!!

반쯤 포기 섞인 수진의 혼잣말에 아주 광분하는 로드 타이거. 이 정도면 중증 정도가 아니면, '그쪽' 세상에서 살고 있는 이계인 수준이다.

그리고 폭풍우같이 몰아치는 로드 타이거의 설명에 점차 정신이 혼미해지는 수진. 왜 드래곤들이 이 녀석에게 넘어갔는지 대충 짐작이 갈 정도다. 심지어 그녀조차 저항해서 스트레스를 받을 바엔 그냥 순응할까 라는 생각까지 드는데…….

그러나! 로드 타이거의 끈질긴 교화(?)에 수진이 '저쪽 세상'에 발을 내딛으려는 찰나!

"저기… 강림체가 '레드' 라인에 접근하고 있습니다만……."

"아차, 내 정신 좀 봐."

수진을 이제 막 새로운 교도로 받아들이기 직전, 난데없이 끼어드는 오퍼레이터 중 한 명. 로드 타이거가 비록 아쉬움에 찬 한숨을 내쉬긴 했지만, 오퍼레이터로서도 어쩔 수 없었다.

…왜냐하면 목표인 강림체가 '신기'에 거의 가까이 다가갔기 때문이다.

―큼큼~ 자자, 시간이 없다! 일단 '훈련'했던 대로만 하면 우리가 이긴다. 그러니 긴장하지 말고… 자, 작전 개시!!

"알았어!"

"예, 갑니다!"

로드 타이거의 '작전 개시' 선언에 수진은 그제야 제정신을 차린 듯 짜증 섞인 음성으로, 수한은 의욕 충천한 음성으로 답했다. 그리고 마침내 강림체를 향해 힘차게 내달리기는 초호기와 2호기.

먼저 초호기가 강림체에게 달려들었다.

쿵쿵쿵~!

"우와~ 드디어 붙는다!! 누가 이길까?"

"오오~ 특촬물이 따로 없구먼. 아니, 로봇 대전인가?"

유저들의 환호(?) 속에 강림체에게 바싹 달라붙는 초호기. 동시에 강림체의 절대 권능 영역, 아니 A.P. 필드로 인해 초호기 몸체가 조금씩 타 들어갔다. 그러나 초호기 주위에서 급속도로 퍼지는 그 무언가가 강림체의 '절대신성' 을 먹어치우기 시작했으니… 그것은 바로…….

"크크크크~ 너만 A.P. 필드를 쓸 줄 알았냐? 나도 할 줄 안다!!"

커스 필드를 고도로 압축시킨 끝에 만들어진 또 하나의 A.P. 필드. 다스와의 접전에서 수한이 깨달은 그 절기 중에 절기가 강림체의 A.P. 필드를 무력화시킨 것이다. 거기다…….

"이히히히히~ 간닷!!"

콰아아아앙!

방금 전, 로드 타이거의 헛소리(?)에 대한 분풀이일까? 그 거대한 몸으로 강림체에게 '이단 날라차기' 를 선사하는 2호기. 그런데 놀랍게도 강림체에게 근접 접근한 2호기가 A.P. 필드로 인한 '피해' 가 전혀 없어 보인다. 그 의미는 즉…….

―좋았어! 수한의 A.P. 필드가 강림체의 그것을 완전히 중화시켰어. 이젠 마음껏 두들겨 패!!

그렇다. 수한과 강림체 사이의 A.P. 필드가 중첩, 중화되는 곳은 더 이상 A.P. 필드로 인한 피해가 발생하지 않는 것이다.

어찌 보면 변칙적인 버그 비슷한 결과지만… 뭐, 결과가 좋으면 모든 게 좋은 법. 하물며 지금 상황에서야 두말할 필요가 없다.

다만… 그런 결과를 낳기 위해 어디선가 매.우. 고생하는(마나를 쭉쭉 빨리는) 존재들이 있음을 상기하자. 그리고 그런 그들의 '한계 수치(죽기 직전까지 뽑아낼 수 있는 마나량)'를 잘 아는 탓일까? 로드 타이거는 다시 한 번 수한과 수진에게 경고를 했다.

—혹시나 해서 다시 말하지만, 괜히 공격한답시고 계획 외의 엉뚱한 스킬들을 쓰지 마! 거듭 말하지만, 절대 쓰면 안 돼! 현재 A.P.필드를 유지하는 것과 기체를 기동하는 것만으로도 애들이 벌써 파랗게 질려 버렸어!

아까도 말했다시피, 드윈게리온의 기체 활용에 따른 마나효율도는 극악 중에 극악이다. 지금도 마나 공급 마법진에서 쭉쭉 빠져나가는 마나량을 보면 정신이 다 혼미해질 지경. 그리고 무엇보다…….

"쯧~ 알고 있어. 그냥 계.획.대로 하면 되잖아!!"

…이미 사전에 약속된 계획대로 일이 진행된다면 그들이 스킬을 쓸 이유가 전혀 없었다.

"좋아! 간닷!!"

"예!"

A.P.필드에 대한 염려가 사라진 탓에 아주 활기차게 움직이는 두 기체. 2호기가 먼저 강림체를 잡고 늘어지자 초호기가 뒤따른다.

쿠쿠쿠쿠쿠쿠쿠쿠쿠!

쿠오오오오오오오오~

신기를 코앞에 두고 초호기와 2호기에 의해 움직임이 제지 당한 강림체. 분노에 찬 노호성을 내지르며 반항을 한다. 하지만 지금까지 싸움으로 인해 사지를 상실한 그 존재에겐 'A.P.필드'와 '심판'을 제외하곤 물리적인 공격이 불가능했으니……

하물며 상대는 강림체와 거의 동급의 몸체와 근력을 지닌 존재들.

쿠쿠쿠쿠쿠쿠쿠쿠쿠쿠~

"우와~ 이건 장난이 아닌데?! 거대 괴수들 간의 몸싸움?"

"크으윽~ 여기까지 온 보람이 있었어!!"

초거대 괴수와 두 거대 로봇 간의 화끈한 육체 언어(?)의 장을 보며 유저들은 재차 환호성을 내질렀다. 하긴 어디서 이런 대단한 광경을 보겠는가? 심지어 바로 옆의 파티원이 대격전으로 인한 파편에 휩쓸려 회색으로 물들었음에도 유저들은 여전히 괴수 대격전장에서 눈을 떼지 못한다.

그리고 유저들의 응원과 환호성 사이에서 한층 더 격렬해지는 격전. 어떻게든 신기에 접근하려는 강림체, 그것을 막아서는 드윈게리온들. 서로 간의 목표를 이루려는 의지와 힘의 충돌의 결과는…….

쪽수가 보다 많은 드윈게리온 쪽으로 승기가 넘어가고 있었다.

쿠아아아아아앙!!

―좋아, 넘어뜨렸다!! 다음 단계로 넘어갓!!

거대 애벌레 혹은 고깃덩어리 형태인 강림체에게 넘어뜨린다는 개념이 있는지는 모르겠지만… 어쨌든 에테르윙이 돋아난 곳을 등 부위라는 가정하에 대충 배로 짐작되는 곳이 드윈게리온들에게 드러났다.

이어 로드 타이거의 지시에 따라 다음 작전으로 접어드는 드윈게리온들. 먼저 2호기가 강림체의 몸을 내리누르고, 초호기는 양손에 수도를 세운다. 동시에 초호기의 양손에 생성되는 '강기'.

우우우우우웅~

"크으윽~"

수한이 강기를 생성하는 것만으로도 마나 공급을 담당하는 드래곤들의 입에서 절로 신음성이 터진다. 하지만 어쩌겠는가? 어디까지 계획에 따른 스킬 구현인데…….

그리고 그런 드래곤들의 희생(?)을 업은 채 마침내 '수강(手罡)'을 날카롭게 세운 초호기. 이어 강림체의 배를 양손으로 맹렬히 쑤시기 시작한다.

크아아아아아아아아~

…이거 참, 무슨 고어물 촬영하는 것도 아니고… 강림체의 고통에 찬 비명성이 전장을 뒤덮는 가운데, 초호기의 괴행에 유저들이 수군거리기 시작한다.

하긴 그럴 수밖에 없는 것이, 강림체의 항마력과 방어력을 고려할 때 초호기의 행태는 단지 고통을 준다는 것 외에는 하등 쓸모가 없는 공격 방식이었던 것이다. 제아무리 강기를 통한 공격이라 하나 드래곤 브레스조차 별 소용이 없던 강림체에게 그깟 강기가 무슨 데미지를 주겠는가?

하지만… 현재 초호기의 행동은 어디까지 계획에 따른 것. 그리고 잠시 뒤, 초호기의 괴행에 따른 전말이 밝혀진다.

"됐어!! 발견했어!!"

강림체의 엄청난 재생력과 악전고투를 벌인 끝에 마침내 강림체의 내부의 '그것'을 발견한 수한. 그렇다. 수한이 일부러 강림체의 배, 정확히 가슴 부위만을 파헤친 이유는 바로 '그것'을 외부로 드러내게 하기 위한 것.

그리고 '그것'이란 바로……

─ㅋㅋㅋ, 좋았어. 드디어 심장, 아니, '핵'을 찾았군. 이제 드디어 마무리닷!! '제로기' 출격!!

계획의 마지막 단계를 알리는 로드 타이거의 외침. 이어 지하 기지의 격납고에 잠자고 있던 마지막 드원게리온이 거창한 출격 씬과 함께 그 모습을 드러냈다.

쿠우우우우웅~

"큭~ 이거 너무한 거 아니야? 나도 어느 정도 준비 시간은 줘야지. 덕분에 혀를 깨물었잖아."

─아아~ 미안해. 하지만 현재 상황이 워낙 급박해서.

"그나저나 혹시나 해서 묻는 건데… 설마 이거하고 저거하고 합체한다거나 그런 거 아니지?"

─어허~ 날 뭐로 보고?! 합체는 도리어 출력을 떨어뜨리는 비효율의 극치야!! 과거에 연연하는 몇몇 사람들은 '합체 씬'이야말로 남자의 로망이라 부르짖지만, 난 어디까지 단일 개체의 최대 출력이 내뿜는…….

"…미안, 괜히 말을 꺼냈다. 이제 슬슬 시작하자."

─아차, 그렇지!

웬일로 제로기 착용자에게 저자세(수진을 대하는 태도에 비해)를 보이는 로드 타이거. 그리고 그것을 당연히 여기는 제로기의 착용자. 왠지 많은 의문을 남기고, 제로기는 움직이기 시작했다.

─어라? 정말 제로기가 움직이네? 누나, 제로기 파일럿, 아니, 착용자가 누구인지 알아요?

─어라? 너도 모르냐? 하긴… 난 처음엔 제로기가 그냥 단순한 예비 기체인 줄 알았다.

드윈게리온 간의 근접 통신을 통해 서로의 의문점을 재확인한 두 사람. 그러나 그런 두 사람의 의문을 아는지 모르는지, 제로기는 어느 틈엔가 초호기에게 다가왔다.

─자, 이제 마무리를 해볼까? 초호기, 꽉 잡고 있어.

─아, 예!

드윈게리온의 근접 통신을 통한 제로기 착용자의 당부에 화들짝 놀라 대답하는 수한. 왠지 어디선가 들어본 적이 있는 음성이라며 연신 고개를 갸우뚱한다.

하지만 지금은 그런 사소한 일에 계속 신경 쓸 때가 아니었으니… 수한은 이내 마음을 가다듬고 빠른 속도로 재생하는 강림체의 가슴을 재차 헤집었다. 그리고 그런 초호기의 행동에 한 번 고개를 끄덕인 제로기는 허리춤에 찬 뭔가를 들어올리는데…….

"엥? 단검?!"

대략 3m 크기의 거대한 '검' 형태의 그 무언가. 하지만 드윈게리온의 크기를 고려할 때, 애들 장난감 수준의 단검에 지나지 않는다. 그런데 제로기는 그 단검을 신중히 강림체의 핵을 향해 겨냥하는 게 아닌가?

그 모습에 약간 실망을 하는 수한과 수진. 계획의 일부만 아는—로드 타이거가 바락바락 악을 쓰며 계획을 설명할 때 약간 졸은 탓이다—그들로선 그 자그마한 단검의 존재가 왠지 못미덥다.

—칫, 뭔가 좀… 실망인데? 난 아주 거창한 뭔가로 승부를 낼 줄 알았는데…….

—예, 저도 좀 의심스럽네요. 저런 걸로 과연 데미지를 줄 수나 있는지 원.

근접 통신을 통해 의견 일치를 보는 두 사람. 하지만 그들의 대화를 통신구를 통해 듣는 로드 타이거는 그저 기가 막힐 따름이다.

"헐~ 혹시나 했는데… 자기들 할 일만 듣고 정말 졸았군. 저게 대체 어떤 물건인지도 모르고……."

그렇다. '드윈게리온'이라는 희대의 기물을 동원한 이 거창한 계획에서 무려 대미를 장식할 물건이다. 그런 물건이 어찌 평범할 수 있겠는가? 저 단검—실제론 공성 병기 정도의 크기지만—이야말로 강림체를 단 일격에 회색으로 물들일 수 있는 물건.

"크크크크~ 바로 '멸절의 비수'를 확.대.시킨 단검이지."

…대체 무슨 수로 그런 일을 자행했는지는 모르겠지만, 실로 놀라운 계획이다. 확실히 멸절의 비수라면 그 설정상 신이라도 역소환시킬 수 있는 물건. 이제야 로드 타이거가 벌였던, 지금까지의 일들이 이해가 된다.

그리고 로드 타이거의 음충맞은 괴소와 함께 마침내 강림체의 핵을 향해 내리꽂히는 멸절의 비수 '극대판'! 그런데…….

까앙!

—이런… 역시 마지막까지 순순히 당할 순 없다는 건가?

놀랍게도 강림체의 핵이 멸절의 비수를 튕겨낸다. 아니, 강림체의 핵이 직접적으로 튕겨낸 것이 아니라, 핵 주위의 그 무언가가 행한 일이다. 그리고 그 정체는 바로 A.P.필드를 초압축시킨, 수한의 A.P.필드조차 중화시키지 못한 마지막 '방어막'.

하긴 자신의 절대신성의 집약체인 '핵'을 강림체가 순순히 포기할 리 만무. 비록 몸이 제압당했다고는 하나 자신의 모든 역량을 총동원해 방비하는 게 당연한 일이다. 하지만……

'전지성'을 지닌 로드 타이거가 설마 이런 일을 예측하지 못했을까? 당연히 이와 같은 사태를 예상한 그는 제로기 착용자를 '우대' 했던 것이다. 그리고 로드 타이거의 기대대로 제로기의 착용자는 강림체의 마지막 방어선을 일순간에 무력화시켰다.

"캔슬(Cancel)!"

쩌쩌적~

제로기 착용자의 말 한마디에 그대로 깨져 버리는 강림체의 마지막 방어막. 이어 핵을 관통하는 멸절의 비수!

키아아아아아아아아악~!!

핵에 직접 타격을 입은 탓일까? 지금까지완 차원이 다른, 너무나 처절한 강림체의 비명성이 전장에 울려 퍼졌다. 그리고 마지막을 암시하는 듯 부들부들 떨기 시작하는 강림체.

…하지만 정작 수한과 수진은 그런 강림체를 내버려 둔 채 승리의 주역인 제로기를 몰아세우고 있었다.

—너… 너… 넌 리버스지?!

—너, 이 자식! 너 때문에 우리가 이 고생을……

카오틱 드래곤을 제외하고 '캔슬' 이라는 초고위급 사기 스킬을 쓸 수 있는 자가 또 누가 있겠는가? 바로 모든 스킬을 마스터한 자, 리버스 외에…….

그러니 '캔슬'을 쓰는 순간, 제로기 착용자의 정체가 드러나는 건 당연한 일이다. 하지만 수한과 수진의 악다구니에 뭐라 변명하는 대신 리버스의 다급한 음성이 근접 통신을 통해 울려 퍼졌다.

—이런, 바보들!! 아직 끝난 게 아니야!!

—에? 그게 무슨… 아아악!!

—누나!!!

리버스의 경호성에 의문을 발하기도 전에 수진의 비명성이 통신망을 가득 메웠다. 어느 틈엔가 2호기를 몸체 그대로 짓눌러 버리는 강림체. '멸절의 비수'에 핵이 관통당했음에도 강림체는 아직 완전히 회색으로 물든 게 아니었던 것이다.

—이런, 바보 같은 놈들! 적어도 완전히 끝장이 난 다음에 딴 짓을 하란 말이야!!

로드 타이거의 호통 소리가 울려 퍼지는 가운데 강림체에 깔려 버둥거리는 2호기. 이어 수한의 A.P. 필드로 인한 중화 지역에서 벗어난 탓에 그 기체가 서서히 녹아내리기 시작한다. 아니, 몸체가 다 파손되기도 전에 마나 공급선이 이미 녹아내린 뒤다.

결국 이로써 2호기는 재기 불능 상태.

—뭐 하고 있어?! 빨리 강림체를 막아!!

마지막 발악이라는 듯 단숨에 2호기를 정지시킨 강림체. 이어 자신을 구속하던 힘의 한 축이 무너지자 그 둔한 몸을 번개같이 놀려 신기에게 달려든다. 그 광경에 로드 타이거가 핏발을 세우며 부르짖지만······.

파아아아아아악~

···이미 신기와 접촉한 강림체. 로드 타이거와 작전실 요원들은 허탈한 나머지 그대로 주저앉고 말았다. 이건 뭐, 병신도 아니고······.

찰나의 방심으로 인해 너무나 어처구니없이 승패가 뒤집어진 상황. 허무하다 못해 수진과 수한이 원망스럽기까지 했다. 하지만 모든 이들이 주저앉았을 때, 단 한 명만은 포기하지 않고 몸을 일으키고 있다.

"후우~ 내가 저지른 일이니 내가 수습하라는 하늘의 뜻인가?"

현재 제로기를 착용한 리버스. 그는 잠시 쓴웃음을 지은 뒤, 제로기 기체의 특정 부분을 손으로 깨뜨렸다. 그와 함께 서서히 요동치는 드윈게리온의 몸체.

─억?! 너 무슨 짓이야?!

리버스가 자신의 역작을 부수자 당장 발끈하는 로드 타이거. 하지만 말만 그럴 뿐, 그가 진정 걱정하는 건 드윈게리온이 아닌 리버스였다. 그리고 그의 생각을 증명이라도 하듯······.

—로드 타이거, 아니, 길범아, 미안했다.

—너, 그만둬!!

드윈게리온의 동력 엔진원의 핵심 부분, '드래곤 하트'를 손에 쥔 리버스. 그는 손에 쥔 마나의 집약체를 매개로 자신의 모든 것을 한곳에 집중하기 시작했다. 이어 '마지막' 날개를 펼치고 있는 강림체에게 뛰어드는 제로기. 그와 동시에 리버스는 '자기 희생 주문'을 시전했다.

비록 이로 인해 자신의 본체 데이터가 손상이 갈지라도, 심지어 다시는 부활할 수 없다고 해도…….

'그녀를 위해서라면…….'

'직접 강림'으로 인한 세상의 멸망을 막기 위해, 그리고 디엘리아가 소멸하는 것을 막기 위해 리버스는 그렇게 산화했다.

콰콰콰콰콰콰콰콰콰콰콰아아아아아아아앙!!

"미안해, 디엘리아."

"리버스?"

디엘리아는 등 뒤에서 들린 리버스의 음성에 황급히 뒤를 돌아봤다. 그러나 그녀의 눈앞에 있는 건, 그저 허망한 한줄기 바람뿐.

'난… 난…….'

잠시 부족장으로서의 의무와 간절한 소망 사이에서 갈등하던 디엘리아. 결국 그녀는 자신의 마음을 속일 수 없다는 듯 발걸음을 돌릴 수밖에 없었다.

그리고 그런 그녀의 손에선 '바람의 정화'가 조금씩 떨리기 시작했다.

"크윽~ 강림체는?! 강림체는 어떻게 되었어?!"

엄청난 폭발, '자폭'의 여진으로 인해 모든 것이 뒤집어진 상황. 심지어 지하 깊숙이 자리 잡은 지하 기지조차 예외가 아니었다. 그러나 무엇보다 중요한 강림체의 상태를 알기 위해 로드 타이거는 여전히 정신을 못 차리는 작전실 요원들을 종용했다. 그리고 나타난 결과는……

"젠장!! 그놈이 희생까지 했는데… 대체 왜?!"

본체의 일부가 큰 손상을 입었으되, 여전히 여섯 번째 에테르윙 한 쌍을 펼치고 있는 강림체. 그 가증(?)스러운 존재는 리버스의 자폭 공격을 자신의 마지막 에테르윙으로 막아냈던 것이다.

그리고… 이제 세상엔 더 이상 희망이 존재하지 않았다.

Chapter 7

최후의 일격을 날리다

"…정말 끝장이군."

서서히 여섯 번째 날개를 펼치는 강림체의 모습에 로드 타이거를 고개를 떨구었다. 리버스의 희생으로도 결국 강림체의 마지막 각성을 막지 못했다. 비록 리버스의 자폭 공격이 엄청난 위력을 발휘하긴 했지만, 마지막 각성 단계에 들어선 강림체를 역소환시키기기엔 역부족했던 것이다. 그 결과…….

화아아아아~

마지막 각성, 즉 '강림'을 상징하는 여섯 번째 에테르윙한 쌍. 지금까지의 에테르윙보다 족히 두 배는 커 보이는 그것이 서서히 펼쳐지고 있었다. 그리고 저것이 완전히 펼쳐지는 순간.

단 몇 초 만에 수한을 빈사 상태로까지 몰고 간 '심판'이 대륙 전체에 걸쳐 한 달간 지속되리라. 그 의미는 곧……

"큭~ 세상의 멸망인가? 뭐, 몇몇 잘난 놈들은 살아남겠지만… 그래 봤자 게임으로썬 끝장이겠군."

로드 타이거의 비탄에 찬 중얼거림에 작전실 사람들은 절망했다. 대충 상황 파악을 한 유저들 역시. 그리고 그들의 절망을 자양분 삼아 강림체는 마지막 각성 단계로 접어들고 있었다.

파아아악~

광휘에 휩싸인 채 무협 소설에서 말하는 '환골탈태', 즉 육신의 재구성에 들어가는 강림체. 지금까지 남아 있던, 마지막 너덜거리던 살덩이가 깨끗이 떨어져 나가며 오직 에테르만으로 이루어진 육체로 변환하고 있는 것이다. 그 모습에 다시 한 번 절망을 곱씹는 로드 타이거.

'젠장, 젠장, 젠장… 일단 저 단계에 들어서면 멸절의 비수로도 역소환시킬 수 없어. 이젠… 정말 방법이 없어.'

괜히 앞에 있는 죄없는 계기판을 두들기며 로드 타이거는 분루를 삼켜야 했다. 분하기는 다른 사람들 역시 마찬가지. 그들의 사령관이 절망하며 좌절하는 가운데, 요원들이나 구경나온 유저들도 그 분위기에 편승하여 망연자실한 모습들이다. 지금까지 고생한 것이 아까워서(?) 혹은 앞으로 일이 걱정

되어…….

…물론 수한 역시 그 분위기에 휩싸여 열심히 계산기(?)를 두들기고 있었다.

'어디 보자, 일단 분위기를 봐서… 이 게임 자체가 망한단 말이지? 지금까지 죽어서 계정 삭제되는 걱정은 해봤지만 이런 경우는 또 처음이군. 어쨌든 더 이상 수입이 없다는 건데……. 아씨~ 이번 달부터 적금과 적립식 펀드에 돈 넣고 있는데… 아, 저번 달부터 가입한 암 보험은 어떡하지?'

…역시나 늘 그렇듯, 리얼리티가 넘쳐 궁상맞기까지 한 고민을 하며 머릴 쥐어뜯는 수한. 그리고 현물거래로 먹고사는 다크 게이머들 역시 그와 유사한 반응을 보이며 가뜩이나 암울한 분위기를 더욱 어두컴컴하게 만들고 있었으니… 장내는 세상의 멸망을 기정사실로 받아들인 채 절망과 좌절의 늪에서 허우적거리고 있었다.

그런데! 대다수 사람들이 그렇게 모든 걸 포기한 이때, 그 누군가만은 남들과 다른 반응을 보였다. 물론 막판 역전을 위한 불타는 의지가 아닌, 전혀 다른 각도의 행동으로써 말이다.

쾅!

"아놔~ 이게 뭐야?! 내가 지금까지 어떤 고생을 했는데, 고작 이렇게 끝나?!"

2호기 조종실, 아니, 착용실(?)의 문을 박차고 튀어나온 수진. 지난 한 달간 기동훈련이랍시고 온갖 삽질(?)을 한 결과가 기껏 이렇게 되자 열불이 터진 모습이다. 심지어 너무 분통이 터지고 억울한 나머지 자신이 아직 강림체의 절대 권능 영역권 내에 서 있다는 사실조차 잊은 듯한데…….

"크아아아아~ 빌어먹을!! 헬 파이어!! 헬 파이어!!"

2호기 기체에서 뛰쳐나오자마자 냅다 강림체를 향해 헬 파이어를 난사하는 수진. 상대가 타격을 입든 말든 그저 분풀이로 충분하다는 마인드로 허공에 삽질을 한다. 그런데…….

놀랍게도 그 삽질이 실제로 공기를 퍼 담기 시작했다.

콰아앙!

"…어라?"

제법 큰 폭음과 함께 터져 버린 지옥의 화염. 그리고 그 여파로 인해 잠시 움찔하는 강림체의 거대한 몸체. 막상 헬 파이어를 날린 수진조차 뭔가 위화감을 느끼고 멈칫한다.

어라, 뭔가 좀 이상한데? A.P.필드가 전개되고 있는 이상 닿기도 전에 피식 꺼져 버려야 정상이 아니던가?

아무런 기대조차 하지 않은, 그저 단순한 화풀이. 그러나 그로 인한 뜻밖의 결과에 장내는 갑자기 쥐 죽은 듯 고요해졌다. 그리고 어느 순간 벼락같이 내리꽂힌 로드 타이거의 환호성 섞인 외침. 그에 따라 싸늘하게 냉각된—어처구니가 없어서—장내는 다시 뜨겁게 달구어지기 시작했다.

—이럴 수가… 강림체의 A.P.필드가 소멸되었어? 그렇다

면… 공격해! 모두 빨리 공격해!! 지금이 바로 기회야!!

"뭐야? 뭐가 어떻게 된 거야?"

"뭐긴 뭐겠어? 우리 공격도 통한다는 거지!"

"좋았어!! 우리가 활약할 차례닷!!"

로드 타이거의 외침에 급속도로 살아나는 사기. 그에 따라 강림체에게 통제 요원들, 그리고 구경 온 유저들까지 달라붙었다. 이어 강림체에 퍼부어지는 각양각색의, 그리고 전력을 다한 무수한 공격 스킬들.

콰콰콰쾅~! 쾅! 파팡~!

"큭~ 설마 이런 뜻밖의 행운이라니……"

모니터를 통해 분전하는 사람들의 모습에 로드 타이거는 왠지 맥이 탁 풀려 버렸다. 조금 전 장내의 분위기를 절망 모드로 몰아넣은 그인만큼 잠시 잠깐이나마 정신(?)까지 놓았던 탓이다. 그런데 엉뚱한 녀석이 덜컥 기적 같은(어디까지 우연이지만) 일을 행하자 다시 상황은 급반전! 이에 로드 타이거가 황급히 전지성을 전개해 보니……

이게 웬일? 그가 미처 생각지도 못한 변수가 발생한 것이다.

"큭큭~ 지금까지 타격으로 인해 마지막 각성에 모든 역량을 집중한다는 건가? 역시 내 작전이 아주 소용없진 않았군."

그렇다. '멸절의 비수'에 의한 데미지와 리버스의 자폭 공격이 무의미했던 것이 아니었다. 강림체는 이미 심대한 타격을 입어 각성 단계 시 필요한 에너지 확보를 위해 자신의 가장 강력한 무기조차 포기했던 것이다. 그렇다면… 지금이야말로 세상을 멸망에서 구할 진짜 마지막 기회!!

"아씨~ 왜 진작 알아차리지 못한 거야?! 덕분에 아까운 몇 십 초를 날렸잖아?!"

자신의 활약(?)에 분위기가 반전되자 콧대가 하늘을 찌르는 수진. 괜히 로드 타이거를 타박 놓으며 의기양양해한다. 물론 로드 타이거로서도 변명할 건덕지는 충분했다.

―'전지성'을 무슨 24시간 풀가동할 수 있는 '패시브 스킬'인 줄 알아? 그러면 내가 슈퍼컴퓨터였겠다!

마치 헛소리 말라는 듯 스피커를 통해 울려 퍼지는 로드 타이거의 반박.

그렇다. 전지성도 100% 만능은 아니었던 것이다. 모든 것을 '알 수 있다' 곤 하나 그것은 어디까지 자신이 원하는 바를 제대로 '인지' 해야 가능한 일. 특히나 슈퍼컴퓨터, 루나가 아닌 유저인 로드 타이거의 입장에서 더더욱 그랬다. 때문에 조금 전 로드 타이거가 절망 좌절 모드에 빠졌을 때, 강림체의 상태를 제대로 파악하지 못했던 것.

한편 수진과 로드 타이거가 말싸움으로 시간을 낭비하고 있는 그때, 다른 사람들은 매우 분주하게 움직이고 있었다.

"와아아~ 공격해!! 마나 아낄 필요 없어! 그냥 쏴!!"

"크크크, 이 녀석을 쓰러뜨리면 경험치를 얼마나 줄까? 혹시 폭렙하는 거 아니야?"

"우오~ 맞다! 경험치!! 좋아, 막 갈겨!!"

마지막 각성 단계로 들어간 탓에 A.P. 필드가 사라지고 심지어 아무런 반항조차 못하는 강림체. 그것을 기회 삼아 통제요원들을 비롯한 유저들은 죄다 달라붙어 강림체를 두들기고 있었다.

강림하기 전에 역소환시킨다면 우리의 승리닷!!

사기는 충천했고, 지금까지 구경만 하던 그들이기에 여력은 충분했다. 이제 어디까지 시간싸움인 것이다. 그런데…….

콰콰쾅! 파지직! 콰앙! 파슉!

"헥헥, 어째 좀 이상한데?"

"뭐야? 대체 왜?!"

강림체의 거대한 몸체 곳곳에서 들리는 폭음과 절삭음. 가끔씩 작렬하는 궁극기와 그에 비견되는 필살기들로 인해 강림체가 들썩거리긴 한데… 정작 강림체에겐 그다지 데미지가 없는 듯하다. 아니, 데미지 이전에 도리어 육체가 에테르로 전환하는 속도가 더욱 빨라지는 듯했다.

"쳇, 역시 쉽게는 되지 않는다는 건가?"

아무리 두들겨도 원하는 성과가 없자 잠시 희희낙락하던 로드 타이거의 얼굴이 재차 굳어졌다. A.P. 필드만 해결되면 모든 게 다 잘될 줄 알았는데, 이번엔 강림체의 막강한 방어력이 문제인 것이다. 결국 유저들의 자잘한 공격은 그저 '외피의 제거(때밀이)'를 도와 강림 시기를 앞당기는 효과밖에 없었다.

"우리가 나서는 게 낫지 않겠는가?"

"으음~"

보다 못한 드래곤 중 한 명이 앞으로 나섰다. 그리고 다른 드래곤들 역시 은연중 고개를 끄덕이는 모습들. 그러자 로드 타이거도 살짝 고민되기 시작했다. 확실히 드래곤이라면 그 무지막지한 마법력이나 브레스를 고려할 때 어느 정도 가능성이 있을 법하다. 하지만…….

"…그 후들거리는 다리로?"

"끄응~"

지금까지 마법진을 통해 드윈게리온에게 마나를 주입한 탓에 거의 마나 고갈 직전까지 간 드래곤들이다. 그런 그들에게 제대로 된 마법 공격을 기대하기엔 무리. 거기다 무엇보다…….

"하아~ 전부 다 달라붙어 한꺼번에 브레스를 내뿜어도 부족해."

"큭~"

이미 한차례 전지성으로 강림체의 방어력과 최대 HP량 대비 드래곤들의 총공격력을 비교해 본 로드 타이거다. 그의 계산에 의하면, 여기 있는 열두 마리의 드래곤 전부가 동원돼도 강림체를 역소환시키기엔 2%가 부족했다. 아니, 부족하다기보다…….

"한 개체가 아닌, 여러 개체의 분산된 공격으론 공격 직후, 강림체가 바로 재생해 버리는 탓에 아무 소용이 없어. 적어도 하나의 극점에 집중된 단일 공격으로, 그것도 최소 카오틱 드래곤의 '카이저 브레스' 수준의 공격 스킬로 일격에 회색으로 물들여야 해."

"큭~ 그런 게 가능할 리가 있나?!"

로드 타이거의 말에 다시 절망 좌절 모드로 변하는 작전실 분위기.

이미 절반 정도 강림한 고위 신격체에겐 크리티컬이란 개념이 없다. 거기다 불사에 가까운 재생력을 고려한다면 단 일격에, 그것도 순수 마법 물리 데미지로 강림체를 역소환시켜야 한다는 의미인데… 강림체의 현재 방어력이나 HP량을 고려할 때, 그 정도 위력의 공격 스킬이 존재할 리 없다. 아니, 없어야 정상이다. 그러나…….

"크크크, 놀랍게도 그런 스킬을 지닌 놈이 저 밖에 있어!"

"응? 설마?"

잠시 뭔가를 생각하는 듯하다가 드래곤들을 향해 히죽 웃으며 단언하는 로드 타이거. 그렇다. 그들 진영엔 그런 개.사.기. 스킬을 지닌 괴물이 있었다. 바로…….

─초호기!! 절대강환포 준비쌔!! 어서!!

"에?"

한참 강림체를 향해 주먹질과 발길질하던 수한에게 밑도 끝도 없이 버럭 소리치는 로드 타이거. 그러자 수한이 잠시 어리둥절해진다.

절대강환포(絶代罡環抱)! 수한이 대마왕이 된 이후(모든 공격 스킬 데미지 1.5배!), 그 위력이 '카이저 브레스'와도 비견되는, 현존하는 스킬 중 최강(정확히는 서열 2위)이라 자부하는 수한 특제 오리지널 스킬. 모든 물리 마법 방어력을 무시하고, 수한의 가공할 본신 공격력에 95배(실제론 94.5배)에 달하는 데미지는 부여한다. 거기다 지금처럼 드윈게리온을 착용한 상태에서 그걸 쓴다면 그 위력은 더더욱 가공할 터.

다만 한 가지, 스킬을 시전하는 데 문제가 있었으니…….

"하지만 마나가……."

…마나 소모율이 그야말로 극악이라는 것. 특히나 지금처럼 드윈게리온으로 인해 마나 소모량이 가뜩이나 막대할 땐 정말 대책이 없다. 하지만 로드 타이거는 생각이 있는 건지 없는 건지, 계속 자신의 계획을 강요했다.

—말이 많다! 그거 말고는 방법이 없어. 이젠 더 이상 데스 필드 전개할 필요없으니까 절대강환포에 올인해!!

…이렇게까지 나오는데, 별수있나? 결국 수한은 데스필드를 거두고 절대강환포를 준비했다. 그리고 그에 맞춰 로드 타이거 역시 작전실 내 모든 드래곤들을 수한에게 마나를 공급

하는 마법진으로 몰아넣었다. 이미 진이 빠질 대로 빠져 비실거리는 드래곤들이지만… 뭐, 어쩌겠는가? 지금처럼 급박한 상황에서 반항할 수도 없는 노릇.

결국 이런저런 노력 끝에 마침내 절대강환포를 발동하기 시작하는 수한. 하지만 드윈게리온을 착용한 상태에서, 그것도 미리 연습도 없이 궁극필살기를 시전하려고 하니 제대로 될 리 없다. 이에 절대강환포의 제1단계인 장환을 구현하는 데조차 시간이 지체되는데…….

—아, 젠장! 지금 뭐 하는 거야?!! 빨리 해!!

"그게… 말처럼 쉽게 되는 게 아닌데……."

가뜩이나 안 되는 상황에 타박까지 놓으니 될 것도 안 된다. 본래 필살기란 시간이 많이 걸리는 법. 하물며 진(眞)필살기로 구분되는 절대강환포가 어찌 마음먹은 대로 바로바로 발동되겠는가?

결국 보다 못한 로드 타이거는 불안을 참지 못하고 재차 전지성을 발현할 수밖에 없었다.

"큭~ 어디 보자. 강림까지 1분 31초 남았나? 그리고 절대강환포는 1분 25초? 젠장, 정말 간당간당하군."

6초 정도의 여유가 있다곤 하나 기타 변수들을 고려할 때 그런 예측을 마냥 믿을 수만은 없다. 때문에 로드 타이거는 최대한 변수를 줄이기 위해 강림체 주변의 유저, 요원들에게 따발총처럼 지시를 내리기 시작했다. 그리고 그런 그의 노력에 힘입어 오차를 최대한 줄이는 데 성공하는데…….

모두의 초조한, 그리고 기대에 찬 시선 속에 마침내 시작되는 카운트다운.

—강림체 주변의 모든 요원들은 대피해!! 이제 곧 절대강환포가 발사된다!!

이미 초호기의 심상치 않는 준비 자세(?)에 전원 대피한 상태지만, 혹시나 하는 마음에 재차 대피령을 내리는 로드 타이거. 그와 동시에 초호기의 양손에서 중첩에 이어 응축 단계에 접어들었던 두 개의 장환이 마지막 변화를 일으켰다.

우우우우우우우우웅~

응축할 대로 응축되어 탄환 형태의 최소 크기로—그럼에도 그 크기는 무려 1m에 달했다—줄어든 강기(罡氣)의 최종 형태. 그것이 마침내 회전을 시작한 것이다. 그리고 어느 순간, 고에너지 강제응축의 마지막 단계에 접어들자, 마침내 발사!!

콰드드드드드드드드~

"우아아아~ 뭐든 잡아!"

"이야~ 이게 바로 궁극필살기!!"

지진이라도 일어난 듯 요동치는 대지, 그리고 초호기를 기점으로 한 거대한 힘의 분출. 이미 이와 같은 광경을 예상한 요원들조차 그 위력에 경악하는 기색이 역력했다. 그리고 그 공격은 실로 간발의 차이로 이루어졌으니…….

얼핏 강림체를 살펴보니 그쪽 역시 그야말로 강림 직전. 하지만 수한의 공격이 1, 2초 차이로 한발 빨랐다.

"좋아! 이겼다!!"

절대강환포의 탄환이 바로 면전까지 와서야 그것을 인지한 강림체. 황급히 에테르윙들을 동원해 수한의 공격을 막으려 하지만……

파숙~

리버스의 자기 희생 마법조차 막아냈던 그것은 일순간 종잇장마냥 찢어졌다. 강림체에겐 안된 일이지만, '인과의 방패' 같은 특수 기물이 아닌 한 그 공격을 막아내는 건 애초에 불가능한 일이었던 것이다. 그리고 이로써 모든 방어막을 뚫고 강림체의 본신에 도달한 절대강환포의 탄환!

콰콰콰콰콰콰콰콰콰콰쾅!!

"우아아아악!!"

"크윽! 고막이 터진 것 같아!"

시작조차 예사롭지 않더니, 일단 직격으로 들어가자 그 여파는 실로 대단했다. 충분히 거리를 두고 멀찍이 떨어져 있었음에도 죄다 땅바닥을 구르는 유저들. 요원들은 애초부터 엎드려 있었으니 논외로 치자.

어쨌든 절대강환포의 여파로 인해 초호기와 강림체를 중심으로 반경 10㎞ 내가 일순 난청 지역이 되었다. 하긴 그 순수 물리 데미지만 따져도 200만에 육박하는 공격이었으니, 그 여파가 어찌 가볍겠는가? 그런데……

"뭐야?! 어떻게 된 거야? 왜 이런 오차가 생긴 거지?!"

분명 공격이 성공했음에도 뭔가 불안에 찬 듯한 로드 타이거의 외침. 그의 예상보다 0.3초 정도 절대강환포가 빨리 폭발을 일으킨 탓이다. 그리고 그 미세한 차이는 매우 중대한 의미를 지니고 있었으니…….

"어라? 어째서?"

로드 타이거를 제외하고 제일 먼저 이변을 눈치 챈 사람은 수한이었다. 공격의 여파가 가라앉고 강림체를 바라보니 이게 웬일? 방금 전 공격으로 완전히 소멸되었을 줄 알았던 강림체가 여전히 남아 있는 게 아닌가?

물론 절대강환포에 아주 피해가 없었다는 의미가 아니다. 강림체 본신의 대략 70% 이상이 사라져 위태위태한 모습을 연출하고 있었고, 강림 역시 그 심각한 피해로 인해 잠시 중단된 듯했다.

그러나! 소기의 목적, 역소환은 끝끝내 이루어지지 않았다. 거기다 남겨진 강림체의 육신이 점차 조금씩, 그리고 시간이 지날수록 급격히 재생하고 있었다.

"사령관!! 이게 어떻게 된 거야?! 절대강환포면 충분한 거 아니었어?!"

절대강환포를 발사한 이후, 어느 정도 마음을 놓고 있던 수한은 크게 당황한 나머지 고래고래 소리쳤다.

방금 전 일격에 자신의 모든 것을 쏟아 부었건만 결과가 영만족스럽지 않다. 이래서야 로드 타이거의 말만 믿고 행한 보람이 없지 않은가? 그러나 당황스럽긴 로드 타이거 역시 마찬가지. 그는 다급히 전지성을 전개하여 진상 규명에 들어갔다. 그리고 그 결과……

"이건?!"

강림체에 집중한 끝에 그제야 발견한 미세한 오차의 원인. 그것을 알아차리는 순간, 로드 타이거는 황급히 모니터의 배율을 조절해 강림체를 확대했다. 그리고 발견한 '그것'.

"이런, 젠장!! 순순히 당할 순 없단 말이지? 하지만 치사하게 이렇게 나올 줄이야?!"

마지막 각성, 아니, '강림' 단계에 접어들어 아무런 반항이나 움직일 수조차 없었던 강림체. 그러나 세상의 근간을 이루는 신들 중 하나가 그렇게 만만한 존재일 리 없지 않은가? 그런데 그 사실을 잠시 간과했다니… 하지만 아무리 그래도 그렇지.

"…설마 자신의 권속들을 방패로 쓸 줄이야……."

로드 타이거가 사태를 파악했을 무렵, 수한과 그 외 엑스트라들 역시 문제의 심각성을 깨닫고 있었다. 그도 그럴 것이, 그들 눈앞에서 뭔가 심상치 않은 일들이 벌어지고 있었던 탓이다.

우드득~ 우득~

"허걱? 저게 뭐야?"

강림체의 거대한 육체 곳곳에서 생겨나는 대략 1m 크기의 기포들. 그 안에서 연신 굼틀거리는 그 무언가가 천천히 '소환' 되고 있었다. 절대강환포의 여파로 흉물스럽게 일그러진 강림체의 육신에서 서서히 일어서는, 너무나 아름다워 성스러워 보이기까지 한 존재들. 한 쌍의 눈부신 빛의 날개와 가녀린 몸, 그리고 너무나 완벽한 조화미를 갖춘 얼굴들.

그렇다. 경악하는 사람들 앞에서 기포를 뚫고 나타난 것들은 다름 아닌…….

"천사……?"

"칫~ 가뜩이나 힘들어 죽겠는데 이젠 방해꾼까지? 역시 세상에 쉬운 일이 없군."

전혀 예상치 못한 변수에 로드 타이거는 절로 혀를 찼다. 뭔가 되나 싶었더니 도리어 방해꾼이 잔뜩 등장했으니… 덕분에 로드 타이거는 약간의 무리를 감수하고 재차 전지성을 발동할 수밖에 없었다.

"끄응~ 이거 너무 많이 하면 머리가 빠지는데……."

'전지성' 을 너무 남발한 나머지 지끈거리는 머리. 그리고 덤으로 아침마다 베갯머리에 수북이 쌓여 있던 머리카락들을 떠올리며 로드 타이거는 괜히 우울해졌다. 하지만 할 일을 안 할 순 없는 노릇.

'루나' 라면 모를까, 인간 두뇌론 그 막대한 정보를 분류,

해석하기엔 버거운 게 사실. 하지만 폐인지존―…그거랑 이거 랑 대체 무슨 상관관계가 있는 걸까?―의 자존심을 걸고, 로드 타이거는 기어이 '적대 생물체' 들의 정보를 찾아냈다.

"…일반 하급 천사들인가? 그래도 저놈들 거의 전부가 한계 레벨(Level 499)이니… 이거 미치겠군.

"헉?! 한계 레벨?!'

로드 타이거의 중얼거림에 괜히 옆에 있던 오퍼레이터들 이 기겁한다(…이미 인사불성이 된 드래곤들은 논외로 치자). 한 계 레벨을 달성했다면 말 그대로 준초월자, 즉 '먼치킨 예비 군' 이 아니던가? 그런데 그런 괴물들을 어떻게 상대하라 고…….

하지만 눈치도 없는 로드타이거. 갈수록 태산이라… 가뜩 이나 사기가 다운된 작전실을 아예 절망의 늪으로 몰아넣는 다.

"그나마 고위급이 아니라 다행이군. 게다가 모두 해봤자 고.작. 147개체밖에 안 돼. 예.비. 전.력.들을 몽땅 투입하면, 어찌어찌 시간을 끌 수 있겠어."

"147이요?!'

"컥? 한계 레벨짜리가 그렇게 많이?!'

로드 타이거가 전지성을 통해 알아낸 2차 정보에 다시 한 번 뒤집어지는 장내. 그나마 의지할 수 있는 드래곤들이 죄다 마나 고갈로 빈사 상태에 빠진 마당에 147개체나 되는 레벨

499짜리 괴물들을 어떻게 상대하란 말인가? 하지만 패닉 상태에 빠진 작전실 분위기완 달리 로드 타이거의 지시는 여전히 거침없었다.

—야, 초호기. 당장 A.P.필드 전개해!! 그리고 절대강환포 역시 준비하고!!

"에에엑!!"

밖에 있는 수한에게 명령을 내렸는데 정작 반응은 작전실 내부에서 일어났다. 물론 수한, 정확히 말하면 초호기에게 마나를 공급하는 드래곤들 사이에서 말이다.

절대강환포를 구현할 때조차, 아니, 지금까지 드윈게리온을 기동시키는 데에만도 뼛골이 노골노골해질 지경인데… 이젠 절대 권능 영역과 절대강환포를 동시에?!

그러나 적반하장이라. 안색이 시퍼레진 드래곤들을 노려보며 로드 타이거는 냉혹하게 소리쳤다.

"엄살은… 참아!! 드래곤이면 드래곤답게 행동해야지! 이게 진짜 마지막이야!!"

"끄응~"

세상의 멸망을 구하고자 하는 일에 어찌 반항을 할 수 있으랴? 거기다 왠지 모르게 로드 타이거의 말에 거부할 수가 없었다(…진정 무서운 세뇌의 위력).

결국 잠시 동안의 소란이 진정되자마자 재차 바삐 움직이기 시작하는 작전실. 그에 따라 바깥 역시 부산스러워졌다.

물론 안 좋은 의미로.

　—아아~ 알린다. 방금 전 공격으로 인해 다행스럽게도 강림이 조금 지연되었다. 하지만 우리 측 공격 역시 2차 작전까지 조금 시간이 소요된다. 대략… 9분 42초—젠장, 절대 권능 영역 탓에 아까보다 시간이 훨씬 더 많이 소요된다—가 걸리니까 그동안만 천사들과 좀 놀아주도록. 참고로… 상대는 레벨 499다.

　"커억?! 뭐, 레벨 499?"

　"저렇게 많은 게 죄다 보스 몹(?)이라고?!"

　로드 타이거의 방송에 기가 막힌 요원과 유저들. 심지어 재차 절대강환포를 준비하던 수한 역시 얼이 빠진 모습이다.

　그럼, 저기 덕지덕지 달라붙어 있는 녀석들이 죄다 레벨 499?

　지금까지 천사들의 나이스한 몸매에 안력을 집중하던 사람들. 그러나 상대가 '보스 급'이라는 걸 알게 되자 반응이 달라졌다.

　"빨리 진형을 짜!! 3번 레이드 형태다!"

　"아, 빌어먹을… 여긴 던전도 아닌데… 필드에서 웬 SS급 보스 몹이냐고?!"

　이곳까지 떡고물(?)을 얻어먹기 위해 온 고수들답게 유저들의 반응은 신속했다. 천사들이 약식 소환의 여파로 미처 제정신을 못 차리는 사이, 나름대로 레이드 모드로 접어든 유저들. 그러나 천사들의 숫자가 지속적으로 늘어만 가자, 유저들의 다리가 점차 후들후들 떨리기 시작했다.

"젠장, 100마리가 넘어!!"

"아, 씨발~ 지금까지 어떻게 레벨을 올렸는데 여기서 죽냐? 괜히 폭렙에 욕심내서⋯⋯."

세기의 빅 매치(?)를 구경할 겸, 한 다리 걸치려고 이 자리에 온 유저들은 대략 3만여 명. 대부분 죽음의 군세와의 전투에서 활약했던 10만 유저 동맹군 출신들이었으며, 자신의 실력에 나름 자신이 있는 중수 이상의 유저들이었다.

만약 지.금.도. 그 정도 숫자라면 제아무리 준초월자라도 해도 충분히 감당할 수 있겠지만⋯ 막상 실제 상황은 전혀 그렇지 않았다.

3만여 명의 유저 중 1만은 초반 드워프 연합의 강림체 요격 공격에 휘말려 사망, 이어 드윈게리온과 강림체 간의 싸움에서 고래 싸움에 새우 등 터지듯 재차 1만이 회색으로 물들었다. 그나마 막판까지 살아남은 운빨 최고수들 역시 절대강환포의 여파로 인해 대부분 인사불성 상태가 되었으니.

결국 현재 제대로 서 있는 최정예 알짜배기 유저들의 수는 고작 천여 명. 100여 마리에 달하는 천사, 준초월자들을 상대하기엔 턱없이 부족한 느낌이다. 그리고 그 사실은 유저들이나 로드 타이거나 잘 알고 있었다. 전멸은 어디까지 기정사실이고, 얼마나 오래 버티느냐가 문제인 상황.

하지만 애초에 로드 타이거와 유저들의 목적은 수한이 절대강환포를 재장전할 때까지 천사들의 발을 묶어놓는 것이 아니던가?

"진형을 짜서 방어 위주로! 괜히 욕심내서 죽지 말고!"

"일단 둘러싸! 그리고 홀드 걸 줄 아는 마법사 죄다 달라붙어!!"

역시 최후의 순간까지 살아남은 알짜배기답게 자신들의 목적을 제대로 인지하는 유저들. 괜히 어설프게 건드리기보다 방어 위주의 진형 구축과 포위망에 전력을 기울인다. 덕분에 슬슬 천사들이 제정신을 차릴 무렵엔 왠지 승산이 있어 보일 정도 깔끔히 준비를 마칠 수 있었다.

그러나 정작 천사들은 순순히 유저들의 의도를 따라줄 생각이 없는 모양이다. 천사들이 제정신을 차리고 움직이기 시작하자 재차 일변하는 상황.

"엥? 이게 뭐야?"

"어라? 지금 우리 무시당한 거야?"

바로 코앞에 있는 유저들을 공격하는 대신 일제히 수한이 탑승(착용)한 초호기를 향해 날아가는 천사. 잠시 초호기를 둘러싸더니 대치 상황을 연출한다. 물론 로드 타이거의 입장에선 그런 행동이야말로 바라던 바.

"크크크, 이미 초호기 주위엔 A.P.필드가 펼쳐져 있어. 괜히 접근했다간 그대로 녹아버릴걸?"

현재 강림체의 가장 큰 위협은 절대강환포를 준비 중인 초호기. 천사들이 초호기를 제1목표로 잡은 게 당연하다. 그러나 이미 그것은 전지성을 통해 로드 타이거가 예측한 일. 때문에 그가 수한에게 절대 권능 영역 발동을 지시한 것이다.

덕분에 감히 초호기에게 접근할 엄두조차 못 내는 천사들. 하지만 그들은 점차 뚜렷해지는 절대강환포을 보고도 마냥 손가락만 빠는 바보들이 아니었다.

"좋아, 이런 식으로 시간만 보내면… 윽~"

─초호기!! A.P.필드 영역을 넓혀!! 어서!!

이제 잠시 동안은 천사들 걱정없이 시간을 때울 수 있을 거라 여겼던 로드 타이거. 그러다 천사들의 움직임에 변화가 생기자 황급히 수한에게 경고를 보낸다. 놀랍게도 천사들이 절대 권능 영역 밖으로 삐쭉 빠져나온 마나공급선에 달려들었던 것이다. 마나 공급이 끊기면 말 그대로 막판 역전극(…안 좋은 의미로)이 펼쳐질 판.

이에 수한은 화들짝 놀라 절대 권능 영역의 범위를 황급히 확장했다. 덕분에 다시 앓는 소리를 내며 끙끙거리는 드래곤들. 그러나 로드 타이거와 수한의 발 빠른 조치로 인해 아주 간발의 차이로 마나 공급이 끊기는 최악의 상황은 면할 수 있었다.

카아아악!!

원하는 목적을 달성하지 못한 게 분한지 그 예쁜 얼굴을 잔뜩 일그러뜨린 채 초호기를 노려보는 천사들. 그 무시무시한 형상에 수한조차 간담이 서늘하다.

"으휴~ 꿈에 볼까 무섭네. 어서 빨리 쏘든지 해야지 원."

눈앞에서 얼쩡거리며 기회를 엿보는 천사들을 애써 외면한 채 다시 절대강환포에 집중하는 수한. 그러나 아까부터 자꾸 마나 공급이 뚝뚝 끊기는 것이 뭔가 좀 불안하다. 이러다가 혹시?

한편 로드 타이거 역시 수한과 다른 관점에서 뭔가가 불안하긴 마찬가지. 초호기와 마나 공급선 주위를 맴도는 천사들의 움직임이 심상치 않은 탓이다. 물론 절대 권능 영역 탓에 직접 타격이 불가능하니 다른 걸 노리게 분명하긴 한데, 대체 뭘 노리는지…….

"아뿔싸~ 이 자식들이 그래도 제법 머리를 쓰는군!"

눈물을 머금고 재차 전지성을 전개한 결과, 로드 타이거는 자리를 박차고 일어서며 소리쳤다. 천사들이 선택한 다음 목표는 바로…….

"통로 폐쇄해!! 방어 준… 크윽~"

콰아아앙~!

로드 타이거의 지시가 채 전달되기 전에 작전실 전체를 뒤흔드는 충격. 천사들의 공격이 시작된 것이다.

"이건 대체?"

"큭~ 초호기하고 마나 공급선을 공격 못하니까 아예 이곳, 작전실을 노리는 거야!!"

죄다 땅바닥을 구르는 가운데 미간을 있는 대로 찌푸린 로드 타이거. 사태 수습을 위해 다시 한 번 전지성을 전개—이로써 머리카락 100가닥이 추가로… 흑흑~—할 수밖에 없다. 그리고 잠시 뒤, 그가 내린 결론은…….

'절대강환포 발동까지 7분 52초, 발동 예정 시간부터 강림까지 83초의 여유가 있다. 각종 변수를 고려한다고 해도 충분한 시간. 결국 문제는 절대강환포가 발사되기 전까지 기지를 지키는 건데… 그나마 다행인 건 A.P.필드가 마나 공급선의 대부분을 커버한다는 거군.'

로드 타이거의 머릿속에서 빠르게 취합 정리된 현재 상황. 이제 관건은 8분 남짓의 시간 동안 작전실을, 보다 정확히 말하면 '마나 공급 마법진'을 지켜야 한다는 것이다. 하지만 이미 강림체와의 싸움에서 대부분의 요격 라인과 화력을 소모한 현재 기지의 방어 수준으론 5분을 장담하기 힘든 상황. 결국…….

"크크크~ 역시 유비무환인가? 이럴 경우를 대비한 보람이 있군."

갑자기 기분 나쁜 썩소(?)와 함께 전의를 불태우는 로드 타이거. 역시나 뭔가 또 수상쩍은 걸 준비한 게 분명하다. 그리고 그런 예측을 증명이라도 하듯 재차 하달되는 로드 타이거의 명령.

—기지 내의 모든 이에게 알린다. 지금부터 '컨트롤 쓰리'를

선언한다. 반복한다! 컨트롤 쓰리를 선언한다. 이에 따라 발. 진. 준비를 개시하니 승무원 외 모든 이들은 비상 방호 지역으로!

로드 타이거의 방송이 작전실을 비롯한 기지에 울려 퍼졌다. 그에 따라 다시 바삐 움직이기 시작하는 각 부서의 요원들. 평소 훈련을 잘한 탓인지 고작 1분 남짓 만에 자신들의 일을 모두 끝마친다. 그리고 각 부서에서 작전실로 올라오는, 준비 완료를 알리는 보고들.

"함 내 설비 올그린."

"동력 마법진 양호!"

"무기고 포탄 A부터 D까지 탑재 완료!"

"포대 스탠바이 완료!"

"진로 클리어 올그린."

"으차차차차~ 좋아, 이로써 발진 준비 완료!"

모든 준비가 끝나자 로드 타이거가 힘껏 기지개를 켜며 몸을 푼다. 이미 천사들이 기지를 보호하는 마지막 지하 장갑판에 도달한 상태임에도 한가닥 여유를 잃지 않는 그. 아니, 도리어 조금 흥분한 모습까지 엿보이는데…….

"크크, 좋아, 정말 제대로 한번 놀아볼까?"

평상시에도 늘 엔돌핀(!!)이 분비되는 사람답게 지금의 위기를 '즐기는' 로드 타이거. 한차례 작전실 요원들, 아니, '승무원'들을 둘러본 뒤 마침내 발진 명령을 내린다.

"지하 요격 기지와 모든 연결부 해제, 동력 마법진 출력 70%, 전속 전진!"

"전속 전진!!"

덜컹!

로드 타이거의 명령에 따라 모든 연결부가 떨어져 나간 전함, 지하 기지 가장 하층부에 있던 그 거대한 몸체가 점차 빨리 위로 상승하기 시작했다. 그리고 마지막 순간…….

"부양 모선 '아크 데몬' 발진!!"

쿠우우웅~

로드 타이거의 힘찬 외침과 함께 마침내 지상으로 모습을 드러낸 아크 데몬. 이동 기지를 겸하는 그 웅장한 전함의 등장에 유저들의 입이 쩍 벌어졌다.

…하긴 난데없이 땅이 갈라지더니 뭔가 말도 안 되는 게 불쑥 솟구쳤으니 당연한 반응들이다. 그리고 그런 경악에 찬 시선들 속에서 초호기의 머리 위를 점하는 아크 데몬. 이로써 '최종 방어 진형'이 구축되었다. 그와 동시에 시작되는 천사들에 대한 반격.

"아크 데몬, D—H—115에 안착!"

"좋아, 요격 지하 기지 자폭 개시!"

"자폭 개시!!"

콰콰쾅~ 콰콰콰쾅~!

끼아아악~

노리던 목표가 어느 틈엔가 지상 밖으로 나간 줄도 모르던 천사들. 한참 지하 기지를 난장판으로 만들던 그들에게 폭약의 폭발로 인한 충격파와 파편 더미가 무더기로 쏟아졌다. 아무리 한계 레벨에 도달한 존재라 할지라도 이런 경우엔 대책이 없었으니… 덕분에 그들 중 일부를 그대로 역소환시키는 성과를 거둔 로드 타이거 진영.

"좋았어!! 아무리 준초월자라도 이런 식의 공격이 통해. 어디 보자… 대략 32개체가 역소환된 건가? 이 여세를 몰아 아크 데몬 내 모든 포신을 개방한다!!"

"상반부 포신 개방!!"

"하반부 포신 개방!"

생각보다 큰 성과에 사기가 고조된 아크 데몬의 승무원들. 로드 타이거의 지시에 더욱 신이 나 발 빠르게 움직인다. 그리고 지하에서 꾸물꾸물 기어 나오는 천사들을 향해 아크 데몬의 '직접' 공격이 시작되었다.

"함포 사격 개시!!"

"사격 개시!"

쾅! 쾅! 쾅! 쾅!

지하 기지의 자폭에 휘말려 이미 대부분 중상을 입은 천사들이다. 그런 그들에게 재차 큼직한 철갑 포탄들이 퍼부어졌다. 그에 따라 천사들이 회색으로 물들며 처절한 비명성을 토하는데……

쾅! 쾅! 쾅! 쾅! 쾅!

끼아아아악~

…그 희귀성으로 인해 마땅히 보호받아야 할 천연미소녀(?)들에게, 아주 가차없이 공격하는 로드 타이거 일당들. 철갑 포탄의 무지막지한 무게에 뭉개지고, 이어 포탄 안 폭약이 터질 때마다 파편에 천사들은 곤죽이 되었다.

그리고 그 광경에 광소를 터뜨리며 즐거워하는 로드 타이거. 대체 누가 악당인지 심히 의심스럽다.

"크카카카카, 이로써 72개체! 벌써 절반이나 처리했어!! 좋아, 마지막까지 분발한다!!"

"예, 함장님!!"

절대강환포 발사까지 남은 시간은 '4분'. 천사들은 이미 자폭에 이은 무차별 포격에 떡실신(?)되어 하나하나 회색으로 물들고 있었다. 이대로 간다면 아무 문제 없이 강림체를 역소환시킬 것 같은 분위기. 그러나…….

모든 게 다 술술 풀린다면 어찌 재.미.가 있겠는가?

"어? 저건?"

대부분 회색으로 물들어 이제 천사들에게서 관심을 돌리려는 찰나, 우연히 로드 타이거의 눈에 띈 그것. 포탄이 바로 옆에 떨어지는 와중에도 두세 명의 천사들이 서로를 껴안으며 뭔가 수상쩍은 일을 벌이고 있었다. 결코 므흣한 의미나 죽음 직전의 애달픈 감정의 표출이 아닌, 어떤 불길한 일의 획책. 그 일의 정체는 바로······.

"뭣?! 합체?!"

전지성을 전개하던 로드 타이거가 황당함에 경호성을 내질렀다.

아니, 원래 그런 건 내가 해야 정상이 아니던가? 무엇보다 천사 주제에 그런 고급(?) 스킬을··· 아니, 지금 그게 문제가 아니지.

파아악!

로드 타이거가 경악하며 잡생각에 빠지는 것과 동시에 사방에서 번쩍이는 광휘의 폭발. 잠시 뒤, 광휘가 사라진 곳엔 오직 '여섯 개체'의 천사만이 남겨져 있었다.

하지만 조금 전보다 훨씬 줄어든 천사의 숫자에도 안색을 잔뜩 찌푸린 로드 타이거. 그도 그럴 것이 남겨진 여섯 개체의 천사들은 한 쌍이 아닌, 2쌍의 날개(에테르윙)를 지니고 있었던 것이다.

"젠장··· 최소 레벨 510이라고? 한 시간 시한부이긴 하지만, 여섯 명의 초월자라니······."

레벨 500의 초월자와 레벨 499의 준초월자, 불과 레벨 1 차이인 둘 사이엔 너무나 큰 무력 차가 있었다. 하긴 한계를 넘는 것만으로 모든 능력치가 두 배가 되니 당연한 일일 터. 즉, 초월자 한 명이 준초월자 열 명을 상대한다는 게 통설이다.

그리고 지금 상황을 굳이 표현하자면, 여섯 명의 초월자가 곧 60명의 준초월자에 상응하니 조금 전과 큰 차이가 없어야 정상이겠지만… 아크 데몬은 공격을 위한 화력 집중형이 아닌, 방어 위주의 화력 분산 체제. 즉, 100명의 준초월자보다 막강한 방어력으로 물리 데미지를 일부 무시하는 1명의 초월자가 더 상대하기 힘든 존재였다.

한마디로 지금 상황을 정리하자면…….

"…최악이군."

합체로 인해 지금까지의 데미지를 완전히 회복한 천사들. 거기다 조금 전보다 족히 두 배 이상 빠른 움직임을 보인다. 덕분에 지금까지 큰 효과를 보이던 포탄이 허무하게 허공만을 가르는데… 급기야 아크 데몬의 대공 방어막은 뚫리고 천사들에게 근거리 접근을 허용하고 말았다.

끼아아악~

그 아름다운 외모와 동떨어진 귀청이 찢어지는 듯한 괴성. 그리고 동시에 아크 데몬을 향해 내리꽂히는 천사들의 신형들.

콰앙~ 콰앙~!

"크윽~ 동요하지 마. 조금 더… 조금 더 버티면 돼!!"

폭음과 함께 급격히 흔들리는 선체. 약식 소환으로 인해 마법이나 스킬을 쓸 수도 없는 주제에 천사들은 그저 육신의 힘만으로 아크 데몬을 공격하고 있었다. 그리고 초월자가 지닌, 막강한 힘은 아크 데몬의 외부 장갑을 마치 종잇장 취급을 하는데…….

준초월자와 초월자의 차이가 이렇게 클 줄이야. 마치 뉴타입(?)과 일반인의 그것만큼이나 큰 차이다. 이래서야 남은 '3분' 가량의 시간을 어떻게 버틸지 의문. 그런데 바로 그때!

"사랑과 정의를 위하여!!"

콰아아아앙~!

끼아아악!

왠지 촌스러운 대사와 함께 유저들 사이에 불쑥 솟구치는 성광. 그 존재는 단 일격에 천사들 중 한 개체를 양단했다. 비록 금세 재생하여 원상태로 돌아왔다곤 하나 제법 피해가 커보이는 천사. 그리고 그렇게 얍삽(?)하게 천사를 기습한 자의 정체는 놀랍게도…….

"엥? 란슬롯?"

한 쌍의 에테르윙을 펄럭이며 천사와 대치하는 성기사. 바로 이 시대 마지막 로맨티스트, 란슬롯이었다. 대체 왜 이 자리에 나타났는지 의문이지만─…솔직히 대충 짐작은 간다─어쨌든 로드 타이거 일당을 도와주는 것만은 분명한 사실.

"이햐~ 다행이네. 조금은 도움이 되겠어. 그나저나 저번에 금제 먹고 아주 게임을 접은 줄 알았는데, 용케… 거기다 금주(禁呪)까지 사용하다니… 헉? 설마?!"

란슬롯의 도움에 내심 안도의 한숨을 내쉬던 로드 타이거. 그러다 불현듯 떠오른 생각에 눈을 부릅뜬다. 수한과의 일전에서 배교 행위를 하여 교단의 척살 0순위가 된 란슬롯이다. 그런데 그런 그가 신의 의지를 대행하는 자만이 쓸 수 있는 금주, '천사 빙의'를 쓰고 있다는 의미는 설마?!

쾅아앙!

끼아아악~

로드 타이거의 짐작을 증명이라도 하듯 란슬롯의 손에서 천사의 돌진을 튕겨내는 작은 방패. 바로 신기, '인과의 방패'가 아닌가? 그 말인즉, 현재 란슬롯이 바로…….

"컥? 교황이라고? 유저가? 이햐~ 발드르가 급하긴 급했던 모양이군. 유저에게, 그것도 배교자에게 교황 직을 주다니……."

물론 아주 이해 못할 것도 아니다. 수한과의 싸움으로 인해 교단의 상위 무력들 대다수가 소실된 상황. 그리고 란슬롯은 명실상부한 교단의 최강자. 결국 주신(主神)으로서 이 싸움에서 뭔가 화끈한(?) 것을 보여줘야 할 입장인 발드르는 선택의 여지가 없었으리라.

하지만 아무리 그렇다고 해도…….

"속이 많이 쓰리겠군. 그 고지식한 발드르가… 크크크~ 내가 이 재미에 게임을 한다니까."

원준의 얼굴을 한 채, 미간을 잔뜩 찌푸린 잔소리꾼을 떠올리며 웃음을 참지 못하는 로드 타이거. 하지만 그가 그렇게 웃고 즐기는(?) 사이에도 상황은 여전히 급박했다.

자기 구역에서 깽판 치지 말라는 신의 의지를 부여받아 한층 강화된 란슬롯. 그가 제법 활약을 펼친다고는 하나 그가 감당할 수 있는 천사는 고작 두 명이다. 나머지 네 명의 천사는 여전히 아크 데몬을 때려부수고 있었다. 그리고 그 해체 속도를 보건대, 절대강환포의 발사까지 남은 '2분 30초' 안에 아크 데몬을 추락시키기에 충분해 보였다.

물론 그런 급박한 상황에 유저들이 가만히 있는 것은 아니었다. 란슬롯이 싸움에 끼어들자 그제야 용기가 생긴 것인지 천사들을 향해 대규모 마법 공세를 펼치는 유저들. 그러나 원체 레벨 차이가 크고, 천사들이 이리저리 날아다니는 통에 그다지 효과를 못 보는 실정이다. 결국 유저들은 별다른 변수가되지 않은 채 쓸쓸히 잊혀지는(?) 듯했는데……

별안간 유저들 틈새에서 누구도 예상치 못한 결정타(?)가 터졌다.

"바로 지금! 소환에 응하라, 프레이르의 대리인이여!!"

작은 단궁을 치켜든 채 하늘을 향해 소리치는 작은 인영. 비록 로브의 두건을 깊숙이 눌러쓴 탓에 그 정체를 '직접적으로' 알 순 없으나 손에 든 물건을 통해 '간접적으로' 짐작할 순 있었다.

그렇다. 지금 이 시점에서 신기, '바람의 정화'를 지닌 자가 어디 둘일 수 있겠는가?

"어라?! 쟤가 여긴 왜 왔데? 그냥 은신처에 숨어 있을 줄…

아! 역시 사랑의 힘은 위대하군."

디엘리아의 등장에 잠시 고개를 갸우뚱한 로드 타이거. 그러나 전지성의 도움 없이도 그녀의 마음이 대충 짐작이 간다. 리버스와의 재회를 위해선 세상의 멸망부터 막아야 할 터. 사랑을 위해 용사(?)가 되기로 결심하다니, 저 여자도 참 대단하다고 할까? 그나저나…….

"가만… 바람의 정화를 무기가 아니라 소환용 매개체로 쓴다고? 하지만 내가 알기엔 쟤는 정령과 그다지 인연이 없어 보이던데…….

선천적으로 '공간 이동'을 타고난 대가로 정령을 다룰 줄 모르는 디엘리아. 이미 예전에 전지성을 통해 그녀의 능력을 들여다본 적이 있는 로드 타이거로선 지금의 소환 의식에 의문이 든다. 이에 호기심을 이기지 못하고 다시 한 번 전지성을 전개해 보는데…….

그리고 그렇게 알아낸 디엘리아가 소환시킨 소환물의 정체는 놀랍게도,

"하… 하하하~ 이건 정말 막장(?)이군. 설마 '그'를 소환시킬 줄이야. 프레이르도 나름대로 열혈 기질이 있었나 보지."

생각지도 못한 원군, 그것도 엄청나게 강력한 원군의 등장이었다.

—명심해라. 나의 개입은 자칫 큰 혼란을 부를 수 있다. 그

러니 어디까지 이번 한 번뿐이다.

"알고 있어! 그러니 어서 빨리!!"

하늘에서 들려오는, 오직 디엘리아의 귀에만 들리는 그의 음성. 디엘리아는 지금 상황에 어울리지 않는, 지나치게 느긋한 그를 타박했다. 비록 신기를 통해 그가 실로 어마어마한 존재라는 사실은 알고 있지만, 이렇게 미적거려서야……

그러나 일단 그가 '검'을 뽑자 디엘리아는 방금 전까지의 조급함을 깨끗이 날려 버려야 했다.

우우우우우우우우우우우웅~

대기가 요동치고 땅이 흔들렸다. 그 어마어마한 등장 효과(?)에 지신도 모르게 하늘을 쳐다보는 사람들. 심지어 아크 데몬을 부수던 천사들조차 그것을 멍하니 바라봤다.

"우아아악?! 저게 뭐야?!"

"커억? 말도 안 돼!"

휘몰아치는 구름들 사이에서 서서히 낙하하는 거대한 한 자루의 검(劍). 실물이 아닌 듯, 반투명하게 빛나는 그것은 길이가 족히 1km에 달했으니, 일순간 전장 전체를 뒤덮은 채 내리꽂힌다. 그리고 오직 천사들에게만 그 막대한 데미지를 전달하니……

끼아아아아악~

단 일격에 회색으로 물드는 여섯 개체의 천사. 그리고 초월자들조차 일격에 몰살시키는, 그 무지막지한 초특급 사기 스킬의 작렬에 저마다 쩍 벌어진 입으로 침을 질질 흘리는 사람들.

　그렇게 경악하는 우민(?)들을 위해 로드 타이거의 광소 섞인 설명이 하늘 위에서 폭풍같이 몰아쳤다.

　—카카카카, 이게 바로 'NEW WORLD' 최강의 개사기 직업, 모든 속성을 초월한 '무황'의 신위다!!

　'대마도사', '닌자'와 함께 삼대사기직업 중 하나인 '무황(武皇)', 그리고 그 직업을 지닌 유일무이한 존재, 태을검선(太乙劍仙). 팔선(八仙) 중 일 인으로서 대겁난의 전조를 미리 알아차리고 은밀히 수한에게 도움을 주었던 '숨겨진' 최강자가 지금 이 순간, 드디어 자신의 무위를 드러낸 것이다.

　"쯧~ 하는 김에 강림체도 처리해 주면 오직 좋아? 아니, 그나마 이것도 감지덕진가……."

　막상 천사 문제가 해결되자 일말의 아쉬움이 남는 로드 타이거. 서서히 희미해지는 심검(心劍)을 바라보며 입맛을 다셨다. 하지만 이 이상은 그야말로 과욕.

　태을검선의 성격이나 설정상 '프레이르'의 신기를 통한 '부탁'이 아니었다면 그는 결코 검을 뽑지 않았을 것이다. 그러니 이 정도에 만족하는 게 정신 건강상 이롭다. 어쨌든 이로써…….

　"크크크~ 결국 '프레이르'까지 포함해서 총 세 신의 대리인이 이번 싸움에 개입한 건가? 이제 남은 건 '나나' 뿐이군.

하지만 뭐… 그 이상 필요 없겠지."

그렇다. 이제 더는 신들의 도움이 필요없었다. 이미 초호기의 양손에 있는 장환이 마지막 변화를 일으킨 상태. 이블린의 대리인이자 대마왕인 수한이 이제 절대강환포를 발사하려는 순간인 것이다.

10분이 채 안되는, 그 짧은 시간이 이토록 길게 느껴지긴 처음이지만, 결국 해냈다. 천사들의 공세를 천신만고 끝에 막아내고 드디어 절대강환포가 강림체를 향해…….

우우우우우우우웅~ 피쉬쉬쉬~

"어라?"

천사와의 격전 탓에 잠시 잊혀졌던 수한. 그가 주인공답게 대미를 장식하려는 순간, 불상사가 발생했다. 이제 막 강림체를 향해 질주하려던 강기의 탄환이 '물을 끼얹은 모닥불' 마냥 피식 꺼져 버린 것이다.

이 난데없는 황당하고, 어처구니없는 사태에 좌중의 모든 이들이 기가 막혀 하는 가운데, 장내에 울려 퍼지는 수한의 비명성이 이 불상사의 원인을 알려준다.

"마나가… 마나가 없어?!"

대미를 장식할 마지막 한 걸음을 남겨두고 이게 웬일인가?! 아무리 극적 연출(?)이 중요하다곤 하지만, 왜 하필 절대강환포를 발사하기 직전에 이런 일이…….

"이놈들이 감히 농땡이(?)를! 젠장, 어쩔 수 없는 건가?"

마나 공급을 게을리 한 드래곤을 응징하기 위해 고개를 돌린 로드 타이거. 그러나 드래곤들의 현재 상태를 보고 노호성을 흐릴 수밖에 없었다.

자신의 모든 걸 새하얗게 불태웠다는 듯 축 늘어진 드래곤들. 마나 공급 마법진에 손만 걸친 채 부들부들 경련하고 있는 모습들이다. 이미 반쯤 회색으로 물든 드래곤조차 몇몇 눈에 띌 정도이니, 그들이 결코 몸을 사린 게 아님을 알 수 있다. 하긴 지금까지 버텨온 것만 해도 기적. 이미 그들은 첫 번째 절대강환포 때부터 한계에 한계를 넘어선 마나를 뽑았지 않았던가?

위이이이이잉~ 덜컹!

마나 공급이 완전히 끊기자 그대로 멈춰선 초호기. 절대강환포는커녕 움직이는 것조차 어렵게 되었다. 그리고…….

파아아악~

모든 이들의 절망을 비웃으며 다시 한 번 서서히 펼쳐지는 강림체의 날개. 마지막 순간까지 최선을 다했던 모든 이들의 노고가 허무해지는 순간이었다.

"크윽~ 젠장! 젠장! 제발 움직여! 움직여달란 말이야!!"

강림체를 둘러싼 광휘가 점차 농밀해지는 것을 바라보며 수한은 울부짖었다. 이렇게 허탈하게 끝맺을 순 없다. 차라리 처음부터 포기했다면 모를까, 지금에 와선 너무나 억울하지 않은가.

"이럴 때, 주인공의 전매특허인 폭주 같은 거 안 하냐?"

너무나 원통한 나머지 예정에도 없는 헛소리까지 하는 수한. 그러나 극도의 궁상과 억울함을 빌린 '분노 파워'라든가 혹은 난데없이 '깨달음'을 얻어 이 위기를 극복하기엔 아무리 수한이 주인공이라도 지나치게 많이(?) 써먹었다. 물론 과거엔 주인공이 '우아아앙(?)'거리면 모든 위기가 다 해결되던 시절도 있었다고 하지만, 이젠 더 이상 그런 안이한 방법이 통하지 않았으니······.

결국 모든 이들의 원망과 절망에 가득 찬 시선 속에서 수한은 그저 눈물을 흘리며 좌절할 뿐.

그런데··· 강림체가 오직 신기에만 집착하는 거대 괴수가 아닌, 진정한 신으로 거듭나려는 그때!

역시나(?) 누구도 예상치 못한 '기적'이 발생했다.

우우우우우웅~

"어어어?! 이게 무슨······."

마나 부족으로 정지된 초호기가 재기동.

초호기의 양손에서 고에너지 반응, 어느샌가 생성되는 두 개의 장환

이어 두 개의 장환이 융합, 응축에 성공, 강기의 탄환이 재차 회전하기 시작.

마지막으로 수한의 귓가에 울리는 딱딱하지만, 왠지 정겹게 들리는 기계음.

—축복을 받으셨습니다. *10분간 근력이 두 배가 됩니다.*

—축복을 받으셨습니다. *10분간 민첩이 두 배가 됩니다.*

—축복을……

순식간에 차오르는 마나와 더불어 수차례 연속적으로 상승하는 수한의 능력치. 가뜩이나 사기 아이템(드윈게리온) 착용으로 먼치킨의 끝을 달리던 수한이 '최종궁극'에 도달하는 순간이었다. 그리고,

"크크크~ 좋아, 대체 뭐가 어떻게 돌아가는지는 잘 모르겠지만……"

우우우우우우우우우우우우우우우우우우우웅~

강림까지 남은 시간은 고작 5초, 지금 상황에서 더 이상 무슨 설명과 생각이 필요하겠는가? 강림체를 향해 똑바로 겨눠진 수한의 양손. 마지막 각성의 노래를 부르려는 강림체를 향해 거대한 힘의 분출이 이루어졌다. 이어 그 끝을 알 수 없는 눈부신 빛의 폭발과 소멸.

그리고 초호기 몸체 일부가 부서질 정도의 엄청난 폭발의 여진을 만끽하며 수한은 소리쳤다.

"크카카카~ 역시 난 주인공이었어!!"

서서히 저무는 석양 아래 바람에 흩어지는 뿌연 담배 연기가 몽환적 연출을 선보이고 있었다. '기적'적인 승리에 여기저기서 환호성이 울려 퍼지는 것과는 다른 차분한 분위기. 그

중심에서 담배 연기의 주인인 수영은 감격에 겨워 폭주 모드로 들어선 사람들을 내려다보고 있었다.

"훗~ 역시 내가 없으면 안 된다니까. 그래도 뭐… 수고했어."

'팔찌' 하나를 찾는답시고 며칠간 지속된 밤샘. 그리고 그로 인한 피로감에 미간을 살짝 찌푸렸지만 입가엔 어느새 미소를 짓고 있는 수영. 그런 그녀의 손목엔 오대신기 중 하나이자 '나나'의 신물, '신의 가호'가 은은한 성광을 내뿜고 있었다.

에필로그

"이… 건 부당한 조치입니다!!"

양 뺨에 굵은 눈물자국까지 선보이며 고래고래 소리치는 그 모습은 억울한 누명을 쓴 채 형장으로 끌려가는 충신의 그것이라. 그렇게 최강준은 자신의 비통한 심정을 절절히 표출하며 항변했다. 하지만 정작 그 부당한 조치의 피해자인 수영은 그저 담담히 담배 연기를 내뿜으며 태연자약할 뿐.

"아아, 너무 그렇게 소리치지 마. 누가 들으면 네가 회사에서 쫓겨나는 줄 알겠다. 이제 의젓해질(?) 때도 되잖아? 안 그래, 팀.장. 나으리?"

데스로드의 폭주와 이슈타르 강림으로 벌어진 일련의 사

태에 대한 책임을 지고 팀장 자리에서 물러나게 된 수영. 그리고 그에 대한 후속 조치로 마침내 암흑여제(?)의 압제에서 벗어나, 4운영팀의 팀장으로 승진한 최강준.

…물론 수영을 짝사랑하는 최강준의 입장에선 자신의 승진 사실에 기뻐하기에 앞서 울고불고 난리법석을 피우는 게 당연하다.

"흐흑~ 하지만… 하지만… 팀장은 최선을 다하셨는데, 어째서 모든 일의 책임을… 흐흑~"

수영이 회사를 떠난다는 사실에 눈물바다를 이루며 말도 제대로 잇지 못하는 최강준. 그러나 그를 대하는 수영의 태도는 여전히 방관자 모드다.

"쯧~ 이래서야 운영팀의 막후 세력(?)이자 최후의 히든카드라는 4운영팀을 제대로 이끌 수 있겠어? 뭐, 하긴 이제 내가 알 바는 아니지만……."

"으윽~ 그 무슨 냉정한……."

"어쨌든! 난 이제 떠나니까 알아서 잘해봐~"

"아아악~ 팀장님!! 아니, 누님~"

최강준의 애절한 외침에도 불구하고, 뒤로 안 돌아보고 운영실을 벗어나는 수영. 이미 인수인계가 이루어졌으니 더 이상 볼일이 없다는 식이다. 지난 수년간 야근을 밥 먹듯하며, 열정과 영혼을 불사르며 일해온 직장을 떠나는 사람치곤 지나치게 쿨하다고 할까? 그 모습에 최강준의 두 눈에선 재차 붉은 기운이 감도는 육즙(?)이 흘렀다.

그리고 그런 새로운 팀장의 모습에 남몰래 한숨을 쉬며 운영팀의 미래를 걱정하는 팀원들. 역시 이번에도 정상적인 팀장을 기대하기엔 애초에 글러먹었단 말인가?

위이이잉~

"후우~"

금연 구역에 대한 인식을 안드로메다 성단에 워프시켰는지 담배 연기로 자욱한 엘리베이터 안. 역시나 담배를 꼬나물고 있는 수영이 그 중앙을 차지하고 있다. 그리고 밀폐된 공간에 홀로 있다는 안도감 탓인지 은근슬쩍 속내를 드러내는 그녀.

"…그래도 역시 조금 아쉽긴 아쉽군."

사람들 앞에서야 초연한(?) 모습을 보였다지만 그녀라고 팀장 자리에서 물러난 게 어찌 섭섭하지 않겠는가? 'NEW WORLD'라는 거대한 세상을 알게 모르게 암중 조종하던 4운영팀, 바로 지난 수년간 그녀의 피땀이 서린 곳이다. 하지만……

"이제 슬슬 한계에 도달했지. 지금에 와서 할 수 있는 일이라곤 여론 조작 정도가 고작일까? 고작 수십 명의 옵저버와 에이전트론 더 이상 게임 제어가 불가능해."

그리고 그런 이유 탓에 그녀가 과감히 팀장 자리를 박차고 회사를 떠나는 것이리라.

…명목상이야 사태 책임에 대한 징계지만, 회사 주식의 무려 12%를 지니고 있는 수영이 한낱 희생양이 될 리 없지 않은가? 아마 그녀가 마음만 먹는다면 그 즉시 회사 이사로 부임할 게 뻔하다.

…물론 그녀가 '그딴 것'에 관심 가질 리 없지만 말이다.

띠이잉~

"자, 이제 귀찮은 팀장 자리도 벗어던졌겠다, 슬슬 그 천방지축으로 날뛰는 애송이 녀석을 족쳐 볼까?"

1층을 알리는 벨소리와 함께 엘리베이터의 문이 열리자 뭔가 의미심장한 대사를 흘리는 수영. 그렇다. 이전에도 그렇듯 지금 역시 그녀의 최대 관심사는 'NEW WORLD'의 존속과 균형 유지!!

이제 팀장이라는 허울을 벗은 이상 회사 규약이나 기타 제약에 얽매일 필요가 없다. 물론 그 대가로 더 이상 운영팀으로서 가지는 여러 가지 혜택을 포기해야겠지만… 보다 과.감.하.게. 게임 내부 일에 간섭하기 위해선 그 정도야 감수해야 할 일.

"후후~ 어디 보자~ 이번에 나온 최신형 캡슐룸에는 자동 몸매 관리 기능이 있다던데… 이거 당분간 줄창 게임만 해도 별문제가 없겠군."

어젯밤 새로 들여놓은 게임 캡슐룸을 떠올리며 수영은 그렇게 간만에 의욕을 활활 불태우기 시작했다.

＊　　　＊　　　＊

"하아~"

도시 광장의 중앙에 놓인, 10톤짜리 바위를 통째로 깎아 만든 거대 조각상. '성마황(聖魔皇)'의 모습을 형상화한 그것을 바라보며 디엘리아는 힘없이 한숨을 내쉬었다.

그녀가 처한 현실을 재차 상기시키는 일그러진 여.론. 조.작.의 상징물. 그저 보는 것만으로도 그 엄청난 무게만큼의 절망감과 피로가 그녀를 엄습한다. 이래서야 오랜 도주 생활로 피곤에 찌든 몸을 이끌고 이곳까지 온 보람이 없지 않은가?

"…벌써 한 달인가? 정말 지긋지긋하군."

그녀의 공간 이동 능력으로도 따돌릴 수 없었던 너무나 끈질긴 추격자들. 덕분에 벌써 한 달째 제대로 먹지도 쉬지도 못한 디엘리아다. 그리고 이렇게 다크 엘프들의 수장을 거의 절망 단계로 몰아넣은 추격전은 그 끝을 향해 치닫고 있었다.

쉬이이익~ 파앙!

"벌써?!"

잠시 휴식을 취하던 디엘리아를 화들짝 놀라게 만든, 하늘을 형형색색으로 물들이는 신호탄. 그 광경에 디엘리아는 거칠게 이를 갈며 황급히 몸을 날려야 했다. 설마 사람들이 바글거리는 광장 한가운데에서 일을 벌이랴 싶었건만… 그러나 시간을 벌기 위해 취했던 그런 그녀의 행동은 도리어 자충수였던 모양이다.

"던져!!"

파앗!

디엘리아가 몸을 날리는 것과 동시에 사방에서 날아드는 강철 그물. 그와 동시에 행인들로 위장했던 주위의 상급 용병들이 빠르게 디엘리아를 둘러싸기 시작했다. 거기에 방금 전, 신호탄을 기점으로 사방에서 우르르 달려오는 수십 명의 인영.

그런 그들의 일사불란한 움직임이나 대처 속도로 볼 때, 시간이 지날수록 디엘리아가 불리해지는 건 뻔할 뻔 자다.

"젠장, 어느 틈에……."

예상을 훌쩍 뛰어넘는 추격자들의 재빠른 대응에 절로 욕설이 튀어나온다. 하지만 지금껏 수십 차례 생사를 넘나들듯 역전의 용사답게 그녀의 행동은 조금도 망설임이 없었다.

파악! 파악! 파악!

한 호흡에 연달아 공간 이동을 시전, 강철 그물들과 포위망에서 벗어난 디엘리아. 이어 그녀는 엘프 특유의 부드러우면서도 탄력적인 움직임으로 제2진 포위망, 한 무리의 용병들 사이로 도리어 뛰어들었다.

그런 그녀의 발 빠른 대응에 기껏 포위망을 구축한다고 생

난리를 부린 용병들이 도리어 기겁할 판. 덕분에 사전에 준비해 둔 포지션과 대응 방법은 까맣게 잊고, 용병들은 허둥대기 시작했다.

"빌어먹을! 몸으로 막아!"

"젠장, 뭐가 이렇게 빨라!! 마법사! 홀드 걸어! 홀드!"

"야, 보여야 걸든 말든 하지!"

"이 자식이!! 걸라면 그냥 걸 것이지."

"뭐야! 이 자식이 조장도 아닌 주제에……."

…지금의 긴박한 상황에 어울리지 않게 자중지란에 빠져 버린 용병들. 어디까지 디엘리아를 '몰아넣는' 역할이었던 이삼류 용병들에겐 큰 기대는 무리인가 보다. 결국 디엘리아가 그들을 실컷 농락한 뒤, 포위망을 벗어나 점점 멀어지고 있음에도 정작 용병들은 평소 쌓아둔 감정 폭발에 넘치는 용력을 발휘하는 촌극이 벌이는데…….

한편 광장 한복판에서 벌어진 난데없는 활극에 당황해 한층 더 혼란을 가중시키는 일반 시민들. 디엘리아의 입장에선 지금이야말로 추격자들을 완전히 따돌릴 수 있는 절호의 기회가 아니고 무엇이랴?! 이에 디엘리아는 이를 악물며 긴 도주 생활로 지칠 대로 지친 몸에 한층 힘을 줬다.

파앙! 쇄애액~

힘찬 발구름과 함께 자세를 한층 더 낮추는 그녀. 귓가를 스치는 바람 소리가 더욱 커지면서 디엘리아의 신형이 급격히 빨라졌다. 가뜩이나 빠른 그녀가 그렇게 속도를 높이자 거의 육안으로 보이지 않을 지경. 이제 이대로 광장 옆, 좁은 골목길로 무사히 접어든다면 충분히 포위망에서 벗어날 듯 보였다.

하지만 그런 낙관적인 상황 속에서도 디엘리아는 긴장을 늦추지 못한 채, 아니, 더욱 긴장감을 고조시켰다. 방금 전, 그녀가 빠져나온 포위진은 어디까지 어중이떠중이로 급조한 것. 지금까지의 지긋지긋한 도주생활의 원흉들, 그녀를 이렇게 궁지로 몰아넣은 신(新)퍼펙트 길드원들은 아직 그 모습조차 드러내지 않은 탓이다.

"이상하군. 이제 슬슬 나타날 때가 됐는데……."

예상과는 달리, 아무런 방해 없이 무사히 골목길에 접어든 디엘리아. 그러나 시간이 지날수록 그녀는 더욱 불안해졌다. 그녀가 아는 추격자들은 결코 이렇게 허술하게 일을 처리할 자들이 아닌 것이다. 그렇다면?

쉬쉬쉭~

"크윽~ 역시?!"

디엘리아가 불길함을 느끼는 바로 그 순간! 그녀의 불안을 증명이라도 하듯 정면에서 날아드는 그 무언가.

긴장을 늦추지 않던 디엘리아는 재빨리 허리를 숙여 간발의 차이로 십여 개의 단검을 피할 수 있었다. 만약 그녀의 행동이 조금만 늦었더라면? 생각만 해도 끔찍한 결과에 디엘리아의 등 뒤로 절로 식은땀이 흘러내린다. 하지만 그녀에게 닥친 위기는 이제부터가 시작이었으니……

"우아아~ 이번에야말로 끝장을 본다!! 이젠 정말 지겨워!!"

부우웅~

오랜 추적 생활로 인한 애환이 절절히 느껴지는 울부짖음. 그와 동시에 그 주인의 폭급한 성정을 형상화시킨 듯한 살기 넘치는 배틀 엑스. 어느 틈엔가 디엘리아의 좌측에서 불쑥 등장한 레드가 그 흉측하기까지 한 살인 도구를 휘두른다.

거기에 더불어……

"멀티 매직 미사일!!"

쇄애액~

레드의 단짝 친구이자 사고뭉치 친구의 뒤처리 담당인 팝콘이 이십여 개의 매직 미사일을 날리고 있었다. 이미 단검에 의해 몸의 중심이 흔들린 디엘리아로선 이들의 합공에 대처하긴 너무나 늦은 상황. 결국 디엘리아는 선택할 수밖에 없었다.

타타탕!

"크으윽~"

디엘리아는 배틀 엑스을 피하는 대신 매직 미사일 쪽으로 신형을 옮겼다. 그리고 상, 하반신 분리를 면하는 대신 왼팔과 오른쪽 허벅지에 치명상을 감수해야 했다. 동시에 마지막 안간힘을 쓴 끝에 간발의 차이로 이루어진 공간 이동.

파악!

"어~ 또?!"

"아, 젠장! 쟤는 무슨 에너자이저냐? 아직도 체력이 남은 거야?"

레드와 팝콘의 기가 막혀하는 소릴 뒤로하고, 디엘리아는 재차 달리기 시작했다. 무리한 공간이동으로 인한 급격한 체력 저하, 거기에 제법 심각한 부상까지. 그러나 그녀는 끝까지 포기하지 않았다. 아니, 할 수 없었다.

이대로 잡힐 수 없다. 다시 한 번 더 '그'의 얼굴을 볼 때까지 결코…….

점차 혼미해지는 정신을 억지로 가다듬으며 도주 의지를 불태우는 디엘리아. 그리고 그런 그녀의 강한 의지가 기적을 만든 걸까? 그녀의 신형은 레드와 팝콘의 2차 공세를 간발의 차이로 피해 그곳을 벗어날 수 있었다.

하지만 도주에만 너무 집착한 나머지, 레드와 팝콘이 그녀에 대한 추격을 너무 쉽게 포기한다는 사실을 간과하고 마는데…….

퍼어억!

"크으윽~"

디엘리아의 신형이 이제 막 좁은 골목길로 벗어나려는 순간, 그녀의 몸을 강타하는 강렬한 일격. 마지막 순간, 본능적으로 몸을 비틀어 즉사는 면했지만 재차 치명상을 막을 길이 없었다.

'안 돼… 이렇게 끝낼 순… 하지만 이젠 더 이상…….'

땅바닥에 거칠게 나뒹군 뒤 간신히 신형을 일으켜 세우는 디엘리아. 내장을 진동하는 충격에 큼직한 핏덩어리를 뱉어내며 그녀는 절망했다. 그리고 그런 그녀의 눈앞에 서서히 모습을 드러내는 두 인영.

"봐, 내 말 맞지? 왼쪽으로 가잖아. 역시 습관이란 건 무서워."

"칫~ 별게 다 자랑이야. 표적의 도주 습관까지 알 정도면 지금까지 대체 몇 번이나 실패만 했다는 거죠?"

"하하~ 그렇게 되나?"

이제 표적을 다 잡았다고 생각한 탓일까? 디엘리아를 막아선 두 사람, 로빈과 후레지아의 대화엔 여유가 넘쳐흘렀다. 그리고 실제로 디엘리아의 상세는 더 이상 도주는커녕 손가락 하나 움직이기도 힘들 정도로 심각한 상태. 이제 지난 한 달간의 고생스러웠던 추격전이 마침내 끝나는 순간인 것이다.

그렇게 승리자 된 두 사람을 노려보며 디엘리아는 입을 억지로 열었다.

"대체 왜… 무엇 때문에 날……."

이제 정말 포기한 탓인지 지금에 와서야 그런 물음을 던지지만… 애초에 그런 물음 자체가 부질없는 행동. 어차피 이일을 사주한 자들은 뻔했다.

"흥, 우릴 너무 원망하지 마. 솔직히 우리도 이렇게까지 하고 싶은 생각은 없었어. 애초에 네가 제국의 소환에 불응한것……."

"크악! 제국의 개 주제에 함부로 지껄이지 마!! 수십만 명을 학살하고 시체들을 조종하는 악마를… 그런 괴물을 '성마황'이라 칭송하며 복종하는 게 정상이란 말이냐?!"

"……."

지금까지 애먹인 상대에게 반쯤 짜증 섞인 대답을 했다가본전도 못 찾은 후레지아. 하긴 그들 역시 '성마전쟁' 당시천사에 맞서 활약했던 영웅 중 한 명을 이렇게 겁박하는 것이마냥 좋을 리 없다. 하지만…….

"칫, 우리라고 좋아서 이러는 줄 알아! 우리도 빚 때문에 어쩔 수 없이 이러는 거라고!"

퍼팩트 길드에서 독립해 새로이 길드를 창설한 건 좋은데… 하필 그때 길드 창립 자금으로 빌린 돈의 출처가 암흑제국 산하의 금융 기관일 줄 누가 알겠는가? 결국 그때의 빚은이렇게 길드 전체를 옭아매어 제국의 사냥개 노릇을 하게 만들고 있는 것이다.

"하아~ 후레지아, 진정해. 이번 일만 마무리 지으면 더 이상 빚 때문에 마음고생할 일이 없을 테니까. 그리고… 당신도 그만 하십시오. 어차피 이젠 모든 게 끝났습니다."

"…알았어!"

"……."

왠지 격해지는 분위기에 한숨을 내쉬며 진화에 나서는 로빈. 후레지아는 아직 할 말이 많은 듯했지만… 어차피 '죽을 사람'에게 신세한탄을 해봤자 소용없음을 알고 말다툼을 멈춘다.

디엘리아 역시 부상으로 인한 지나친 출혈로 말을 하고 싶어도 할 수 없는 상황. 순간의 분기를 참지 못해 고함을 지른 것이 더욱 마지막 시간을 단축시켰다. 이에 점차 흐려지는 정신을 간신히 부여잡은 채 거칠게 숨을 내쉬는 디엘리아. 그리고 그 와중에 불현듯 떠오르는 한가닥 아쉬움.

'그가 준 물건들이 있었더라면… 좀 더 버틸 수 있었을 텐데…….'

그와의 마지막 순간, 그가 디엘리아에게 준 텔레포트 반지와 신기, '바람의 정화'. 만약 그 두 가지 물건이 아직 그녀의 손에 있었더라면 이런 마지막은… 아니, 애초에 쫓기지도 않았을 것이다.

하지만 성마전쟁 이후 '바람의 정화'는 '선택된' 새로운 주인을 찾아 사라졌고, 텔레포트 반지 역시 원주인에게 돌려주어야만 했다. 그리고 그 결과는 지금과 같은…….

'후후~ 아니지, 진짜 아쉬운 건 그런 게 아니야.'

서서히 꺼져 가는 생명의 불꽃을 느끼며 디엘리아는 쓴웃음을 지었다. 어차피 자신은 그가 사라진 뒤, 더 이상… 그저… 그가 자신에게 준 물건이기에… 소중한…….

이젠 가닥가닥 끊어지는 상념. 드디어 마지막이 찾아온 듯했다. 이제 곧 짙은 어둠만이…….

"아니, 아직 끝이 아니야."

'아!!'

디엘리아의 흐려지는 초점 사이로 갑자기 눈부신 광휘가 쏟아져 내렸다. 그리고 그 광휘의 중심에 얼핏 스쳐 지나가는 형상.

'리버스?'

도저히 불가능한 일임을 알면서도 한가닥 미련에 지금껏 그의 마지막 말만을 믿었다. 그리고 어떻게든 살아남아 그를 다시 한 번 만나고자 했다. 그런데 이제 삶의 마지막 순간에야…….

'왜… 왜 이제야 온 거죠. 조금만 더 빨리 오지 않고…….'

눈가에 흐르는 기쁨과 슬픔의 눈물을 느끼며 디엘리아는 그렇게 정신을 잃었다.

*   *   *

[절찬 판매 중! 세상을 멸망시키고자 강림한 타락한 신과 그를 저지한 성마황, 그 결전의 순간에 벌어진 '숨겨진 에피소드 5권'!]

[초회 한정판 '성마황과 함께 하는 언데드 제조 기술' 이번 6월 발간 예정!]

[명작을 두고두고 읽는 즐거움. 양장 소장본 재출간! '성마황의 일대기'!]

중앙 광장 앞 대자보에, 심지어 건물 벽에까지 다닥다닥 붙어 있는 광고지. 교묘하게 왜곡된, 심지어 재미(?)있기까지 한 소설, 스킬북, 그리고 동화책의 광고다. 그리고 그 광고 내용과 그로 인한 세간의 변화된 인식 탓에 수진은 절로 한숨이 나왔다.

"하아~ 이거 참… 어디서부터 손을 대야 하는 거지?"

대체 무슨 재주를 부렸는지 수한에 대한 인식은 교화 수준을 넘어 세뇌까지 간 모양이다. 가뜩이나 강대한 제국에 맞서야 할 그녀의 입장에선 더욱 난처한 상황. 자칫 잘못하다간 제국뿐만이 아니라 세상 전체와 싸워야 할 판이다. 그러나…….

"…뭐, 그래 봤자 결국 '우리'가 이기겠지만 말이야."

청제국과의 무역 교역권을 지닌 팔라스 연합 내 유일무이한 국가, 거기에 최근 묵천마신교를 흡수해 대륙 내 최고의 부와 무력을 지닌 최강국으로 군림하게 된 암흑제국. 그리고 신과도 비견되는 무력을 지닌 암흑제국의 초대 황제, 성마황.

그런 강대한 세력과 그 세력의 주인을 상대로, 심지어 세상 전부와 싸운다고 해도 수진은 감히 승리를 자신한다.

…대체 무슨 배짱으로 그런 허튼(?) 생각을 하는지 모르겠다. 그러나 그런 수진의 자신감은 나름대로 이유가 있었으니… 속속 도착하는 그녀의 동료들에 기인한 것이다.

"아, 먼저 오셨군요. 전 제가 가장 먼저 온 줄 알았는데……."

"어, 왔냐? 생각보다 빨리 왔네."

"약.속.은 반드시 지켜야 하니까요. 뭐, 오 작가님도 그런 당.연.한 사실을 잘 알고 있으리라 봅니다."

"하하……."

노골적인 '원고' 독촉과 함께 수진을 압박하는 첫 번째 파티원. 바로 신성 나티아 제국의 교황이자 '공식' 유저 랭킹 1위의 고수, 란슬롯이다. 상성만 따진다면 대마왕인 수한과는 그야말로 천적. 차후 그의 활약에 기대가 매우 크다.

…다만 한 가지 문제가 있다면, 그의 파티 가입 이유가 수한의 갱생(?)에 있다는 것. 그는 아직까지도 수한의 진정한 정체를 '외면'하고 있었다.

그리고 그런 란슬롯에 이어 도착한 사람, 아니, 드워프는…….

"크크크~ 이제 슬슬 일을 벌이는 건가? 이번 기회에 시작 기체들을 잔뜩 시험할 수 있겠군."

"…넌 그저 그 생각뿐이냐?"

드워프 연합의 수장인 로드 타이거. 확실히 그가 지금껏 제 조한 각종 사기 아이템들과 극메카 오타쿠들의 모임인 '버닝 메카'의 힘이라면, 제아무리 암흑제국이라도 두려움에 떨게 되리라. 하지만 누구보다 성마황, 수한의 가슴을 서늘하게 만 들 '녀석들'은 정작 따로 있었으니…….

"후우~ 벌써 다 모였군?"

"둘 다 늦었어!!"

"원래 주인공은 늦게 등장하는 법이지. 그리고 이유없이 늦은 게 아니야. 누굴 좀 구한다고 말이지."

짙은 담배 연기와 함께 어느 틈엔가 불쑥 등장한 두 인영. 수한이 가장 두려워 마지않는 최강의 마녀이자 그의 친누나 인 '수영', 그리고 수한의 팔라스 연합 초창기 시절, 거의 그 를 가지고 놀았던 '리버스'다. 거기에…….

"어라, 그 녀석은 그때 그 공간 이동 달인(?)이잖아?"

"호오~ 이거… 이거……."

리버스의 품에 안겨 있는 가냘픈 인영, 디엘리아를 가장 먼 저 발견한 수진은 탄성을 토했다. 기특하게도 자신의 텔레포 트 반지를 '순순히' ―…진실은 오직 당사자 둘만이 알 뿐―돌려

준 이력이 있는 탓인지, 지극히 호의적인 반응. 거기에 디엘리아가 만만치 않은 실력을 갖추고 있기에 더욱 반가워하는 모습이다.

물론 로드 타이거 역시 그녀의 합류를 반대하지 않는 분위기. 단지 리버스와 그녀를 이상야릇한 시선으로 번갈아 보며 이죽거리는 게 왠지 신경이 거슬린다.

그런데 괜히 옆에 있던 수영이 엉뚱하게도 로드 타이거의 오해(?)를 수습하기는커녕 아예 확대 양산해 버리는데……

"킥킥~ 기절하기 직전까지도 두 눈을 부릅뜬 채 너만을 바라보다니… 역시 사랑의 힘은 대단해~"

"…치료하는 과정에서 신성력을 지나치게 쓴 부작용일 뿐이야."

"오호~ 그래? 좋아, 그건 그렇다 치고… 그럼, 넌 왜 애를 구한 거지? 덕분에 '지출'이 제법 컸다고."

"지금 상황에서 한 명이라도 강자가 더 필요해. 디엘이라면 충분히 우리에게 도움이 될 거야. 거기다 그녀를 구하는 과정에서 신퍼펙트 길드와 한가닥 끈을 만들어뒀으니, 손해는 아니지. 아니, 적어도 빚을 깨끗이 청산해 줬으니 신퍼펙트 길드와 제국 측과의 연계 고리가 완전히 끊어진 것만 해도 큰 수확이야."

"흐음~ 뭐, 하긴… 그 후레지아란 여자, 제국 측에 불만이 많은 것 같던데… 이로써 제국엔 또 다른 골칫거리가 생긴 건가?"

날카로운 질문으로 리버스를 공격하는 수영, 그리고 빠른 대응으로 공격을 차단하는 리버스. 결국 로드 타이거가 놀릴 틈도 없이 상황(?)이 종료되어 버렸다. 이에 입맛을 다시며 아쉬워하는 로드 타이거. 그러자 이번엔 수진이 꺼진 불(?)을 되살리려 한다.

"이히히~ 그나저나 이거 놀라운데? 내가 알기론 리버스, 넌 거의 NPC와 같다며? 죽으면 그대로 캐릭 삭제라고 하던데… 뭐, 나중에 새로운 캐릭으로 부활할 순 있겠지만 제법 시간이 걸린다고 들었어. 그런데… 오오~ 위대한 사랑의 힘이여~ 연.인.의 위기를 깨닫고 왕자님은 이렇게 단시간 내 부활했노라~"

마지막엔 리듬까지 넣어가며 리버스를 약 올리는 수진. 하지만 리버스의 철벽 수비(?)는 굳건하기만 했다.

"자기 희생 주문을 쓴 것이 도리어 호재로 작용했지. 같은 신성 계열의 스킬인 탓인지 마지막에 수영이 쓴 '기적'의 효과가 극대화되었어. 덕분에 예상 시간보다 훨씬 빨리 부활할 수 있었고. 저, 그런데… 솔직히 나의 부활보다 '일반 유저용' 캐릭으로 벌써 '대마도사'가 된 수영의 경우가 더 신기한 것 같은데?"

단순히 방어만 해선 이 위기를 넘길 수 없다는 판단에서일까? 슬그머니 수영을 끌어들임으로써 화제를 돌리는 리버스. 그러자 단순한 수진은 이내 수영에게로 관심을 돌렸다.

"그래, 맞다! 저번에 성녀가 된 건 그렇다 치고, 이번엔 또 어떻게 대마도사가 된 거야? 성마대전 직후부터 캐릭을 키웠다고 해도 게임 시간으로 고작 1년밖에 안 걸렸잖아?! 너야말로 진정한 사기 캐릭이닷!!"

"에, 그게 나만의 노하우라고 할까나?"

"아아악!! 또, 또 그 소리!! 이번에야말로 그 비밀을 파헤치고 만다!!"

"워~워~ 진정해, 진정."

난데없이, 그리고 생뚱맞게 불벼락을 맞게 된 수영. 괜히 리버스를 약 올리려고 했다가 본전도 못 찾고, 수진을 진정시키기 위해 식은땀을 흘려야 했다. 그리고 두 여자가 서로 우애(?)를 돈독히 가지는 사이, 잠시 소외되었던 란슬롯이 그제야 대화에 참여할 수 있었다.

"…어떻게 된 일입니까?"

너무나 빠른 전개에 미처 적응을 못한 그로선 갑작스런 파티원 추가에 대해 설명이 필요했던 모양. 그러자 수진의 공세를 피하고자 수영이 냉큼 대답한다.

"신퍼펙트 길드에게 쫓기고 있었어. 아마 제국 정책에 따른 포섭 혹은 척살 대상이 된 모양이야. 그래서 우리(가 아닌 리버스)가 후닥닥 구했지(돈으로 샀지). 동료는 많으면 많을수록 좋잖아?"

"그렇군요. 역시……."

"뻔하지, 뭐."

워낙 공공연하게 벌어지는 일인 탓인지 수영의 짧은 설명만으로 순식간에 이해해 버리는 파티원들. 덕분에 대화의 주제는 수진의 '속성 캐릭 키우기 노하우'가 아닌 암흑제국의 최근 정책들로 돌려졌다.

"칫, 왜 그딴 녀석에게 그런 유능한 녀석들이 수하로 있어서……."

암흑제국의 재상인 토일, 그리고 제국질서 유지국의 국장인 전삼. 성마대전 이후 단 1년 만에 팔라스 연합 역사상 초유의 대제국을 만든 자들이다. 거기다 제국에 위협이 되는 요소를 사전에 말살시키고자 강행한 그들의 정책과 수한에 대한 세뇌식 여론 조작은 이미 대륙 전체 정세에까지 영향을 미치고 있었다.

"쯧쯧~ 영웅이 되었으면 그냥 순순히 토사구팽(?)당할 것이지. 왜 그렇게 제국까지 건설해 가지고 일을 복잡하게 만드는지 원."

…뭔가 현실에 대한 왜곡된 진실을 말하는 수영. 그러나 이 자리에 있는 사람들(란슬롯을 제외하고)은 공감이 가는 듯 고개를 끄덕인다.

왜 귀찮게 일을 만들어서 가뜩이나 바쁜(?) 사람들을 이렇게 모이게 만든 건지. 자연 수한에 대한 분노로 인해 한 층 더 전의를 불태우는(란슬롯을 제외한) 네 사람. 그리고 그 렇게 전의가 달아오른 이들 파티원들은 마침내 출전을 선언한다.

"자, 이제 파티가 결성됐으니 수한, 아니, 마왕을 때려잡으러 가볼까?"

마법사의 로브를 휘날리며 리더로서 앞장서는 '수영'.

"클클, 좋지~ 그나저나 한 명이 더 늘었으니 다시 '설계'해야 하나? 원래 5단 합체가 안정적이긴 하지만… 뭐, 6단 합체도 도전할 가치가 있으니……."

"헐? 합체? 합체는 비효율의 극치라며?"

"쯧쯧~ 과거에 연연해서야 발전이 없는 법! 기술이란 건 정체하지 않고 나날이 발달하는 거라고!"

뭔가 일반인들이 기겁할 만한 새로운 메카물에 대한 예고를 하며 서로 툭탁거리는 '수진'과 '로드 타이거'.

"정의를 위해, 사랑을 위해 반드시!"

…아직도 꿈(?)에서 깨어나질 못한 '란슬롯'.

"흐음~ 이번에 최종 보스가 아닌, 정의의 용사인 건가? 뭐, 이것도 나름대로 재미있겠군. …그렇지, 디엘?"

아직 정신을 못 차린 '디엘리아'를 품 안에 안은 채, 부드럽게 미소를 짓는 '리버스'.

각자의 사정을 지닌 채 한곳에 모인 여섯 명의 용사(?). 대
마왕 수한을 물리치기 위한 최강의 파티가 결성되는 순간이
었다.

　…그리고 그것은 또 다른 '전설(傳說)'의 시작이기도 했다.

[完]

후기

마존, 진마전설의 완결을 기념(?)해 후기를 썼습니다.

일단 가장 먼저 출판사 분들과 독자님들에게 사죄를… 개인적인 사정도 있었다지만 5권이 출간된 지 1년이 넘어서야 6권, 완결권을 쓰다니……. 제가 생각해도 낯짝이 너무 두꺼운 것 같습니다. 더 기가 막힌 건, 정작 완결권의 에필로그는 거의 2년 전(대충 2006년 6월쯤?)에 써두었다는 사실(그동안 뭘 했는지 저 스스로도 의문이라는……).

변명이긴 한데… 솔직히 마존전설 쓸 당시만 해도 저는 겁없는 천둥벌거숭이의 애송이였습니다. 말로는 초보 작가라 칭하면서도 나름 프로라는 생각에 철(?)이 없었지요. 그러다가 진마전설을 쓸 때쯤, 인세 받은 걸로 평소 보고 싶은 책들을 '제법(교양서 100권, 장르 문학 1,000권, 만화책 2,000권 남짓을 중고책 위주로 구매. 블로그에 증거사진이 있으니 참고하시길……)' 구입하자 갑자기 시야가 확 넓어져 버렸습니다. 한마디로 우물 안 개구리가 난생처음

바다를 본 느낌이라고 할까요? 문제는 그로 인해 제 형편없는 필력을 그제야 깨닫고 하늘 모르고 치솟던 자신감이 추락에 추락을 거듭했다는 것.

그로 인해 저는 잠시 좌절하고 세상을 원망(?)하며 현실도피까지 했습니다. 그러나 끝까지 저를 포기(?)하시지 않은 서지현 담당 기자님의 독촉 겸 협박(최소 한 달에 한 번 이상 전화로 직접 대구로 내려오겠다는 그분의 목소리는 가히 염왕의 그것과도 비견되었다는…)과 점차 떨어져 가는 통장 잔고로 인한 압박감, 그리고 제가 '읽고 싶은 글'을 직접 쓰고 싶다는 꿈이 저를 다시 '이쪽 세계'로 이끌었습니다. 그 결과! 마침내 진마전설 완결권(6권)을 가지고 귀환(?)할 수 있게 된 겁니다.

…가히 기적에 가까운 귀환. 전화로 틈틈이 저의 집필 의욕을 끌어올려 주신 서지현 담당 기자님과 저에게 독촉 겸 안부 쪽지를 보내신 [ego]님, 묘아@님, 개초보님, coi님, 제로님께 다시 한 번 감사를 드립니다.

그리고 마지막으로, 혹시나 해서 말씀드리는 건데… 이번 완결
권은 갈아엎기(?) 3번과 7번의 수정을 거친 Ver 5.05—…왜 이런
숫자가 나오는지는 저도 의문입니다—입니다. 나름 최선을 다했다
는… 그러니 '욕'만 하시되, '현피'(?)는 참아주십시오.

—목형(木衡) 올림.

추신: 유니크한 글을 꿈꿉니다. 그게 어렵다면, 최소한 레어한 글을 원합니다. 평범하고 진부한 소재가 활용하기에 따라 얼마나 '독특한' 이야기라 될 수 있는지, 그 끝을 추구합니다.

赤布龍王

적포용왕

김운영
新무협 판타지 소설

『신마대전』『흑사자』의 작가 김운영!
그가 낚아 올리는 무협의 절정
낚시 신동 백룡아! 장강에서 천존과 맞짱 뜨다

적포천존(赤布天尊)

고금제일강(古今第一强)
인칭타자연재해(人稱他自然災害)
40세 이후로 상대가 누구든 몇 명이든
한 번도 패하지 않고 모두 이긴 적포천존
70세 중반에 반로환동하여 무림인들을
절망에 빠뜨린 그가 말년에
제자를 만들어 말년에 호강할 계획을 세운다

천하에 두려울 것이 없는 '자연재해' 와
그의 제자들이 무림에 나타났다

세상을 보는 또하나의창 · inthebook.net
유행이 아닌 자유추구 · chungeoram.net
Book Publishing CHUNGEORAM

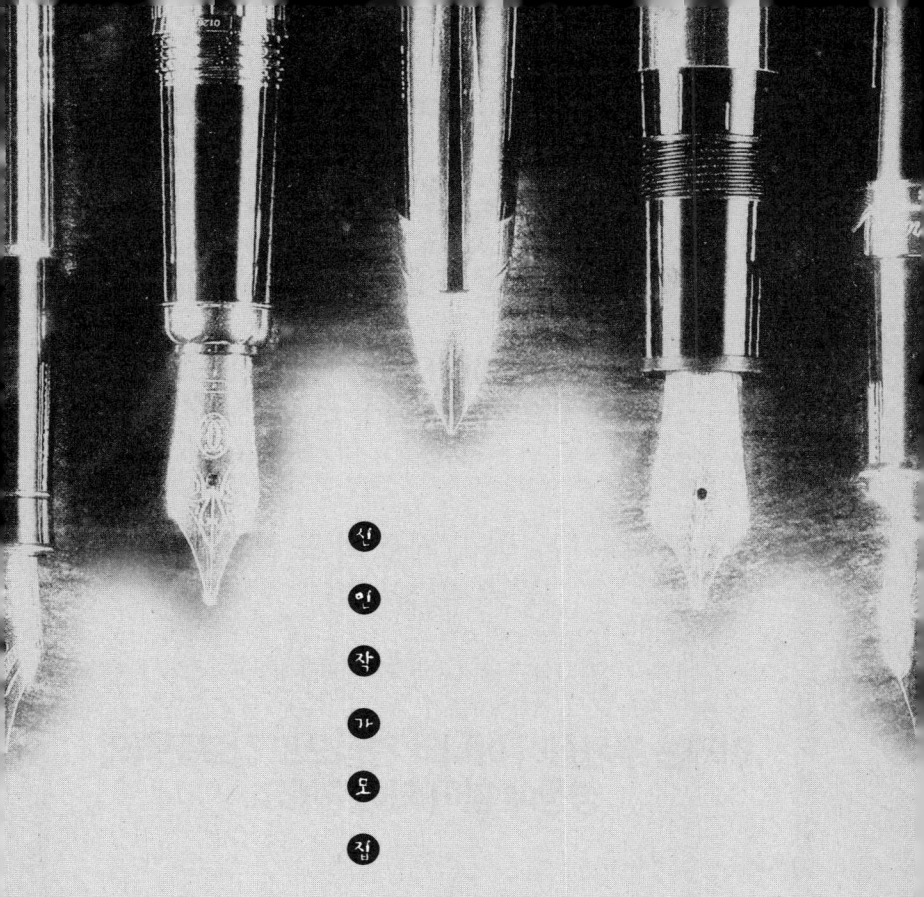

심
인
작
가
모
집

시작이 반이라고 했습니다.
작가의 길에 대한 보이지 않는 벽을 과감히 깨뜨리십시오!
청어람은 작가 지망생 여러분들의
멋진 방향타가 되어드리겠습니다.

저희 도서출판 청어람에서는
소설 신인 작가분들을 모집합니다.
판타지와 무협을 사랑하시는 분들의 많은 참여를 바랍니다.
소정의 원고(A4용지 150매)를 메일이나 우편으로 보내주시면
검토 후 출판 여부를 알려드리겠습니다.

주소:경기도 부천시 원미구 심곡1동 350-1 남성B/D 3F 우편번호420-011
TEL:032-656-4452 ·**FAX:**032-656-4453
http://**www.chungeoram.com**
e-mail:chungeoram@chungeoram.com

저작권 보호!!
장르문학의 성장에 힘이 되어주십시오.

저작물의 무단 전재와 복제, 불법 다운로드!
이것은 관심이 아니라 무관심입니다!

작가님들은 창의적 열정과 시간을 투자해 자신의 꿈과 생계를 유지합니다.
한 권의 책을 만들어 많은 사람들은 자신의 인생과 미래를 설계합니다.

저작물 속에는 여러 사람의 노력과 희망이
담겨 있습니다!

저작물의 무단 전재와 복제, 불법 다운로드는 여러 사람들의 꿈과 생계를
위협함으로써 장르문학을 심각한 상황에 빠뜨리고 있습니다.

이제는 무관심이 아니라 관심으로 장르문학의
성장에 힘이 되어주세요.

[도서출판 **청어람**은 항시적인 저작권 보호를 통해 장르문학과
여러분의 희망을 지키겠습니다.]

청어람

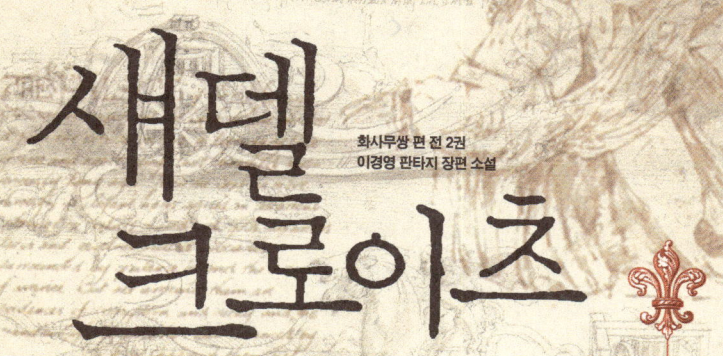

섀델
크로이츠

화사무쌍 편 전 2권
이경영 판타지 장편 소설

『가즈나이트』의 명성과 신화를 넘어설
이경영의 판타지의 새로운 상상력!

자신만의 독특한 세계관을 창조한 작가
이경영의 새로운 도전과 신선한 충격.

바란투로스의 특수부대 섀델 크로이츠의 리더 파렌 콘스탄.
야만족을 돕는 안개술사를 물리치기 위해 아시엔 대륙에서 온
불을 뿜는 요괴 소녀 카샤.
너무나 다른 두 사람이 운명의 길에서 만나다.
친구란 이름으로 시작된 모험, 그 앞에 놓인 난관과 운명의 끈은
어떻게 될 것인지……

"질투가 날 만도 하지.
요괴가 산신령을 엄마로 두는 건 흔한 일이 아니거든.
괜찮다, 파렌. 본좌가 아는 요괴들 전부 본좌를 질투하고 부러워하니까."
소녀는 손에 잔뜩 받은 빗물을 훌쩍 마셨다.
파렌은 그 순수함에 웃음을 흘렸다.
그는 지금까지 자신이 봤던 그녀의 기이한 행동들을 어렴풋이나마 이해할 수 있을 것 같았다.
그렇게 친구가 된 둘은 그 길로 긴 여행을 떠나게 된다.

본문 중에-

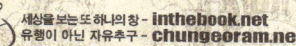
세상을 보는 또 하나의 창 - inthebook.net
유행이 아닌 자유추구 - chungeoram.net

Book Publishing CHUNGEORAM

학교에서는 가르쳐주지 않는

10대들을 위한 인생수업

작가 : 이빙 | 역자 : 김락준

10대들을 위한 나침반 같은 인생 교과서!
사회 초입에 들어서게 될 청소년들에게 들려주는
100가지 인생 이야기

내 인생의 방향잡기!
여행길에 오르기 전에 접해보자!

100가지 이야기, 100가지 명언

사람은 태어나면서부터 각기 다른 모습으로, 각기 다른 사고로 "인생" 이라는
여행길에 오르게 된다. 내가 지금 서 있는 이 위치에서 그리고 사회라는 공간에서
한 사람의 몫을 당당하게 해낼 수 있는 역량을 키워나가기 위해서는 어떠한 생각을
가지고 있어야 하는 걸까.

늦지 않게 준비하자! 스스로의 마음가짐이 자신의 미래를 결정한다!

설레는 마음으로 떠난 길일지라도 기존에 생각하고 있던 것과는 다르게 흘러가는
사회의 모습에 당혹스럽기도 할 것이다.

그러한 곳에 발을 들여놓기 위해 첫 발걸음을 막 뗀 청소년이라면 학교에서는
미처 배우지 못한 상황에 더욱이 큰 혼란스러움을 느낄 수밖에 없다.
시간이 흐를수록 사회가 한 인간에게 요구하는 것은 다양하고 세밀해지고 있다.
그러한 사회 속에서 자신만이 앞으로 나아가지 못해 제자리걸음을 하게 된다면 어떠할까.
미리 대비를 하지 않는다면 당신 역시 그러한 현상에 빠지는 또 한 명의 사람이 되고 말 것이다.

책장을 넘기는 순간, 책과 당신의 공감대가 형성된다!

적응을 위해 도움이 될 만한
인생의 지혜와 경험, 깨달음이 한가득 담겨있다.
그 속에 담긴 100가지 이야기 그리고 그와 관련된 100가지의 명언은
가슴 깊이 새겨 놓고 되뇌여 보기에 충분하다.

세상을 보는 또 하나의 창 - inthebook.net
유행이 아닌 자유추구 - chungeoram.net

Book Publishing CHUNGEORAM

공부하는 감각의 차이가 자녀의 미래를 결정한다.
이 시대가 필요로 하는 명품 인재 만들기!

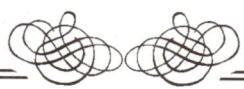

올바른 습관이 명품 자녀를 만든다

명품 공부습관 87가지

저자 : 친위
역자 : 오혜령

◈ 똑소리 나는 부모의 똑소리 나는 자녀 교육법!

어린 시절의 습관은 평생을 결정한다.
제대로 바로잡지 못한 나쁜 습관은 자녀의 미래에 검은 그림자를 드리울 수도 있다.
대부분의 부모들은 아이의 잘못된 습관을 발견하면 언성을 높이는 경향이 있다.
하지만 그것이 문제 해결의 방법이 아님을 당신은 이미 알고 있을 것이다.
지금 당신은 적절한 대안을 찾지 못해 힘겨워 하고 있지는 않은가.
내 아이가 명품 인생으로 살아가길 희망하는 부모라면 이 책에 귀를 기울여 보자.

◈ 내 아이가 세상의 중심에 우뚝 설 수 있게 하는 방법!

이 책은 잘못된 공부습관과 대인관계 형성 등의 문제 등을
87가지 이야기를 통해 알아보고 그에 걸맞는 올바른 해결책을 제시해주고 있다.
이 한 권의 책을 통해 똑소리 나는 부모가 되어보자.
그리고 내 아이가 최고의 명품으로 거듭날 수 있도록 노력해보자.
이 책은 분명 당신에게 꼭 맞는 효과적인 자녀교육서가 될 것이다.

세상을 보는 또 하나의 창 - inthebook.net
유행이 아닌 자유추구 - chungeoram.net

Book Publishing CHUNGEORAM

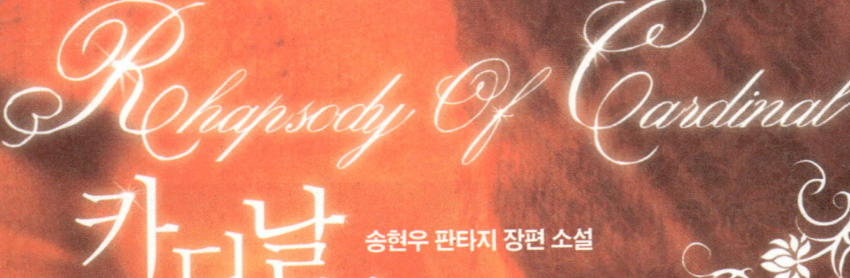

Rhapsody Of Cardinal

카디날 랩소디

송현우 판타지 장편 소설

놀라운 경험(the enormous experience)!

He created a completely new world,
It is a place who have never known and where never been able to imagine,
This splendid world will introduce the enormous experience for the
person only who reads,

그 누구에게도 알려진 것이 없으며 상상조차 할 수 없었던 새로운 세계를
작가는 완벽하게 창조해내었다.
이 멋진 세계는 독자들만이 체험할 수 있는 놀라운 경험으로 인도할 것이다.

판타지는 허구다? 아니다. 판타지는 일상이다.
우리의 삶은 연속된 판타지의 연장선상에 놓여 있고,
상상은 우리의 일상을 더욱 살찌운다.
『카디날 랩소디(Rhapsody of Cardinal)』를 경험하는 독자들은
더욱 풍부한 일상 속에서 새로운 삶을 경험할 것이다.
멋진 만남! 흥미로운 경험! 이것이 『카디날 랩소디』가 가진 장점이며,
작가 송현우가 독자들에게 바라는 꿈이다.

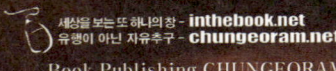

세상을 보는 또 하나의 창 - inthebook.net
유행이 아닌 자유추구 - chungeoram.net

Book Publishing CHUNGEORAM